Margarete Bertschik / Die Mutter des Kommissars
und die Händler des Todes

Die Personen und die Handlung dieses Kriminalromans sind frei erfunden. Namensgleichheiten oder Ähnlichkeiten mit lebenden oder verstorbenen Personen wären rein zufällig und sind nicht beabsichtigt.

Manche der genannten Orte, Straßen oder Plätze sind authentisch, andere jedoch nicht. Eine Zuordnung der Schauplätze zu tatsächlichen Örtlichkeiten ist daher nicht immer möglich.

Margarete Bertschik

Die Mutter des Kommissars
und
die Händler des Todes

Kriminalroman

Bibliographische Information der Deutschen Bibliothek

Die Deutsche Bibliothek verzeichnet diese Publikation in der Deutschen Nationalbibliografie; detaillierte bibliografische Daten sind im Internet über http://www.dnb.ddb.de abrufbar

Einbandabbildung: AdobeStock 216924220

Herstellung und Verlag: BoD - Books on Demand, Norderstedt

Lektorat: Jan Janssen Bakker

©: 2020 Bertschik, Margarete

ISBN 9783751955430

Peking, China

Noch ist die Sonne nicht aufgegangen an diesem regnerischen Morgen in Peking, aber die Stadt ist durch zahllose Reklamebilder, Ampeln, Straßenlaternen und Autoscheinwerfer hell erleuchtet. Die Rushhour hat begonnen. Dichter Smog hängt wie Nebel zwischen den Häusern. In den Straßen drängen sich Autos, Motorräder, Mofas, Radfahrer und unzählige Fußgänger. Viele Menschen tragen eine weiße Atemmaske.

Eine große dunkle Limousine sucht sich ihren Weg durch den chaotischen Straßenverkehr. Sie folgt der Hauptverkehrsstraße eine Weile, biegt dann ab in eine ruhigere Nebenstraße und hält schließlich vor einem riesigen schmucklosen Gebäude.

Die Scheinwerfer des Autos erfassen eine hohe, mit Stacheldraht bewehrte Mauer. Wachtürme mit rotierenden Kontrollscheinwerfern flankieren ein schweres eisernes Tor. Neben dem Tor ist ein Schild zu sehen, auf dem chinesische Schriftzeichen stehen. Der Wagen hält unmittelbar davor an, mit laufendem Motor.

Langsam öffnet sich das Tor. Zwei Bedienstete in Uniform zerren grob einen an den Händen gefesselten Mann mit sich zum Auto. Der Gefangene ist jung, vielleicht fünfundzwanzig Jahre alt. Das Tor schließt sich sofort wieder.

Der Chauffeur des Autos, ein kräftig gebauter Chinese in einem schlichten Anzug mit Krawatte, ist ausgestiegen und öffnet eine der hinteren Türen des Mercedes. Die Wachmänner steigen mit ihrem Gefangenen ein und das Auto fährt los. Es biegt in eine Seitenstraße ein, an der ein Hinweisschild in Chinesisch und Englisch steht: Flughafen.

Im obersten Stockwerk des Gebäudes ist ein Fenster erleuchtet. Es gehört zu einem zweckmäßig eingerichteten Büro. Die reglose Gestalt eines Mannes steht an dem Fenster. Der Mann blickt dem davonfahrenden Wagen nach. Dann dreht er sich um, setzt sich an den Schreibtisch, nimmt den Telefonhörer auf und wählt eine lange Nummer. Er spricht Englisch mit deutlichem Akzent. Er sagt nur einen Satz, lauscht kurz und legt nach einem knappen Gruß auf.

Auf dem Schreibtisch vor ihm liegt aufgeschlagen eine Akte, in der sich ein formell aussehendes Blatt mit einem Passbild befindet. Der Mann nimmt mit unbewegtem Gesicht einen Stift, unterschreibt an einer dafür vorgesehenen Stelle und drückt einen Stempel auf das Blatt. Danach klappt er mit einer abschließenden Handbewegung die Akte zu.

***

1

„Jemand zu Hause?"

Liliane Thedieck stellte aufatmend den schweren Einkaufskorb auf der Küchentheke ab und ließ ihre Aktentasche auf einen Sessel fallen. Dann deponierte sie den großen Stoß Klassenarbeitshefte, den sie unter den Arm geklemmt hatte, auf den ohnehin schon überladenen Schreibtisch in der Arbeitsecke ihres unaufgeräumten Wohnzimmers. Mit einem erschöpften Seufzer sank sie aufs Sofa, streifte ihre hochhackigen Pumps von den Füßen, klopfte ein Kissen zurecht und streckte sich lang aus. Was für ein Vormittag! Zuerst der anstrengende Unterricht mit den zappeligen Schülern, die sich schon im Ferienmodus befanden und nicht im mindesten motiviert waren, sich am Unterricht zu beteiligen, und danach die nervige Abschlusskonferenz, auf der Kollege Neumeier wieder einmal seine Sticheleien loswerden musste, weil sie ihm die Beförderungsstelle vor der Nase weggeschnappt hatte. Sie sei ja nur eine Quotenfrau, wie er bei jeder sich bietenden Gelegenheit behauptete. Dabei war ihre Qualifikation für den Posten mindestens so gut wie seine! Und als wäre das nicht schon genug Stress gewesen, kam beim anschließenden Einkaufen im Supermarkt noch das nervtötende Warten in der Schlange an der Kasse hinzu. Anscheinend waren die Leute davon überzeugt, dass es morgen nichts mehr zu kaufen geben würde, denn jeder schob einen übervoll beladenen Einkaufswagen vor sich her, als hätte er eine ganze Kompanie zu versorgen. Es hatte ewig gedauert, bis sie endlich an der Reihe gewesen war. Liliane stieß einen tiefen Seufzer aus. Gott sei Dank hatte sie jetzt erst einmal zwei Wochen Ferien vor sich. Die hatte sie bitter nötig.

„Niklas? Svenja? Seid ihr da?", rief sie mit müder Stimme.

Sie hörte tapsende Schritte und wandte den Kopf. Niklas, ihr zwanzigjähriger Sohn, schlurfte barfuß ins Zimmer, angetan mit Shorts und einem schlabbrigen T-Shirt, in dem er offensichtlich geschlafen hatte. Überhaupt sah er aus, als sei er gerade erst aufgestanden, was wahrscheinlich der Fall war. Lang und schlaksig, mit zerzaustem Haar und verschlafenem Gesicht, gab er das typische Bild eines Studenten ab.

„Hallo Mama! Was gibt's zu essen?"

Bevor Liliane antworten konnte, kam Svenja, ihre Teenagertochter, die hölzerne Wendeltreppe heruntergehüpft. Mit einem fröhlichen Lächeln in dem hübschen Gesicht, das seine kindliche Rundlichkeit noch nicht verloren hatte, setzte sie sich zu ihrer Mutter auf den Rand der Couch und drückte ihr einen Kuss auf die Wange.

„Na, Mama, wie war der letzte Schultag?"

Liliane rieb sich die Stirn und seufzte abgrundtief.

„Na, wie schon? Immer dasselbe. Einen Haufen Arbeit habe ich mitgebracht." Sie zeigte mit dem Kinn in Richtung Schreibtisch. „Das muss alles in den Ferien erledigt werden."

Niklas hatte inzwischen die Einkäufe auf der Esszimmertheke inspiziert. „Cool, Pizza! Soll ich die schon mal in den Ofen schieben?"

„Ja. Und räum' bitte auch die übrigen Sachen weg, Niklas. Svenja, könntest du den Salat machen? Ich bin so kaputt!"

„Klar, mach ich!", sagte Svenja. „Aber vorher massier' ich dir noch die Füße. Das tut dir bestimmt gut. Arme gestresste Mama!"

Liliane musterte die Sechzehnjährige misstrauisch. Bei so viel Fürsorge musste etwas faul sein. Irgendetwas führte ihre

Tochter im Schilde. Aber die kleine Fußmassage, die Svenja ihren müden Füßen angedeihen ließ, tat tatsächlich gut. Dankbar schloss Liliane die Augen und entspannte sich.

Als sich kurze Zeit später der appetitanregende Duft von knuspriger Pizza in der Wohnung ausbreitete, stand sie auf und kam zu ihren Kindern an den Tisch, auf dem Niklas inzwischen Teller und Besteck bereitgelegt hatte. Svenja stellte eine große Schüssel mit grünem Salat dazu.

„Hm, das riecht lecker", sagte Liliane und ließ sich schnuppernd auf einem der Stühle nieder. „Danke, Kinder!"

„Gibst du mir ein Stück von deiner Champignon-Pizza, Mama, dann gebe ich dir etwas von meiner Pizza Hawaii", schlug Svenja vor, während Niklas ohne weiteren Kommentar große Stücke seines Käsefladens in den Mund stopfte und geräuschvoll kaute. Bereitwillig teilte Liliane ihre Pizza mit ihrer Tochter. Eine Weile war nichts weiter als das Kauen der drei Menschen zu hören. Dann meldete sich Svenja wieder zu Wort.

„Du, Mama?", fing sie an, mit zuckersüßer Stimme und in dem schmeichlerischen Tonfall, den Liliane nur allzu gut kannte. Jetzt kommt's, dachte sie, wusste ich's doch.

„Ja?"

„Die Sache mit dem Piercing …"

„Ach bitte, Svenja!", unterbrach Liliane ihre Tochter, „nicht das schon wieder! Ich will nichts mehr davon hören. Wir haben schon so oft darüber diskutiert. Es gibt kein Piercing, schon gar nicht in der Zunge!" Genervt spießte sie ein weiteres Stück Pizza auf ihre Gabel und schob es sich in den Mund.

„Bitte, Mama! Lisa und Alexa haben auch …" So leicht gab das Mädchen nicht auf. Nach dem Motto ‚Steter Tropfen höhlt den Stein' lag sie ihrer Mutter jetzt schon seit Tagen in den Ohren mit ihrer Behauptung, ohne ein Piercing nicht mehr leben zu können.

„Svenja! Hör auf!" Lilianes gereizte Stimme war nur noch einen Tick vom Schreien entfernt. „Es interessiert mich nicht, was Lisa und Alexa haben! Schluss damit!"

Das Mädchen zog einen Flunsch und widmete sich dem Rest ihrer Mahlzeit, während Liliane aggressiv und wütend in ihrem Salat herumstocherte. Ich habe einfach nicht mehr die Nerven für diesen ständigen Kleinkrieg, dachte sie.

„Wenn sie unbedingt ein Piercing will …", meldete sich Niklas in einem Anfall brüderlicher Solidarität ungefragt zu Wort.

„Nun fang du nicht auch noch an, Niklas!", fuhr Liliane ihn heftiger als beabsichtigt an. „Und überhaupt: Hattest du nicht eine Vorlesung heute Morgen? Wenn du so weitermachst, wird es nie etwas mit deinem Germanistikstudium!"

Das Telefon klingelte und unterbrach die Auseinandersetzung.

Niklas, froh, einer Antwort auf die Frage seiner Mutter fürs Erste enthoben zu sein, sprang auf. „Ich geh schon", verkündete er auf dem Weg in den Flur, wo das Telefon stand. Liliane und Svenja lauschten, um zu erfahren, wer der Anrufer war.

„Hier Niklas Thedieck … Ja, einen Moment bitte!", hörten sie Niklas sagen, dann, an seine Mutter gewandt, während er den Hörer mit der Hand abdeckte: „Mama, da ist eine Frau am Telefon. Sie sagt, sie sei die Mutter von Linus. Sie möchte dich sprechen."

Oh nein, nicht auch das noch! Liliane schüttelte heftig den

Kopf und machte Niklas mit eindeutigen Gesten deutlich, dass sie das Gespräch nicht annehmen wolle. Die Mutter von Linus!

Das war mehr, als sie jetzt ertragen konnte! Linus, dieser freche kleine Lümmel, der faul wie die Sünde war, für seine schlechten Leistungen aber immer irgendwelche Ausreden bei seinen überbesorgten Eltern fand. Meistens waren seiner Meinung nach die Lehrer schuld an seinem Versagen, davon schienen auch seine Erziehungsberechtigten vollkommen überzeugt zu sein. Seine Mutter hing alle Nase lang am Telefon und fand tausend Entschuldigungen für die miserablen Leistungen ihres Sprösslings, oder, was schlimmer war, sie warf Liliane vor, sich als Klassenlehrerin nicht intensiv genug um den Jungen zu kümmern.

„Aber sie sagt, es sei wichtig ..." Niklas hielt ihr den Hörer hin.

Das war der Augenblick, in dem Liliane alles zu viel wurde. Sie sprang vom Tisch auf, rannte quer durchs Zimmer und warf sich laut aufschluchzend auf die Couch, vergrub das Gesicht in den Armen und fing hemmungslos an zu heulen.

Bestürzt sahen ihre Kinder ihr nach. So hatten sie ihre Mutter noch nie erlebt.

Niklas beendete das Telefongespräch mit einer erfundenen Entschuldigung und die Geschwister stellten sich betroffen vor das Sofa und schauten auf ihre hysterisch schluchzende Mutter herab. Ratlos wechselten sie einen Blick miteinander, dann setzte sich Niklas auf die Sofakante und tätschelte unbeholfen den Rücken seiner Mutter.

„Was ist denn los, Mama? Ist es wegen meines Studiums? Keine Sorge, die Vorlesung von heute Vormittag kann ich auch in dem Buch vom Professor nachlesen. Das ist halb so wild. Beruhige dich doch!"

Kleinlaut setzte Svenja hinzu: „Wenn es wegen mir ist: Gut, dann eben kein Piercing. So wichtig ist das nun auch wieder nicht."

Wider Willen musste Liliane lächeln über die Zerknirschtheit ihres Nachwuchses. Schniefend setzte sie sich auf, kramte ein Taschentuch aus ihrer Hosentasche und wischte sich die Tränen ab. Niklas und Svenja setzten sich links und rechts neben sie und Niklas legte fürsorglich den Arm um ihre Schultern, während Svenja ihre Hand nahm und unablässig streichelte.

„Schon gut, Kinder, es geht schon wieder. Ich bin nur völlig fertig. Immer dieser Ärger in der Schule, wisst ihr? Das ist schon richtiges Mobbing! Und alles nur wegen der Beförderungsstelle. Und nun auch noch diese nervige Mutter! Dauernd hängt sie am Telefon! Letztes Mal hat sie mir vorgeworfen, ich würde ihren Sohn ungerecht behandeln! Linus, dieses Früchtchen! Lange halte ich das nicht mehr aus!"

Sie fühlte, dass ihr schon wieder die Tränen kamen, und holte ein paar Mal tief Luft, um sich zu beherrschen. Die Anteilnahme ihrer Kinder tat ihr gut, aber sie wollte die beiden nicht allzu sehr mit ihren Problemen belasten.

Niklas drückte Lilianes Schultern. „Was du brauchst, Mama, sind ein paar Tage richtigen Urlaub! Einen Tapetenwechsel! Nur Ruhe und Entspannung ohne Telefon und den Blick auf den vollen Schreibtisch." Er sprang auf. „Wie wäre es mit der Nordsee? Ich guck' gleich mal im Internet nach, ob auf einer der Inseln noch ein Zimmer für dich frei ist jetzt zu Ostern."

Zögerlich stand Liliane vom Sofa auf und folgte ihrem Sohn an den Schreibtisch, wo er mit flinken Fingern ihren Laptop aktivierte und im Nu die entsprechenden Seiten der Tourismusbranche aufgerufen hatte. Der Gedanke, einmal für kurze Zeit den ganzen Alltagskram zu vergessen und sich den frischen Wind der Nordsee um die Nase wehen zu lassen, hatte etwas ungemein Verlockendes. Sie schaute Niklas gemeinsam mit Svenja, die ihnen gefolgt war, über die Schulter und beobachtete, wie auf dem Bildschirm eine Insel-Webseite nach der anderen erschien.

„Norderney ist natürlich ausgebucht", meldete Niklas, „Langeoog und Spiekeroog auch. Aber hier, guck mal, in dieser Pension auf Wangerooge ist noch ein Zimmer frei. Und gar nicht teuer! Was hältst du davon?"

Liliane betrachtete die Abbildungen von dem hübschen Gebäude und den einladenden Zimmern, die von Erholung und Gemütlichkeit sprachen.

„Nicht schlecht. Ein paar Tage dort würden mir schon gefallen." Sie legte ihren beiden Kindern je einen Arm um die Schultern. „Aber ich kann euch doch nicht einfach so allein lassen."

„Natürlich kannst du!", unterbrach Niklas seine Mutter. „Ich werde schon auf die Kleine aufpassen. Wir werden bestimmt nicht verhungern. Also: Soll ich das Zimmer buchen? Und auch gleich eine Zugfahrt von hier nach Harlesiel zur Fähre?"

„Meint ihr wirklich?"

„Ja, Mama, wirklich!", antwortete Svenja, während Niklas die entsprechenden Daten in den Computer eingab.

„Schon erledigt", verkündete er. „Du brauchst nur noch deinen Koffer zu packen. Sieben Tage Wangerooge warten auf dich. Morgen 7.50 Uhr geht's los!"

Liliane lächelte ihre Kinder unsicher an. „Und ihr kommt wirklich ohne mich zurecht?

„Natürlich, Mama, wir sind doch keine Babys mehr", versuchte Svenja ihre Mutter zu beruhigen. „Mach dir bloß um uns keine Sorgen!"

„Trotzdem: Ich rufe lieber Tante Hanna an und sage ihr Bescheid. Sie soll gelegentlich mal nach euch sehen", sagte Liliane entschieden. „Dann fühle ich mich besser."

2

Hanna Morgenroth stellte ihre Walking-Stöcke in die Ecke der Garderobe und zog ihre Sportjacke aus. „Bin wieder da!", rief sie.

„Wie war's, Hanna?", antwortete Inga aus der Küche, wo sie den Abendbrottisch deckte. Hanna hörte die Stimmen der Zwillinge aus dem Kinderzimmer; offenbar hatten die beiden viel Spaß, denn immer wieder erklang ihr kreischenden Lachen.

„Es war herrlich, Inga! Ein wunderbarer Frühlingsabend! Du glaubst nicht, wie schön es um diese Jahreszeit im Wald ist!"

Bei solch schönem Wetter wie heute genoss Hanna die zügigen Nordic Walking-Spaziergänge durch den Wald, die sie vor allem wegen ihrer Arthrose im rechten Knie gewissenhaft täglich absolvierte, besonders. Die Birken und Kastanien waren die Ersten, die sich mit zarten Blattgrün schmückten, das Moos zeigte eine saftige sattgrüne Farbe und die Anemonen breiteten riesige weiße Blütenteppiche an sonnigen Stellen auf dem Waldboden aus. Gegen Abend ließen die Vögel ihr Lied hören und zu allem Überfluss hatte Hanna in der Asthöhle einer riesigen, noch kahlen Buche ein Amselnest mit vier Eiern entdeckt; auf das Schlüpfen der Jungen und deren weitere Entwicklung war sie schon gespannt.

Hanna schaute kurz in die Küche. „Ich will schnell noch duschen, Inga, dann helfe ich dir", versprach sie ihrer Schwiegertochter. „Ist Thomas noch nicht da?"

Inga lächelte ihr zu, während sie die Teller, Tassen und Bestecke auf dem großen Esstisch in der Wohnküche verteilte. „Nein, aber er muss jeden Augenblick kommen", sagte sie. „Wenn nicht irgendwas Unvorhergesehenes passiert ist", ergänzte sie.

Das Telefon klingelte. „Da haben wir's!", seufzte Inga.

„Ich geh schon", sagte Hanna und nahm den Hörer von der Ladestation im Flur.

„Hanna Morgenroth", meldete sie sich. Sie lauschte auf die aufgeregte Stimme im Telefon und antwortete: „Grüß dich, Liliane! Wie schön, mal wieder von dir zu hören! Wie geht es dir?"

Während sie zuhörte und den Wortschwall am anderen Ende mit regelmäßigen „Ahas", „Hms" und „Ach sos" begleitete, ging sie in der Diele auf und ab und wartete geduldig auf eine Gelegenheit, zu Wort zu kommen. Schließlich rückte Liliane mit ihrem Anliegen heraus und Hanna antwortete: „Aber selbstverständlich, Liliane, das mache ich doch gern! Ich freue mich darauf, die Kinder einmal wiederzusehen. Wann fährst du?... Also werde ich gleich übermorgen einmal bei den beiden vorbeischauen ... Mach dir keine Sorgen, schließlich sind sie ja schon erwachsen, Niklas zumindest ... Nichts zu danken, Liebes! ... Erhol dich gut! Bis dann!"

Nachdenklich legte sie den Hörer auf die Station.

Liliane … Es war schon einige Zeit her, seit Hanna ihre Nichte das letzte Mal gesehen hatte. Die einzige Tochter ihres Schwagers, Gerald Morgenroth, der mit seiner Frau bei einem Autounfall ums Leben gekommen war, hatte den frühen Tod ihrer Eltern erstaunlich tapfer ertragen, beherrscht und pragmatisch, obwohl sie damals erst Mitte zwanzig gewesen war. Auch ihre Scheidung nach achtzehn Jahren Ehe, nachdem ihr Mann sie mit einer seiner jungen Kolleginnen betrogen hatte, hatte sie selbstbewusst und souverän über die Bühne gebracht. Typisch Liliane, dachte Hanna. Obwohl: Manchmal vermutete sie, dass Liliane in Wirklichkeit gar nicht so stark war, wie sie gern den Anschein erweckte.

„Wer war denn dran?", fragte Inga aus der Küche. Bevor Hanna antworten konnte, hörte sie, wie die Haustür aufgeschlossen wurde. Thomas, ihr Sohn, kam nach Hause. Er begrüßte seine Mutter mit einem Kuss auf die Wange, entledigte sich seiner Jacke und ging in die Küche, um seine Frau zu begrüßen. Die Zwillinge, die das Kommen ihres Vaters gehört hatten, kamen aus dem Kinderzimmer gestürmt. Hanna beobachtete lächelnd, wie die beiden Achtjährigen Thomas um den Hals fielen. Wie schön, eine Familie zu haben, in der die Welt noch in Ordnung ist, dachte sie. Selten genug in einer Zeit, in der alles im Umbruch zu sein schien. Hanna musste wieder an ihre Nichte denken, deren Leben nicht so harmonisch aussah wie das ihres Sohnes. Obwohl auch Thomas schon von Berufs wegen mehr als genug mit den Schattenseiten des Lebens in Berührung kam. Als Kriminalhauptkommissar hatte er täglich mit Verbrechen aller Art zu tun.

Auf dem Weg zu ihrer Einliegerwohnung im Obergeschoss des Einfamilienhauses dachte Hanna über ihre Situation nach. Wie privilegiert sie doch war! Nach dem Tod ihres geliebten

Matins vor sieben Jahren war ihr das Haus, das sie und ihr Mann so viele Jahrzehnte bewohnt hatten und in dem, Thomas, ihr einziger Sohn, aufgewachsen war, zu groß geworden für sie allein. Nach ihrer Pensionierung als Lehrerin hatte sich zudem eine unwillkommene Leere in ihrem Leben breit gemacht. Dabei war sie eigentlich nicht ein Mensch, der Schwierigkeiten hatte, seinen Alltag sinnvoll zu gestalten. Im Gegenteil: Ihre Vorliebe für das Lösen komplizierter Kriminalfälle, das sie zu ihrem Hobby auserkoren hatte, führte dazu, dass sie ständig einen Kriminalroman auf ihrem Nachttisch liegen hatte und keinen Vorabendkrimi oder Tatort im Fernsehen versäumte. Es bereitete ihr große Genugtuung, wenn sie nach der ersten Viertelstunde eines Krimis schon wusste, wer der Täter war. Sie konnte es zudem nicht lassen, sich in die realen Kriminalfälle einzumischen, die sich in ihrem Umfeld abspielten, sehr zu Leidwesen ihres Sohnes, dem sie mit ihrer Detektivspielerei in die Quere kam.

Sie war glücklich gewesen, als Thomas sich entschlossen hatte, mit seiner Familie in sein Elternhaus einzuziehen, nachdem er die Leitung der Kriminalpolizei in der örtlichen Polizeiinspektion übernommen hatte. Das Haus war stets mit Leben erfüllt, dafür sorgten schon Isabell und Jannik, die beiden Zwillinge. Inga war froh, dass Hanna sie bei der Hausarbeit und der Betreuung der Kinder entlastete, sodass sie ihrem Beruf als Erzieherin, dem sie ihre ganze Leidenschaft widmete, in Ruhe nachgehen konnte.

So gern Hanna Mitglied dieses Haushaltes war, so entschieden hatte sie darauf bestanden, sich im Obergeschoss des Hauses ihr eigenes Reich einzurichten mit Wohnzimmer, Küche, Bad und sogar einem kleinen Gästezimmer. So konnte sie, wann immer sie wollte, Besuch empfangen, zum Beispiel ihre

Kränzchenschwestern Liesbeth und Edith, um sich beim allwöchentlichen Kaffeeklatsch über die Neuigkeiten in der Stadt auszutauschen.

Oben angekommen, betrat Hanna ihr Bad, um nach der schweißtreibenden Walkingtour zu duschen. Während sie sich das warme Wasser über den Körper laufen ließ, dachte sie über ihre Nichte Liliane nach. Gut, dass die junge Frau - für Hanna mit ihren 67 Jahren waren alle Menschen unter fünfzig jung – sich entschlossen hatte, eine Woche richtigen Urlaub zu machen auf Wangerooge. Die frische Nordseeluft und die Abgeschiedenheit auf der Insel würden ihr gewiss guttun. Und Svenja und Niklas waren bestimmt in der Lage, ein paar Tage allein zurechtkommen, schließlich waren sie ja keine Kinder mehr. Typisch, dass Liliane sich trotzdem Sorgen machte. Sie musste wohl noch lernen, dass man den Jugendlichen auch mal etwas zutrauen musste. Naja, es würde auf jeden Fall schön sein, die beiden wiederzusehen.

Hanna beendete ihre Dusche und kleidete sich fürs Abendessen an. Schnell fuhr sie sich durch ihr kurzes weißes Haar und lächelte ihrem Spiegelbild zu. Es geht mir gut, stellte sie fest, Gott sei Dank.

Am Abendbrottisch in der großen Wohnküche herrschte schon eine lebhafte Unterhaltung, als Hanna sich auf ihren Platz setzte. Isabell, die von Ballett oder anderem Mädchenkram, wie sie es verächtlich nannte, nichts wissen wollte und stattdessen ihrem Bruder im Fußballverein Konkurrenz machte, erzählte gerade mit ausdrucksstarker körpersprachlicher Untermalung, wie sie unter Umrundung zweier gegnerischer Verteidiger ganz allein ein Tor geschossen hatte. Jannik, der Ruhigere von den Geschwistern, nickte beifällig zu ihren Schilderungen. Hanna fuhr ihm durch seinen dichten Blondschopf. Er könnte mal wieder einen Friseurbesuch vertragen, dachte sie angelegentlich. Auch die Zöpfe seiner Schwester müssten dingend gestutzt werden. Inga erzählte von den Ostervorbereitungen in ihrer Kindergartengruppe, Thomas schaufelte gewohnt wortkarg mit Appetit den Kartoffel-Schinken-Auflauf in sich hinein, während er zuhörte, und die Kinder plapperten munter drauflos. Hanna blickte lächelnd in die Runde und genoss das familiäre Zusammensein.

„Thomas, erinnerst du dich an deine Cousine Liliane?", fragte sie ihren Sohn nun.

„Natürlich. Wir haben sie und die beiden Kinder – wie heißen sie noch mal? – Svenja und Niklas? – doch erst letztens beim Cityfest gesehen. Wann war das? Im Oktober letztes Jahr? Mein Gott, schon so lange her. Wieso? Ist was mit ihr?"

„Nein, es geht ihr soweit gut. Sie möchte nur ein paar Tage verreisen in den Osterferien und hat mich gefragt, ob ich ein Auge auf Svenja und Niklas haben könnte. Es ist ja nicht weit bis zu ihrer Wohnung, ich kann gut kurz mal ´rüberfahren zu ihr. Es geht ihr dabei wohl in erster Linie um Svenja."

„Ach so. Warum nicht?" Thomas widmete sich wieder seinem Essen.

„Dürfen wir mit, Oma?", fragte Isabell, und Jannik echote „Ja, dürfen wir mit?" Hanna nickte ihren Enkeln zu. „Natürlich nehme ich euch mal mit. Wir machen uns dann einen schönen Tag zusammen mit Svenja und Niklas, was?"

Inga, die dem Gespräch bisher zugehört hatte, ohne sich daran zu beteiligen, fragte: „Wie ist Liliane Thedieck eigentlich genau mit uns verwandt, Hanna?"

„Sie ist die Tochter des Bruders meines Mannes, Inga. Also ist sie Thomas' und damit auch deine Cousine. Du hast ihre Eltern nicht kennengelernt; sie sind schon lange tot. Aber vielleicht erinnerst du dich noch an ihren Mann? Liliane hat sich von ihm - ich glaube, das ist schon acht oder neun Jahre her - scheiden lassen. Er hat kurze Zeit später seine Geliebte geheiratet."

Hanna konnte nicht vermeiden, dass ihre Miene verriet, was sie von dem Verhalten des Ex-Mannes von Liliane hielt. Sie wechselte einen vielsagenden Blick mit ihrer Schwiegertochter. „Tja, so spielt das Leben manchmal. Jedenfalls hat sich Liliane tapfer gehalten und die Kinder allein großgezogen. Die sind inzwischen schon fast erwachsen, aber Liliane glaubt, sie nicht sich selbst überlassen zu können. Sie denkt dabei wohl vor allem an Svenja, die fünfzehn oder sechzehn sein muss. Vielleicht hat sie auch Angst vor ausschweifenden Teenagerpartys in ihrer Wohnung. Deshalb möchte sie, dass ich gelegentlich nach dem Rechten sehe. Tue ich natürlich gern. So komme ich mal aus dem Haus."

Inga nickte. „Verstehe ich vollkommen."

Eine kleine Pause entstand. Alle widmeten sich ihrem Essen. Hanna betrachtete mit mütterlichem Stolz ihren Sohn. Trotz seiner vierzig Jahre wirkte er recht jugendlich mit seinem Dreitagebart und seinen vollen dunklen Haaren, womit er einen attraktiven Gegensatz zu der zarten Blondheit seiner Frau bildete. Im Moment sah er ein wenig gestresst aus, fand Hanna.

Sie wandte sich ihm zu. „Was gibt es Neues bei dir, Thomas? Hast du nicht einen spannenden Kriminalfall, bei dem ich dir zur Hand gehen kann?", fragte sie schmunzelnd, wohl wissend, dass sie ihn damit provozierte.

„Um Gottes willen, Mama, bloß nicht!" Er hob abwehrend die Hände. Er schüttelte den Kopf. „Nur langweiligen Kleinkram, ein paar Einbrüche, Diebstähle und sowas. Nichts, was dich interessieren könnte."

„Schade. Aber du musst zugeben, dass ich dir bei der Sache

mit dem französischen Au Pair-Mädchen wirklich geholfen habe, oder etwa nicht?", konterte Hanna. „Und auch das Rätsel um das Kind, das nicht sprechen wollte, habe ich aufgeklärt. Kannst du nicht leugnen."

Ihr Sohn tupfte sich mit der Serviette den Mund ab und stand auf. „Stimmt, muss ich zugeben. Aber du weißt, ich kann es nicht ausstehen, wenn du dich in meine Kriminalfälle einmischst. Wir haben es mit Verbrechern zu tun, und das ist manchmal richtig gefährlich. Das hast du ja selbst erfahren, weißt du noch?"

„Schon gut, mein Junge", gab Hanna klein bei. „Du hast ja Recht."

Die Mahlzeit war beendet und die Zwillinge verschwanden johlend in ihrem Zimmer, um zu spielen. Hanna stand auf und half Inga beim Aufräumen der Küche. Aufmerksam musterte sie ihre hübsche Schwiegertochter, die mit müden Bewegungen das Geschirr abräumte. Aus dem blonden Haar, das Inga wie auch die strahlend blauen Augen ihren Kindern vererbt hatte, hatten sich ein paar Strähnen aus der Spange, die es aus der glatten Stirn hielt, gelöst. Inga sah erschöpft aus. „Lass' nur, Inga, ich mache den Rest", sagte Hanna und schob ihre Schwiegertochter ins Wohnzimmer, wo Thomas es sich schon auf dem Sofa gemütlich gemacht hatte. Später, wenn die Kinder schliefen, würde sie sich mit einem Glas Wein zu den beiden gesellen.

3

Am Fähranleger in Harlesiel wimmelte es von Menschen. Das ungewöhnlich warme Frühlingswetter lockte die Ausflügler ins Freie und ans Meer, sodass der Zug, der bis zum Anleger fuhr, aus allen Nähten platzte. Auch die Wartehalle, wo Liliane sich ihre Fahrkarte gekauft hatte, war gefüllt mit Urlaubern. Da sie eine Weile warten musste, bis die Fähre abfuhr, kaufte sie sich einen Kaffee. Vorsichtig balancierte sie den Pappbecher mit dem duftenden Getränk ins Freie, um die Sonne zu genießen. Geduldig reihte sie sich in die Schlange ein, die sich an dem Anleger gebildet hatte. Ihren Koffer schubste sie vor sich her, ihre große Tasche hatte sie geschultert. Sie wandte ihr Gesicht der Sonne zu und genoss die Wärme auf ihrer Haut. Sie schloss die Augen, lauschte dem Kreischen der Möwen und meinte, die salzige Seeluft schmecken zu können. Die Luft roch nach Meer und Fisch und Liliane fing an, sich zu entspannen. In kleinen Schlucken trank sie den heißen Kaffee.

Sie zuckte heftig zusammen, als das Handy in ihrer Jackentasche klingelte. Hektisch versuchte sie, mit der linken Hand an das Telefon heranzukommen, während sie mit der Rechten den Becher mit dem Kaffee festhielt.

„Hallo?"

„Hi, Mama!", hörte sie Niklas' Stimme. „Nur eine kurze Frage: Ich möchte meine T-Shirts waschen. Welches Programm muss ich dafür nehmen?"

„Also wirklich, das ist doch nicht so schwierig. Du musst das Feinwaschmittel einfüllen, die Temperatur auf 30° einstellen und den ON-Knopf drücken. Alles klar?"

„Das Feinwaschmittel ist das, was neben der Waschmaschine steht, oder? Und kann ich die weißen zusammen mit den bunten Shirts waschen?"

Liliane stieß einen tiefen Seufzer aus und verdrehte die Augen. Die Frau, die neben ihr in der Schlange stand, warf ihr einen verständnisvollen Blick zu.

„Natürlich nicht. Nur die bunten zusammen waschen, die weißen extra. Nun denk doch selbst mal nach, Niklas. Sonst frag' Svenja oder Tante Hanna, wenn sie morgen kommt. Also: Kommst du klar?"

„Alles klar, Mama, nur keine Aufregung. Erhol' dich gut. Tschüss." Schon hatte er aufgelegt.

Die Schlange rückte vor, weil die Fähre inzwischen angelegt hatte, und Liliane steckte ihr Handy wieder in die Tasche. Als sie ihren Koffer weiterrollen wollte, rutschte ihr der Träger ihrer Handtasche von der Schulter und sie verschüttete den heißen Kaffee auf den Jackenärmel ihres Vordermannes.

„Oh Gott, entschuldigen Sie! Das war keine Absicht." Der Tourist drehte sich um und versuchte, die heiße Flüssigkeit von seinem Ärmel abzuschütteln.

„Hoffentlich habe ich Sie nicht verbrannt? Oh mein Gott! Es tut mir so leid!" Hektisch versuchte Liliane, mit einem Papiertaschentuch den Fleck abzutupfen.

„Aber das ist doch halb so schlimm. Nur keine Aufregung", sagte der Geschädigte. Seine Stimme klang überraschend gelassen, sogar ein wenig amüsiert. Liliane hob den Blick und begegnete einem Paar ruhiger graublauer Augen, die sie freundlich ansahen. Der Mann, dem diese Augen gehörten, war groß und schlank, etwa fünfzig, hatte ein angenehmes, gutgeschnittenes Gesicht und strahlte eine wohlwollende Geduld aus.

„Doch, doch, es war meine Schuld", beteuerte Liliane. „Ich bezahle natürlich die Reinigung. Sie wollen auch nach Wangerooge? Dort können wir die Jacke reinigen lassen. Oder bleiben Sie nur für einen Tag? Dann müssen Sie mir die Rechnung schicken, ich schreibe Ihnen die Adresse auf ..." Hektisch fing Liliane an, in ihrer Handtasche nach einem Stift und Papier zu suchen.

„Das ist nicht nötig. Mein Sohn und ich bleiben ein paar Tage auf Wangerooge. Wie wollen die gute Seeluft genießen."

Er hatte Liliane den inzwischen leeren Kaffeebecher abgenommen, nahm ihren Ellenbogen und zog sie mit sich, da die Reisenden auf die Fähre gingen. Ein extrem schlanker junger Mann gesellte sich zu ihnen. „Das ist mein Sohn Tim. Übrigens, mein Name ist Eric Wilkens. Wir kommen aus Hamburg."

Liliane nahm die Hand, die Wilkens ihr reichte und nickte Tim zu. „Ich heiße Liliane", sagte sie, „Liliane Thedieck. Ich komme aus Cloppenburg. Danke, dass Sie so nachsichtig sind mit meiner Ungeschicklichkeit."

Sie versuchte ein Lächeln und als Eric Wilkens es erwiderte, wurde sie sich plötzlich ihres Aussehens bewusst. Verdammt, warum hatte sie nicht besser darauf geachtet, was sie anzog, fuhr es ihr durch den Kopf. Die Jeans, die sie trug, waren alt, das hellblaue T-Shirt labbrig und die Windjacke eher zweckmäßig als modisch. Wenigstens die Haare hätte sie sich etwas zurechtmachen können, anstatt sie mit einem simplen Gummiband zu einem Pferdeschwanz zusammenzubinden. Auf Make-up hatte sie ganz verzichtet in der Annahme, dass das Aussehen keine Rolle spielte, wenn man nur frische Meeresluft tanken wollte. Verlegen zupfte sie an ihrer Jacke herum, hängte ihre Tasche von einer Schulter auf die andere und rollte ihren Koffer nervös vor und zurück.

Zusammen mit den Wilkens betrat sie die Fähre und ergatterte einen Platz am Fenster. Der auffallend blasse Junge, der aussah wie das jugendliche Abbild seines Vaters, setzte sich ihnen gegenüber und blickte still und in sich gekehrt auf das graue Nordseewasser hinaus. Langsam entspannte Liliane sich und sie fing an, die Fahrt zu genießen.

Die Überfahrt zur Insel gestaltete sich für Lilianes Empfinden ausgesprochen kurzweilig. Man tauschte sich aus über Herkunft und Beruf, Familie und Hobbys, und als Liliane zusammen mit den Wilkens die Fähre verließ, hatte sie das Gefühl, Vater und Sohn schon recht gut zu kennen. Auf der Insel schaute sie sich vergeblich nach einem Taxi um, das sie zu ihrer Pension bringen sollte. Wilkens lächelte. Offensichtlich kannte er sich aus. „Da werden Sie kein Glück haben", erklärte er. „Auf Wangerooge gibt es keine Autos."

Konsterniert setzte Liliane ihren Koffer ab. „Und wie komme ich jetzt zu meiner Pension?", fragte sie mehr sich selbst als ihren Mitreisenden.

„Wir nehmen die Inselbahn", antwortete Wilkens. „Sehen Sie, dort kommt sie schon. Wohin müssen Sie denn?"

„Ich wohne in der Pension ‚Haus Strandburg' in der Friedrich-August-Straße", antwortete Liliane, nachdem sie ihre Hotelbestätigung aus ihrer Tasche hervorgekramt hatte. Wilkens lachte laut auf.

„Wenn das kein Zufall ist! Da wohnen wir auch, Tim und ich. Wie schön!" Er half ihr, den Koffer in die kleine Bahn zu hieven und zusammen fuhren sie im Schneckentempo über die Insel zu dem gemütlichen Gästehaus, das für die nächsten Tage ihr gemeinsames Zuhause sein sollte.

4

Liliane konnte kaum fassen, was mit ihr geschah. Während sie in den folgenden Tagen zusammen mit Eric Wilkens, der wie von selbst zu ihrem ständigen Begleiter geworden war, die kleine Nordseeinsel erkundete, erlebte sie einen Ansturm von Gefühlen, an deren Existenz sie nicht mehr geglaubt hatte. Die zurückhaltend-höfliche, gleichzeitig aber fürsorgliche und aufmerksame Art des Mannes gefiel ihr ausgesprochen gut, ebenso seine große Besorgnis um seinen 18-jährigen Sohn, der, wie sie erfuhr, wegen seines schwachen Herzens Erholung an der Nordseeluft finden sollte. Der schweigsame Junge, der sich mit Vorliebe mit seinem Skizzenblock auf eine der Bänke in den Dünen setzte und mit bemerkenswertem Können Impressionen von der Vegetation und der Meeresküste zeichnete, hatte ihr Herz mit derselben Leichtigkeit gewonnen wie sein Vater.

„Tim ist wohl gern allein mit sich?", mutmaßte Liliane, als sie mit Eric langsam über den weiten weißen Strand schlenderte. Zum Baden war es jetzt, Mitte April, noch zu kühl, deshalb begnügten sie sich wie die meisten Touristen mit dem Wandern an der Küste und durch die Dünen oder mit Spaziergängen in der malerischen Ortschaft. Längst waren Liliane und Eric Wilkens beim vertraulichen Du angelangt und ihre Unterhaltungen waren vom Allgemeinen zum Persönlichen übergegangen.

Bei der Bemerkung Lilianes hatte sich das Gesicht Erics beschattet. „Ja. Er ist viel zu ernst für seine Jugend. Daran ist wohl auch seine Krankheit schuld. Der Arzt hat gesagt, die Ruhe und die Seeluft hier am Meer würden ihm guttun. Deshalb sind wir so oft wie möglich hier auf Wangerooge. Leider habe ich selten Zeit für einen längeren Aufenthalt. Meine Arbeit beim Hamburger Mittagsblatt lässt mir nur wenig freie Zeit, wie du dir denken kannst."

Liliane nickte. „Das verstehe ich gut. Es ist nicht einfach, seinen Kindern gerecht zu werden, wenn man beruflich so eingespannt ist. Mir geht es genauso. Ich hätte auch gern mehr Zeit für meine Kinder. Besonders um Svenja mit ihren sechzehn Jahren würde ich mich gerne mehr kümmern."

Eric nahm ihren Arm und hakte ihn bei sich ein. „Sicher tust du, was du kannst. Mach' dir nicht allzu viele Gedanken. Deine Kinder sind wenigstens gesund."

Liliane spürte die tiefe Sorge, die Eric um seinen Sohn empfand. War Tims Krankheit vielleicht ernster, als es den Anschein hatte?

Eric schwieg. Liliane warf einen Seitenblick auf sein Gesicht. Es schien, als sei er mit seinen Gedanken in einer anderen Welt. Seine Miene hatte sich verdüstert, auf seiner Stirn zeigten sich tiefe Falten. Schließlich schüttelte er leicht den Kopf, als wolle er die trüben Gedanken verscheuchen, lächelte Liliane an und sagte: „Es ist zu alldem so, dass ich als Journalist oft unterwegs bin, besonders, wenn ich größere Projekte verfolge. Dann ist Tim auf sich allein gestellt. Ich habe kein gutes Gefühl dabei, aber es geht nun einmal nicht anders."

Sie waren stehengeblieben und beobachteten aus einiger Entfernung den zeichnenden Tim, der ganz in seine Arbeit vertieft war und ihr Kommen noch nicht bemerkt hatte.

„Er scheint zeichnerisch sehr begabt zu sein", sagte Liliane. „Ich habe einige seiner Bilder gesehen: Sie sind wunderschön."

Eric nickte. „Ja. Nach dem Abitur will er Kunst studieren. Sein

Leistungskurslehrer hat ihm großes künstlerisches Talent bescheinigt. Wenn er nur nicht …"

Liliane drückte mitfühlend seinen Arm.

„Weißt du", fuhr Eric fort, „als vor zwei Jahren seine Mutter starb, da habe ich gedacht, das schaffe ich nicht allein. Aber es musste eben gehen. Trotzdem: Diese ewige Angst um Tim …" Seine Stimme verlor sich.

Liliane wusste nichts Tröstendes zu sagen, deshalb schwieg sie.

Inzwischen waren sie bei Tim angelangt. Der Junge hob den Blick und sah ihnen lächelnd entgegen. Sein hübsches Gesicht, das noch kaum Anzeichen von Bartwuchs zeigte, hatte sich im Wind leicht gerötet.

„Darf ich mal sehen?", fragte Liliane und Tim reichte ihr den Block. Die zart kolorierte, gekonnt wiedergegebene Dünenlandschaft, die sowohl ein gutes Auge für Details als auch einen Sinn für das Ganze verriet, erregte ihre Bewunderung. „Wunderschön, Tim, wirklich", sagte sie. „Dass du so etwas kannst, toll!"

Tim nahm das Lob mit einem zurückhaltendem Lächeln entgegen.

Nach einer Woche, als die Urlaubstage zu Ende gingen, kannte Liliane die kleine Nordseeinsel in- und auswendig. Unter Erics kundiger Führung hatte sie das Museum im Alten Leuchtturm, dessen Dachkonstruktion Liliane an einen schmalkrempigen Hut erinnerte, ausgiebig besichtigt. Sie hatten gemeinsam die ein- und zweimotorigen Flugzeuge beim Starten und Landen auf dem Inselflughafen beobachtet, die

Windsurfer und die Segelboote am Bootshafen bewundert und über die trotz des kühlen Wetters schon gut besetzten Strandkörbe im makellosen Sand der Küste gestaunt. Auf der rotgepflasterten breiten Strandpromenade waren sie entlanggeschlendert, hatten in einem der Straßencafés in der Sonne gesessen und Cappuccini genossen. Der Blick über das weite flache Wattenmeer bei Ebbe hatte Liliane ebenso beeindruckt wie das Heranrollen der rauen Nordseewellen bei Flut.

Jetzt, an ihrem letzten gemeinsamen Abend, hatten Eric und Liliane zusammen mit Tim ein besonders aufwendiges und leckeres Abendessen in ihrer kleinen Pension genossen, für das Liliane sich eigens ihre rote Seidenbluse und den engen schwarzen Rock angezogen hatte, die sie für etwaige besondere Anlässe eingepackt hatte. Ihre schulterlangen, stark gewellten braunen Haare hatte sie hochgesteckt, sodass nur zwei einzelne Locken links und rechts ihr Gesicht umrahmten, und das Rot ihres Lippenstiftes und ihrer Fingernägel passte perfekt zu dem ihrer Bluse. An dem unverhohlen bewundernden Blick Erics erkannte sie, dass ihre Bemühungen nicht vergebens gewesen waren. „Du siehst bezaubernd aus", hatte er gesagt, und sie fühlte sich auch so. Nach dem Essen hatte Tim sich in sein Zimmer zurückgezogen und Eric und sie hatten sich bei einer Flasche halbtrockenen Rotweins intensiv unterhalten. Als wäre es das Selbstverständlichste der Welt, waren sie danach in Lilianes Zimmer gegangen und hatten, leidenschaftlich und zärtlich, miteinander geschlafen.

Nun lagen sie erschöpft und entspannt nebeneinander im Bett. Aus dem Radio erklang leise Tanzmusik, das gedämpfte Licht tauchte das Zimmer in ein behagliches Halbdunkel und auf dem Tisch glänzte der Sektkübel mit der Flasche Prosecco, die sie geleert hatten. Liliane war glücklich. Sie fühlte sich warm und geborgen und hatte seit langer Zeit wieder die Gewissheit, begehrt und geliebt zu werden. Eric hatte den Arm um sie gelegt und sie bettete ihren Kopf an seine Schulter. Ohne das Bedürfnis zu reden, lauschte sie seinem immer noch leicht beschleunigten Atem.

„Wolltest du immer schon Reporter werden, Eric?", fragte sie nach einer Weile.

„Hm, lass mich nachdenken. Ja, eigentlich schon. Als Primaner war ich Redakteur der Schülerzeitung und meistens auch der einzige Autor. Aber wenn ich ehrlich bin, wollte ich als Junge Rennfahrer werden. Schnelle Autos fahren und viel Geld verdienen". Er lachte leise. „Oder noch lieber Detektiv. Rumschnüffeln und die Wahrheit rausfinden, das hätte mir gefallen." Er lächelte versonnen vor sich hin. „Und du? Wie muss ich mir die kleine Liliane vorstellen?"

Liliane verschränkte die Arme hinter dem Kopf und dachte nach.

„Ich? Ich weiß gar nicht, wann und ob überhaupt ich mich bewusst entschieden habe, Lehrerin zu werden. Es hat sich wohl so ergeben. Als Kind war ich still und schüchtern. Habe mich immer wegen irgendwas geschämt. Habe mir eingebildet, dass ich zu klein war oder dass meine Haare zu kraus waren und so weiter. Aber ich war gewissenhaft und ordentlich, auch sehr pflichtbewusst. Ich glaube, im Grunde habe ich mich immer nach der Liebe und Anerkennung der anderen gesehnt, der meiner Eltern, meiner Lehrer, der Männer. Deshalb auch die Sache mit meinem Ex-Mann. Er hat mich nach Strich und Faden belogen und betrogen und es hat ewig gedauert, bis ich es nicht mehr aushalten konnte und die Scheidung eingereicht habe."

Sie hielt inne. Wie wohltuend es war, über all das offen reden zu können mit einem Menschen, dem sie vertraute! Sie fragte sich, wie es kam, dass sie keine Scheu hatte, Eric, den sie erst so kurze Zeit kannte, ihr Herz auszuschütten. War es seine ruhige, ausgeglichene Art, die ihr Vertrauen einflößte? Oder seine Fürsorglichkeit, die sich in der tiefen Sorge um seinen Sohn zeigte? Das war es aber sicherlich nicht allein, gestand sie sich schmunzelnd ein. Denn natürlich waren sein attraktives Gesicht, sein schlanker, muskulöser Körper und sein charmantes Lächeln nicht unschuldig daran, dass sie sich in ihn verliebt hatte. Ganz zu schweigen von seiner Art zu küssen und sie zu umarmen ... Ach, sie wollte jetzt nicht weiter darüber nachdenken. Sie kuschelte sich näher an ihn und fühlte sich geborgen und beschützt wie schon lange nicht mehr.

Eric richtete sich auf, stützte sein Kinn auf seine Hand ab und schaute ihr ins Gesicht. Liliane erwiderte seinen Blick. Plötzlich waren beide sehr ernst. Eric hob seine Hand und strich eine Locke aus Lilianes Gesicht. Dabei fuhr er ihr mit einer unsagbar zärtlichen Geste über die Wange.

„Ich glaube, ich bin dabei, mich ernsthaft in dich zu verlieben, Liliane", sagte er leise.

Liliane sah ihm in die Augen und flüsterte: „Und ich mich in dich." Sie hatte das Gefühl, dass dieser Augenblick ihr gesamtes Leben verändern würde. Ihr Herzschlag beschleunigte sich merklich. Eric erwiderte ihren Blick aufmerksam, als suche er in ihren Augen die Antwort auf eine Frage.

„Wir können uns doch nach diesem Urlaub in Hamburg oder Cloppenburg weiterhin treffen, oder? Ich möchte nicht, dass das hier endet, bevor es richtig begonnen hat. Was denkst du, Liliane?"

Anstelle einer Antwort nahm Liliane sein Gesicht in beide Hände und küsste ihn sanft auf den Mund. Alles Weitere ergab sich wie von selbst.

5

Das Speiserestaurant in der Bether Straße in Cloppenburg war wie immer gut besucht. Die Luft war erfüllt von leisem Stimmengewirr, appetitanregende Düfte gingen von den verschiedenen Speisen aus, die von den eifrigen Kellnern zu den Tischen getragen wurden. Das gepflegte Ambiente mit den üppig gepolsterten, bequemen Sitzen trug zu der gehobenen Stimmung der sieben Menschen bei, die sich an einem der Tische versammelt hatten. Hanna hatte Lilianes Einladung, bei der kleinen privaten Feier dabei zu sein, quasi in Vertretung von Lilianes verstorbenen Eltern, nur allzu gerne angenommen, brannte sie doch darauf, den neuen Lebensgefährten ihrer Nichte kennenzulernen. Schon als sie Liliane zusammen mit Niklas und Svenja vom Cloppenburger Bahnhof abgeholt hatte, war ihr aufgefallen, wie verändert die junge Frau aussah. Nicht nur, dass ihre Haut von der Seeluft Farbe bekommen hatte, was ihr, wie Hanna fand, ausgezeichnet stand, ihre Augen strahlten und ihre gesamte Erscheinung sprühte vor Lebendigkeit. Sogar Niklas mit seiner wenig empathischen Art war diese positive Veränderung seiner Mutter aufgefallen. „Du siehst richtig erholt aus, Mama", hatte er gesagt, „gut, dass wir dich auf die Insel geschickt haben, nicht wahr?"

„Ja, das stimmt, mein Junge", hatte Liliane mit einem bedeutungsvollen Lächeln geantwortet, „du ahnst gar nicht, wie gut."

„Nun mal heraus mit der Sprache“, forderte Hanna ihre Nichte auf, als sie später beim Kaffee in dem von Svenja mustergültig aufgeräumten Wohnzimmer saßen und den Kuchen genossen, den Hanna als Willkommensgruß gebacken hatte. Svenja und Niklas hatten sich längst wieder ihren eigenen Angelegenheiten zugewandt, sodass die beiden Frauen unter sich waren.

„Ach, Hanna! Du glaubst ja nicht, wie glücklich ich bin“, war es aus Liliane herausgesprudelt und sie hatte ihrer Tante alles bis zu den kleinsten Einzelheiten erzählt. „Und in ein paar Wochen kommen Eric und Tim hierher, um sich den Kindern vorzustellen. Ich habe an eine kleine Feier gedacht, mit einem schönen Essen und einem guten Wein. Vielleicht in einem Restaurant, wo es gemütlich ist und wir uns unterhalten können. Was meinst du?“

Hanna freute sich aufrichtig über das Glück ihrer Nichte, wusste sie doch, dass es für eine berufstätige Frau Mitte vierzig mit zwei fast erwachsenen Kindern alles andere als einfach war, einen passenden Partner zu finden. Aber natürlich würde sie diesen Eric Wilkens erst einmal auf Herz und Nieren prüfen, bevor sie sich ein abschließendes Urteil über diese Beziehung bildete.

Nun saß sie also zusammen mit Liliane, Svenja und Niklas sowie Eric Wilkens, seinem Sohn und Bernd Stagge, Erics bestem Freund und Kollegen, im Restaurant und genoss das Beisammensein in vollen Zügen. Erics Eltern, beide weit über Achtzig, hatte die weite Fahrt aus Hamburg gescheut und wollten Liliane später bei sich zu Hause kennenlernen. Bernd Stagge war ein gemütlich wirkender fülliger Mann um die Vierzig, mit einem runden Gesicht, lockigen hellbrauen Haaren, die sich schon lichteten, und kleinen braunen Augen. Hanna fielen während des Essens seine ungewöhnlich feingliedrigen Hände auf, mit denen er das Besteck handhabte, und seine fröhliche, unbekümmerte Art, die im deutlichen Gegensatz zu der zurückhaltenden ruhigen Gelassenheit Erics stand. Ein Freundespaar, bei dem einer den anderen positiv ergänzt, dachte Hanna.

Schon auf dem ersten Blick waren ihr die beiden Wilkens ausgesprochen sympathisch gewesen, der Vater ebenso wie der Sohn, und ihre Menschenkenntnis sagte ihr, dass Liliane keine bessere Wahl hätte treffen können. Der Journalist machte einen seriösen, weltgewandten Eindruck auf sie, seine Stimme und seine Art zu sprechen waren angenehm und freundlich und sein gutes Aussehen tat ein Übriges. Der zurückhaltende Tim, der sogleich von Svenja mit Beschlag gelegt wurde, schien unter der lebhaften Quirligkeit des jungen Mädchens aufzutauen, denn Hanna hörte ihn immer öfter laut lachen.

Eric Wilkens erzählte anschaulich von seiner journalistischen Arbeit, unterstützt von Bernd Stagge, der durch kleine Anekdoten alle zum Lachen brachte. Die Reporter erregten dadurch das Interesse von Niklas, den sie in ein angeregtes Gespräch über ein etwaiges Journalistik Studium verwickelten. Liliane saß da mit einem glücklichen Lächeln im Gesicht, schaute von einem zum anderen und wechselte einen triumphierenden Blick mit Hanna, der besagte: Na, was habe ich dir gesagt? Eric ist der beste Mann der Welt.

Stagges Mobiltelefon summte und unterbrach die lebhafte Unterhaltung am Tisch.

„Entschuldigung", sagte er und warf einen Blick auf das Display. Mit leiser Stimme wandte er sich an Eric: „Entschuldige bitte. Eine SMS. Es muss wichtig sein, ich werde sie mir kurz anschauen."

Er stand auf, drehte sich um und las die Nachricht. Dann beugte er sich zu Eric herunter und flüsterte ihm etwas ins Ohr. Die Unterhaltung am Tisch stockte und alle blickten auf die beiden Männer.

Hanna sah, dass sich auf der Stirn Erics eine ärgerliche Falte bildete und sein Gesicht einen angespannten Ausdruck annahm. Doch schon im nächsten Augenblick lächelte er wieder. „Bitte entschuldigt die Unterbrechung. Es geht um etwas Berufliches. Leider lässt es sich nicht aufschieben." Er stand auf. „Bernd und ich müssen kurz etwas besprechen und telefonieren, es dauert nur fünf Minuten. Wir gehen dazu nach draußen. Bitte lasst euch nicht stören!"

Er nahm seinen Kollegen, der den Zurückbleibenden ebenfalls entschuldigend zunickte, am Arm und beide gingen Richtung Ausgang.

„Komisch", meinte Hanna.

Liliane zuckte mit den Schultern. „Muss wohl sehr wichtig sein", sagte sie entschuldigend in die Runde. „Ich gehe derweil mal für kleine Mädchen." Sie nahm ihre Handtasche und machte sich auf den Weg zu den Waschräumen.

Hanna winkte den Kellner zu sich und bestellte sich noch ein Glas Rotwein. Danach entschloss sie sich, die allgemeine Unterbrechung zu nutzen, um sich ebenfalls frisch zu machen. Auf den Weg zu den Toilettenräumen musste sie das halbe Lokal durchqueren und kam an den großen Fenstern vorbei, die den Blick auf die an dem Restaurant vorbeiführende Straße freigaben. Sie sah Eric Wilkens allein am Straßenrand stehen. Er telefonierte mit seinem Handy und war ganz auf das Gespräch konzentriert. Auf der abendlichen Straße war nur wenig Verkehr. Hanna beobachtete, wie von links die Scheinwerfer eines Autos rasch näherkamen. Es fuhr in auffälligen

Schlangenlinien. Offensichtlich war der Fahrer betrunken. Kurz vor dem Lokal beschleunigte der Wagen und hielt auf den wartenden Eric zu, der dem Auto gerade den Rücken zuwandte. Hanna hob erschrocken die Hand, als könnte sie so das heranrasende Fahrzeug stoppen. Sie vergaß zu atmen, während sie verfolgte, was auf der Straße geschah. Der schwere Wagen jagte mit unverminderter Geschwindigkeit auf den Bürgersteig und erfasste den Wartenden in voller Fahrt mit dem rechten Kotflügel. Wie eine Puppe wurde Erics Körper in die Luft geschleudert, bevor er mit dem Kopf voran auf das Straßenpflaster aufschlug. Das Auto raste ohne abzubremsen und anzuhalten mit hohem Tempo davon. Das Ganze hatte nicht länger als fünf oder sechs Sekunden gedauert.

Einen Moment lang stand Hanna da wie gelähmt. Sie konnte nicht fassen, was sich gerade vor ihren Augen abgespielt hatte. Im nächsten Augenblick erwachte sie aus ihrer Erstarrung, rannte zur Tür, öffnete sie und lief so schnell sie konnte zu dem bewegungslos auf der Straße liegenden Mann. Eric stöhnte. Er lebt noch, Gott sei Dank, fuhr es Hanna durch den Kopf. Sie kniete sich neben den Verletzten und nahm vorsichtig seinen Kopf in ihre Hände. Aus Nase und Ohren sickerte Blut. Erics Augen suchten ihr Gesicht. Als er zu sprechen versuchte, kam ein Schwall Blut aus seinem Mund. „Ruhig, ganz ruhig, Eric. Gleich kommt Hilfe", versicherte Hanna ihm. Wieder versuchte Eric zu sprechen. Hanna neigte sich über ihn, um zu hören, was er sagte. „Liliane …", verstand sie, und dann, mit großer Anstrengung: „Tim … Herz … Eis."

„Nicht sprechen", ermahnte Hanna ihn. „Alles wird gut. Gleich kommt ein Krankenwagen. Ganz ruhig." Wieder versuchte Eric zu sprechen, aber er schaffte es nicht mehr. Der Blick seiner Augen trübte sich und sein Kopf fiel zur Seite.

„Nicht sterben! Bitte nicht sterben!", beschwor Hanna den Ohnmächtigen verzweifelt. Wenn es nur nicht zu spät ist, betete sie.

Inzwischen waren mehrere Gäste aus dem Lokal geeilt und standen um Hanna und das Unfallopfer herum. „Rufen Sie einen Krankenwagen, sofort!", schrie Hanna, „und die Polizei! Schnell!" Einer der Umstehenden zückte sein Handy und tippte die Notrufnummer ein. Hanna erhob sich mühsam.

Liliane kam völlig verstört angelaufen; sie hatte anscheinend von dem Unfall nichts mitbekommen. Sie sah Eric auf der Straße liegen und warf sich entsetzt neben ihm auf die Knie. „Eric, Eric!", rief sie verzweifelt. „Was ist mit dir?"

Bernd Stagge kam angerannt und kniete sich ebenfalls neben den reglosen Körper seines Freundes nieder. „Oh mein Gott, oh mein Gott", stammelte er ein ums andere Mal und rang verzweifelt die Hände.

Tim stand mit kreidebleichem Gesicht und hängenden Armen bei Niklas und Svenja, die fassungslos auf den Verletzten starrten. Schon hörte man das Tatütata des heranbrausenden Krankenwagens und gleich darauf die Sirene der Polizei. Hanna fasste Liliane bei den Schultern und versuchte, sie von Eric wegzuführen, um den Sanitätern Platz zu machen. Widerwillig ließ Liliane es zu; wild aufschluchzend klammerte sie sich an ihre Tante. Hanna nahm den wie gelähmt dastehenden Tim am Arm. Svenja hielt sich an ihrem Bruder fest und verfolgte mit schreckgeweiteten Augen das Geschehen. Bernd Stagge erhob sich ebenfalls. Hilflos und verstört sah er zu, wie die Sanitäter den reglosen Körper auf eine Trage betteten und mit ihm zum Rettungswagen eilten.

„Ihr fahrt am besten mit", sagte Hanna zu Liliane und Tim und die beiden stiegen in den Krankenwagen, der unverzüglich mit eingeschaltetem Blaulicht davonraste.

„Ich fahre hinterher", rief Stagge. Und rannte zu seinem Auto.

Ein Polizeiauto traf ein und zwei Uniformierte stiegen aus. Die Gäste des Lokals begaben sich einer nach dem anderen zurück ins Restaurant. Hanna schob Niklas und Svenja ebenfalls ins Haus. „Bitte setzt euch wieder auf eure Plätze", bat sie. „Ich komme gleich zu euch."

Hanna stand einen Augenblick regungslos da und versuchte zu verstehen, was gerade passiert war. Sie spürte, wie schnell ihr Herz schlug, und atmete einmal kräftig durch, um ihren Puls zu beruhigen. Das war kein Unfall, dachte sie, das war ganz bestimmt kein Unfall! Jemand hatte Eric gezielt angefahren mit der Absicht, ihn zu töten, dessen war Hanna sich absolut sicher. Ich bin gerade Zeugin eines Mordanschlags geworden, stellte sie fassungslos fest.

6

Noch einmal holte Hanna tief Luft, dann ging sie entschlossenen Schrittes auf den Polizisten zu, der sich mit seinem Kollegen den Ort des Geschehens ansah. Das rotierende Blaulicht des Polizeiwagens tauchte die um diese Zeit kaum befahrene Straße in unwirkliche Helligkeit.

„N'Abend, Herr Holthus, moin, Herr Höltinghaus", begrüßte Hanna die beiden Beamten, die sie gut kannte. Der Ältere, Richard Holthus, ein dicker, gemütlicher Mann mit einem

breiten Gesicht und freundlichen Lachfältchen, war Polizei-
obermeister in der örtlichen Polizeiinspektion, der jüngere,
Polizeimeister Uwe Höltinghaus, war Mitglied der Schutz- und
Bereitschaftspolizei. Durch die Arbeit ihres Sohnes hatte
Hanna häufig Kontakt zu den Beamten der Polizeiinspektion;
mit einigen pflegte sie privaten Umgang.

Holthus gab ihr die Hand und grinste sie an. „Sieh an, Frau
Morgenroth. Wenn irgendwo etwas passiert, sind Sie garan-
tiert mittendrin, nicht wahr?"

Hanna blieb ernst. „Leider ist mir gar nicht nach Scherzen zu-
mute, lieber Herr Holthus. Das ist eine wirklich schlimme Geschichte hier."

Inzwischen war ein weiterer Polizeiwagen angekommen und
Holthus gab den Bereitschaftspolizisten einige gezielte Anweisungen. Daraufhin begann der eine von ihnen, nach Bremsspuren zu suchen, der andere ging ins Lokal, um die Gäste und
das Personal nach etwaigen Beobachtungen zu befragen. Als
Holthus seine Anordnungen beendet hatte, trat Hanna an ihn
heran.

„Ich kann Ihnen ganz genau erzählen, was hier geschehen
ist, Herr Holthus. Am besten gehen wir hinein, wenn es Ihnen
recht ist."

Holthus nickte. Hanna ging ihm voran und führte ihn an den
Tisch, an dem mit bedrückten Gesichtern Lilianes Kinder sa-
ßen. „Das sind Niklas und Svenja Thedieck, die Kinder meiner
Nichte Liliane Thedieck. Es ist der zukünftige Lebensgefährte
von Liliane, der von dem Auto angefahren worden ist. Sein
Name ist Eric Wilkens. Sein Sohn Tim ist mit ihm und meiner
Nichte ins Krankenhaus gefahren."

Der Polizeiobermeister holte ein Notizbuch aus seiner Uniformjacke, die ihm um einiges zu eng war, und fing an, sich Notizen zu machen.

„Gab es einen besonderen Anlass für Ihre Anwesenheit hier heute Abend, Frau Morgenroth?"

Hanna seufzte. „Das kann man wohl sagen. Es war quasi die Verlobungsfeier meiner Nichte mit Herrn Wilkens. Die Kinder der beiden sollten sich kennenlernen. Es war solch eine schöne Feier, und dann dies …! Ich kann es gar nicht fassen."

Holthus nickte verständnisvoll.

„Und Sie haben den Unfall also beobachtet? Wie kam das?"

„Ich war auf dem Weg zur Toilette und sah durch die Fenster Eric, ich meine, Herrn Wilkens, draußen auf dem Bürgersteig stehen und telefonieren. Da kam dieses Auto angefahren. Zuerst fuhr es in Schlangenlinien, aber dann hat der Fahrer - es war übrigens ein Asiate, glaube ich - also dann hat der Fahrer plötzlich Gas gegeben und Eric mit voller Absicht überfahren. Eric ist durch die Luft geflogen und dann auf die Straße geknallt."

„Das Kennzeichen des Autos konnten Sie wohl nicht erkennen? Oder die Automarke? Die Farbe?"

„Natürlich nicht! Es ging alles viel zu schnell. Aber warten Sie: Es war ein großer Wagen, schwarz oder dunkelblau. Ein Mercedes, glaube ich."

„Gut. Das ist doch schon etwas. Sie sagen, ein Asiate saß am Steuer? Können Sie ihn etwas näher beschreiben? War es ein Chinese oder ein Japaner? Oder ein Inder vielleicht?"

Hanna sah den Polizisten irritiert an. Angestrengt versuchte sie sich zu erinnern. Dann schüttelte sie den Kopf. „Das kann ich unmöglich sagen. Ich habe das Gesicht ja nur einen Sekundenbruchteil gesehen. Und auch nur im Licht der Straßenlaterne draußen."

Holthus nickte. „Das ist vollkommen verständlich, Frau Morgenroth." Er machte sich eine Notiz. Dann wandte er sich an die beiden Jugendlichen, die dem Gespräch stumm gefolgt waren. „Ihr zwei habt von dem Unfall nichts mitbekommen, nehme ich an? Von hier aus konntet ihr ja nicht nach draußen sehen."

Beide nickten. „Wir sind mit den anderen Leuten zusammen ´rausgelaufen", erklärte Niklas. „Da lag Eric schon auf dem Boden und Tante Hanna kniete neben ihm. Von dem Auto war nichts mehr zu sehen."

„Aha", kommentierte Holthus die Aussage des Jungen knapp. „Und eure Mutter?"

„Die kam erst später dazu. Sie war auf der Toilette gewesen."

Wieder nickte der Polizist und ergänzte seine Notizen. Er überlegte kurz, dann fragte er: „Warum ist Herr Wilkens überhaupt vor die Tür gegangen?"

„Ja, das ist ein wenig merkwürdig", räumte Hanna ein. „Bernd Stagge, ein Freund und Kollege Erics, erhielt eine SMS auf seinem Handy. Es muss wohl etwas sehr wichtiges Berufliches gewesen sein, denn er und Eric Wilkens wollte sich besprechen und einige Telefonate führen. Deshalb sind sie nach draußen gegangen, um uns nicht zu stören

„Hm", machte Holthus. „Wo ist dieser Kollege jetzt?"

„Er hat gesagt, er wolle dem Krankenwagen nachfahren ins Krankenhaus. Verständlich, finde ich. Sicher macht er sich auch große Sorgen um seinen Freund."

„Aha. Wie war noch der Name?"

Holthus notierte sich den Namen. Er überflog seine Notizen und wandte sich dann wieder an Hanna. „Sie sagten, das Auto habe Ihren Bekannten absichtlich überfahren, Frau Morgenroth. Aber die Schlangenlinien deuten doch eher auf eine Alkoholfahrt hin, finden Sie nicht?"

Hanna richtete sich auf und wiederholte mit fester Stimme: „Zuerst ja. Aber dann hat der Fahrer Gas gegeben und direkt auf Eric zugehalten. Das war Absicht, ich bin ganz sicher."

Holthus klappte sein Notizbuch zu. „Ich denke, das wär's fürs Erste. Nur eine Frage noch, Frau Morgenroth: Sie und die anderen Erwachsenen haben doch sicher zum Essen etwas getrunken, Wein oder Bier, wie ich hier an den Gläsern auf dem Tisch sehe. Trifft das zu?"

„Ja, sicher", bestätigte Hanna. „Aber wenn Sie damit andeuten wollen, dass ich nicht mehr weiß, was ich beobachtet habe, Herr Holthus, dann sind Sie gehörig auf dem Holzweg. So gut müssten Sie mich eigentlich schon kennen." Der Unmut in ihrer Stimme war unüberhörbar.

„Aber klar doch, Frau Morgenroth", beeilte der Polizeiobermeister ihr zu versichern. „Und Herr Wilkens? Kann es sein, dass er vielleicht aus Versehen ... ich meine ... vielleicht ist er gestolpert oder so etwas?"

Hanna schüttelte entschieden den Kopf. „Nein, nein. Er war nicht betrunken, wenn Sie das meinen. Er stand ganz ruhig auf dem Bürgersteig und telefonierte. Als das Auto auf ihn zuraste, schaute er gerade in die andere Richtung."

Ein Polizist trat an Holthus heran. „Wir sind fertig mit der Befragung, Chef", meldete er. „Wir fahren jetzt zurück zur Polizeiinspektion. Die Kollegen von der Spurensicherung haben übrigens keine Bremsspuren feststellen können."

Hanna fühlte sich bestätigt. „Sehen Sie, Herr Holthus, habe ich es nicht gesagt? Also hat der Fahrer nicht einmal versucht zu bremsen. Sie müssen meinen Sohn davon in Kenntnis setzen. Das hier war ein Mordversuch."

Holthus stand auf. „Na ja. Oft vergessen Betrunkene in ihrem Rausch das Bremsen. Wir werden sehen", sagte er und verabschiedete sich.

Hanna wandte sich an Niklas und Svenja. „Ich werde jetzt die Rechnung hier bezahlen und dann fahren wir ins Krankenhaus, um zu sehen, wie es Eric geht."

Immer noch sah sie das blutüberströmte Gesicht Erics vor sich. Hoffentlich überlebt er die Verletzungen, der arme Mann, dachte sie. Sie hatte kein gutes Gefühl.

***

Das Flugzeug, eine Maschine der Lufthansa im Anflug auf Hamburg, ist voll besetzt. Die Flugbegleiterinnen gehen durch die Gänge und kontrollieren das Anlegen der Gurte. Man hört die Stimme des Piloten aus dem Lautsprecher: „Verehrte Fluggäste. Wir beginnen nun mit dem Landeanflug auf den Flughafen Hamburg Fuhlsbüttel. Bitte schnallen Sie sich an und stellen Sie Ihre Rückenlehne in die aufrechte Position, klappen Sie die Tische hoch und verstauen Sie Ihr Handgepäck unter dem Sitz Ihres Vordermannes. Vielen Dank!"

Eine der Flugbegleiterinnen bleibt an einer Dreierreihe stehen, in der die beiden chinesischen Wachleute mit dem Gefangenen sitzen. Der Gefangene macht einen benommenen Eindruck.

„Geht es Ihnen nicht gut, Sir? Soll ich Ihnen ein Glas Wasser bringen?", bietet die freundliche Stewardess dem Mann an. Der scheint gar nicht wahrzunehmen, was um ihn herum vorgeht. Sie wiederholt ihre Frage auf Englisch. Der Wächter an seiner rechten Seite lächelt die Flugbegleiterin beruhigend an. Als er antwortet, spricht er Englisch mit einem starken asiatischen Akzent.

„Nein, nein, nicht nötig! Unser Freund hat nur einige Tabletten genommen gegen seine Flugangst. Wie es scheint, war es wohl eine zu viel." Er schüttelt bedauernd den Kopf. „Es ist jedes Mal dasselbe mit ihm. Aber kein Grund sich Sorgen zu machen. Wenn wir gelandet sind, geht es ihm wieder gut. Vielen Dank für Ihre Mühe!"

Der zweite Wächter lächelt ebenfalls und nickt eifrig zu den Worten seines Kollegen. Die Flugbegleiterin geht weiter durch die Reihen. Die beiden Wachmänner wechseln einen bedeutsamen Blick miteinander. Sie bringen den Gefangenen, der keine Fesseln mehr trägt und deshalb nicht als solcher zu erkennen ist, in eine aufrechte Haltung und klopfen ihm auf die Wangen. Der Gefangene öffnet mühsam die Augen.

***

7

Die Sonne strahlte von einem makellos blauen Himmel, als der Sarg mit den sterblichen Überresten von Eric Wilkens zu Grabe getragen wurde. Die Gruppe von schwarz gekleideten Menschen, die sich auf dem Friedhof in Hamburg-Harburg versammelt hatten, bestand aus den Angehörigen und Kollegen und Freunden der Wilkens-Familie, die Hanna größtenteils unbekannt waren. Sie hatte darauf gedrungen, Liliane zu der Beisetzung ihres Geliebten, den sie so schnell wieder verloren hatte, zu begleiten, um ihr beistehen zu können.

Hanna machte sich große Sorgen um ihre Nichte. Seit Erics Tod - er war noch auf dem Weg ins Krankenhaus gestorben, ohne das Bewusstsein wiedererlangt zu haben; als Todesursache war ein durch den Unfall verursachter doppelter Schädelbasisbruch festgestellt worden - stand Liliane unter Schock. Obwohl die körperlichen Symptome dieses Schocks wie Zittern, Schweißausbrüche, Blässe inzwischen abgeklungen waren, war ihre seelische Erschütterung derart stark, dass sie sich noch nicht gefangen hatte. Still und apathisch saß sie herum, sprach nicht, aß nichts von dem, was man ihr vorsetzte und starrte ins Leere. Hanna, die sich für einige Zeit bei ihr einquartiert hatte, kostete es Mühe, sie dazu zu bewegen, sich zu waschen und anzuziehen und wenigstens hin und wieder einen Happen zu essen. Niklas und Svenja, denen Eric noch kaum etwas bedeutet hatte, gingen hingegen normal ihren schulischen beziehungsweise studentischen Pflichten nach

Der Pfarrer zelebrierte die Bestattungszeremonie, indem er die üblichen Gebete sprach. „Wir übergeben den Leib unseres Bruders Eric Wilkens der Erde. Christus, der von den Toten auferstanden ist, wird auch ihn zum ewigen Leben erwecken." Am Rand des offenen Grabes lagen zahlreiche Kränze und Blumengebinde mit Trauerschleifen, auf denen letzte Grüße der Hinterbliebenen standen.

Hanna hörte kaum zu, stattdessen versuchte sie Liliane zu trösten, die endlich ihre krankhafte Teilnahmslosigkeit überwunden hatte und während der gesamten Trauerfeier herzzerreißend schluchzte. Erics Sohn Tim, zutiefst erschüttert durch den Tod seines Vaters, fing leise an zu weinen, als der Sarg in die Grube hinabgelassen wurde. Seine Großeltern, die selbst an der Trauer um ihren Sohn schwer zu tragen hatten, nahmen ihn in ihre Mitte und trösteten ihn.

Hanna war froh, als die Zeremonie schließlich zu Ende war. Tapfer schüttelten Liliane und Tim die vielen Hände der Menschen, die ihnen ihr Beileid aussprachen. Als einer der letzten näherte Bernd Stagge sich den Angehörigen seines Freundes. Er trug einen schlechtsitzenden schwarzen Anzug, der an ihm ungewohnt aussah. Sein rundes Gesicht zeigte einen überaus bekümmerten Ausdruck. Er nahm Lilianes Hand und umfasste sie mit seinen beiden.

„Ach, es tut mir so leid, Liliane, was Eric da passiert ist. In einem Augenblick sitzen wir noch alle fröhlich beisammen, essen und trinken und unterhalten uns, im nächsten Augenblick schlägt das Schicksal zu. Und dabei hätte es genauso gut mich treffen können, wenn ich nicht gerade zu dem Zeitpunkt im Waschraum gewesen wäre. Oder uns beide zusammen, Eric und mich. Mir wird heute noch ganz schlecht, wenn ich daran denke, wieviel Glück ich gehabt habe und wieviel Pech Eric hatte."

Immer noch hielt er Lilianes Hand fest, die den Redeschwall des Mannes geduldig über sich ergehen ließ. Hanna, die neben ihr stand, drückte ihren Arm, um ihr zu signalisieren, dass sie an ihrer Seite sei. Hoffentlich erkannte der Journalist bald, dass seine Worte kein Trost für ihre Nichte waren, sondern es ihr noch schwerer machten, nicht wieder in Tränen auszubrechen. Offenbar war Sensibilität nicht die Stärke des Mannes, stellte sie fest.

Inzwischen redete der Journalist weiter auf Liliane ein. „Also, nochmals mein herzlichstes Beileid, Liliane! Ich weiß, was Sie Eric bedeutet haben. Sein Tod muss ein großer Verlust für Sie sein." Er schüttelte den Kopf. „Ich kann es noch gar nicht fassen! Unglaublich, was heutzutage auf unseren Straßen passiert! Und noch dazu Fahrerflucht! Man kann nur hoffen, dass man diesen unverantwortlichen Rowdy bald fassen und zur Verantwortung ziehen wird. Er soll ja unter Alkoholeinfluss gestanden haben, nicht wahr?"

Liliane antwortete mit matter, teilnahmsloser Stimme: „Ja. Es ist ganz furchtbar. Wir sind alle noch ganz erschüttert."

„Entschuldigen Sie, Herr Stagge", versuchte Hanna die Aufmerksamkeit des Reporters von Liliane weg auf sich zu lenken. „Sie haben Herrn Wilkens doch wegen einer SMS, die Sie erhalten haben, um eine Unterredung gebeten, die Sie nicht am Tisch führen konnten. Um was ging es denn da? Es muss wohl etwas Wichtiges gewesen sein, weil Sie unbedingt ungestört mit ihm sprechen wollten an dem Abend."

Stagge nickte. „Ja, das stimmt. Es ging um eine Drogensache, in der Eric und ich gemeinsam recherchierten. Ich hatte von einem Informanten einen Tipp bekommen, dass am selben Abend eine Übergabe stattfinden würde. Deshalb drängte die Sache. Ich wollte mich mit Eric absprechen, wie wir vorgehen sollten in der Angelegenheit. Wir mussten uns telefonisch mit verschiedenen Informanten absprechen, um die Sache abzusichern. Eine sehr brisante Angelegenheit." Er hob die Schultern. „Ist natürlich alles ins Wasser gefallen nach dem Unfall." Er stieß einen resignierten Seufzer aus. „Ich werde in der Sache wohl von vorne anfangen müssen. Aber ohne Eric ... Ich weiß nicht ..."

„Aha, deshalb also die Geheimnistuerei."

Stagge nickte. „Ich wollte die nette Feier doch nicht mehr als nötig stören. Das verstehen Sie sicher. Schließlich war es doch so etwas wie eine Verlobung, nicht wahr?"

„Und Sie waren im Waschraum, als das Unglück geschah?", fragte Hanna. Sie schützte mit der Hand ihre Augen vor der Sonne, um nicht geblendet zu werden. „Von dem Unfall selbst haben Sie also nichts mitbekommen, ist das richtig?"

„Ja. Als ich nach draußen kam, war alles schon vorbei. Ich war natürlich vollkommen entsetzt. Später im Krankenhaus habe ich dann erfahren, dass Eric verstorben ist."

„Das ist schade, Herr Stagge. Ich habe schon gehofft, dass Sie vielleicht gesehen hätten, was passiert ist. Ich bin nämlich der Meinung, dass es gar kein Unfall gewesen ist, sondern ein gezielter Anschlag."

Überrascht sah Stagge sie an. „Was? Wie kommen Sie denn darauf?"

Inzwischen hatten sich die anderen Trauergäste zerstreut; nur Erics Eltern und sein Sohn standen noch am Grab.

„Ich habe genau gesehen, dass der Fahrer des Wagens direkt auf Eric zuhielt und sogar Gas gegeben hat anstatt zu bremsen. Deshalb was der Aufprall auch so heftig."

Liliane zog Hanna am Arm. „Komm, Hanna, wir müssen gehen. Die anderen warten schon."

Stagge schüttelte den Kopf zu Hannas Vermutung. „Da haben Sie sich sicher getäuscht, Frau Morgenroth. Wer sollte Eric denn so etwas antun wollen? Völlig ausgeschlossen. Alle haben ihn doch gemocht." Hanna schwieg. Sie wollte jetzt nicht weiter darüber diskutieren. Stagge wandte sich an Liliane: „Nochmals mein herzliches Beileid, Liliane. Wenn ich irgendetwas für Sie tun kann, bitte lassen Sie es mich wissen." Er zog eine Visitenkarte aus seiner Anzugtasche und reichte sie Liliane, die sie höflich entgegennahm.

8

Die Rückfahrt von Hamburg verlief schweigsam. Liliane auf dem Beifahrersitz versank wieder in ihrer Trauer. Sie schaute aus dem Fenster, ließ die Landschaft an sich vorbeiziehen und hing ihren Gedanken nach. Hanna konzentrierte sich auf den Verkehr, der sie wegen der unzähligen LKWs zwang, ständig mit hoher Geschwindigkeit auf der Überholspur zu fahren.

Beide schraken auf, als Lilianes Handy einen lauten, aufdringlichen Summton von sich gab. Hektisch kramte sie das Telefon aus ihrer Handtasche und drückte auf das Empfangssymbol. „Ja, bitte?", meldete sie sich.

Hanna lauschte, während sie sich nach einem langen Überholvorgang endlich wieder auf der rechten Fahrbahn einfädelte und das Tempo drosselte.

„Ja, Tim? Was? … Das kann doch nicht wahr sein! Warte kurz, ich stell dich auf laut, dann kann Tante Hanna mithören."

Liliane drückte den entsprechenden Knopf, während sie Hanna bedeutungsvoll ansah. „Also, jetzt noch mal von vorne, Tim. Was ist passiert?"

Hanna hörte die aufgeregte Stimme von Erics Sohn, der anscheinend völlig außer sich war.

„Also, als ich vorhin nach Hause kam, war alles verwüstet. Die Tür war aufgebrochen. Sie haben alles durchsucht, sogar das Schlafzimmer und das Bad. Es sieht ganz furchtbar aus. Ich weiß nicht, was ich tun soll …“ Der Junge ist den Tränen nahe, dachte Hanna. Sie wechselte einen erschrockenen Blick mit Liliane.

„Bleib ganz ruhig, Tim. Hast du schon die Polizei verständigt?“, fragte Liliane.

Hanna wunderte sich über die Ruhe, mit der ihre Nichte auf die Panik des Jungen reagierte. Anscheinend war es die Sorge um jemand anderen, in diesem Fall um den herzkranken Jungen, die Liliane die Kraft gab, den eigenen Kummer für einen Moment zu vergessen. Tapferes Mädchen, dachte Hanna.

„Nein, ich habe noch gar nichts gemacht. Es sieht alles so schrecklich aus hier!“ Tims Angst und Verzweiflung war deutlich zu spüren.

„Tim, wir kommen sofort zu dir. Bleib‘ wo du bist und rühre nichts an. Ich rufe von hier aus die Polizei an und sage denen, was passiert ist. Sicher werden sie in ein paar Minuten bei dir sein.“ Liliane verständigte sich mit einem Blick mit Hanna, die ihr zunickte. „Wir sind hier auf der Autobahn. Bei der nächsten Gelegenheit drehen wir um und fahren zurück nach Hamburg. Ich denke, in gut einer halben Stunde können wir bei dir sein, okay?“

„Okay“, kam die Antwort aus dem Hörer.

Hanna orientierte sich über ihren momentanen Standort. Die nächste Ausfahrt war das Buchholzer Dreieck. Dort konnte sie umdrehen und direkt zurückfahren. Sie setzte den Blinker und folgte den Schildern, die sie zurück nach Hamburg führten.

Liliane hatte inzwischen 110 gewählt und den Beamten die Situation geschildert. Man versprach, sofort eine Streife zu der angegebenen Adresse zu schicken und die Kriminalpolizei des zuständigen Polizeireviers zu verständigen.

„Mein Gott", seufzte Liliane, nachdem sie das Gespräch beendet hatte. „Der arme Junge! Das jetzt auch noch! Als ob alles nicht schon schlimm genug wäre für ihn!" Sie schüttelte verständnislos den Kopf. „Was hat das alles zu bedeuten, Hanna? Ich weiß wirklich nicht mehr, was los ist."

„Gucken wir uns erst einmal an, was da passiert ist, Liliane. Dann sehen wir weiter."

Etwa eine dreiviertel Stunde später trafen Hanna und Liliane in der Straße ein, in der Eric nach dem Tod seiner Frau mit seinem Sohn gelebt hatte. Die geräumige Wohnung lag im ersten Stock eines altmodischen vierstöckigen Mietshauses, das aus der ersten Hälfte des 20. Jahrhunderts stammte, aber liebevoll im Gründerzeit-Stil restauriert worden war.

Tim wartete auf sie. Er saß inmitten eines unglaublichen Chaos' auf dem Sofa und sah ihnen mit einem Blick entgegen, aus dem Resignation und Verzweiflung sprachen. Polizisten in weißen Schutzanzügen gingen umher und suchten nach Fingerabdrücken und anderen Spuren. Einer von ihnen fotografierte aus verschiedenen Blickwinkeln das Durcheinander, das die Einbrecher hinterlassen hatten.

Ein Polizist in Zivil, der neben Tim gesessen hatte, stand auf und kam ihnen entgegen. Liliane eilte, ohne den Beamten zu beachten, an ihm vorbei zu dem verstörten Jungen und schloss ihn wortlos in die Arme. Hanna wandte sich dem Kriminalbeamten zu.

„Guten Abend. Mein Name ist Hanna Morgenroth, ich bin die Tante von Liliane Thedieck", sie wies mit dem Kinn auf ihre Nichte, „der Lebensgefährtin des verstorbenen Eric Wilkens, dessen Wohnung dies hier war."

Der Beamte zeigte ihr seinen Ausweis. „Kriminalhauptkommissar Hinrich Olberding vom PK 23, dem für diesen Stadtteil zuständigen Kommissariat".

„Ich glaube, ich muss Ihnen erklären, weshalb wir die Kripo gerufen haben, Herr Kommissar", sagte Hanna.

„Ja, das wäre mir lieb. Ich schlage vor, wir suchen uns eine Sitzgelegenheit in diesem Chaos und Sie sagen mir, um was es hier geht."

Der Kriminalist verständigte sich mit einem der Spurensicherer darüber, auf welche der Sessel in dem ramponierten Wohnzimmer sie sich setzen durften. Trotz der bizarren Situation versuchte Hanna, möglichst zusammenhängende und sachliche Informationen zu geben.

„Wie Sie an unserer schwarzen Kleidung sehen können, kommen wir gerade von einer Beerdigung. Es war die Beisetzung von Eric Wilkens, dem Besitzer dieser Wohnung. Das dort ist sein Sohn." Sie deutete auf Tim, der neben Liliane saß und teilnahmslos die Arbeit der Spurensicherer beobachtete.

„Oh, das tut mir leid. Mein Beileid!", sagte der Kommissar.

„Die Frau neben ihm ist, wie gesagt, Liliane Thedieck, die Verlobte von Eric Wilkens und meine Nichte", fuhr Hanna fort.

„Aha", kommentierte Olberding das Gehörte knapp.

„Sie müssen wissen, Herr Kommissar, Eric Wilkens ist vor ein paar Tagen unter merkwürdigen Umständen ums Leben gekommen. Er wurde überfahren. Die Polizei in Cloppenburg meint, es sei ein Betrunkener gewesen, der ihn angefahren hat, aber ich bin überzeugt davon, dass es ein gezielter Anschlag war. Das Auto ist direkt auf ihn zugefahren, ich habe es genau beobachtet."

„Aha", wiederholte Olberding. Der Hamburger Kommissar, ein schlanker, fast hagerer Mann Mitte fünfzig mit einer randlosen Brille und kurzem grauen Haar, nickte. „Das ist ja eine interessante Geschichte. Allerdings ist mir noch nicht ganz klar, was dieser Einbruch hier mit dem Mordanschlag bei Ihnen in Cloppenburg, wenn es denn einer war, zu tun haben soll." Er stand auf. „Übrigens ist hier die Hamburger Polizei zuständig; gegebenenfalls müssen wir unsere Ermittlungen mit Niedersachsen koordinieren. Ich werde mich also mit der Polizeiinspektion Cloppenburg in Verbindung setzen."

Hanna hatte sich ebenfalls erhoben und schaute kopfschüttelnd in die Runde. „Was ist denn eigentlich hier passiert, Herr Kommissar. Das sieht ja furchtbar aus!"

Der Kommissar folgte ihrem Blick. „Tja, es sieht tatsächlich zunächst alles nach einem gewöhnlichen Einbruchsdiebstahl aus. An der Wohnungstür sind deutliche Einbruchsspuren zu sehen, alles, was sich irgendwie zu Geld machen lässt, ist gestohlen worden: Computer, Laptop, Musikanlage, Fernseher. Die Täter haben alles durchsucht; der Schreibtisch ist geradezu auseinandergenommen worden, die Bücher wurden aus den Regalen gefegt, die Polster sind aufgeschlitzt worden, die Kleidung wurde aus den Schränken geworfen und auf dem Boden verstreut. Wenn hier irgendetwas Wertvolles versteckt gewesen ist, haben die Diebe es gefunden. Der Junge hat gesagt, der Schmuck seiner Mutter aus der Frisierkommode im Schlafzimmer sei auch gestohlen worden. Und der Laptop in seinem Zimmer ebenfalls." Er schüttelte den Kopf. „Und das am helllichten Tag! Ganz schön dreist! Die Einbrecher müssen gewusst haben, dass niemand zu Hause war."

Hanna nickte. „Natürlich", sagte sie. „Alle waren ja auf der Beerdigung des Wohnungseigentümers. Das heißt doch, die Täter haben über die Familienverhältnisse genau Bescheid gewusst." Sie ging langsam neben Olberding her durch die Räume und inspizierte die Verwüstung.

Es klingelte an der Wohnungstür, die wegen des demolierten Schlosses nur angelehnt war. Überrascht wandten Hanna und Olberding ihre Köpfe, um zu sehen, wer sich Einlass verschaffte. Es war Bernd Stagge. Er schob die Tür auf und betrat zögernd die Wohnung. Einen Moment stand er fassungslos da und betrachtete das Chaos. Hanna trat erstaunt auf den Journalisten zu. „Herr Stagge! Was machen Sie denn hier?" fragte sie.

„Ich wollte Tim bitten, mir einige Unterlagen seines Vaters herauszusuchen, die unser letztes gemeinsames Projekt betreffen", antwortete Stagge. Kopfschüttelnd betrachtete er die Verwüstung. „Was um Himmels willen ist denn hier passiert?"

„Und wer sind Sie bitte?", fragte Olberding. Hanna übernahm es, die Männer miteinander bekanntzumachen und Stagge die Situation zu erklären. Tim und Liliane traten zu den dreien.

„Ich werde Tim mit zu mir nach Hause nehmen", erklärte Liliane, „hier kann er ja unmöglich bleiben. Außerdem ist es besser, wenn er nicht allein ist in den nächsten Tagen; wer weiß, ob nicht auch er in Gefahr ist. Zu seinen Großeltern möchte er nicht."

„Ich hätte da noch ein paar Fragen an Sie alle, wenn Sie erlauben", meinte der Kommissar, und fuhr fort: „Tim, können Sie schon genauer überblicken, was im Einzelnen gestohlen wurde?"

Tim richtete sich auf und sah sich in dem Chaos um. Langsam umrundete er den Schreibtisch seines Vaters, schaute in die Schubladen und Schrankfächer und inspizierte das Durcheinander von Akten, Schreibutensilien und Büchern auf dem Fußboden. „Außer dem Computer fehlt auch die externe Festplatte und alle anderen elektronischen Geräte. Auch die teure Kameraausrüstung meines Vaters fehlt, und, was mich wundert, alle Papiere aus dem Schreibtisch", antwortete er.

Der Junge machte jetzt einen relativ gefassten Eindruck, fand Hanna. Er schien sich durch die Anwesenheit Lilianes etwas gefangen zu haben.

Der Kommissar blickte sich ebenfalls um. „Es sieht so aus, als hätten die Einbrecher gezielt nach etwas Bestimmtem gesucht. Etwas, das mit Herrn Wilkens Beruf als Journalist zu tun haben könnte. Vielleicht irgendwelche Unterlagen." Er wandte sich an Stagge. „Sie waren sein Kollege und Freund, Herr Stagge. Können Sie sich vorstellen, was das gewesen sein könnte?"

Stagge überlegte. „Hm. Eric arbeitete oft an spektakulären Reportagen und er hielt sie immer so lange geheim, bis sie groß ´rauskamen. Soviel ich weiß, hat er auch in den letzten Monaten für ein großes eigenes Projekt recherchiert, aber was das war, weiß ich nicht. Und natürlich hat er an unserem gemeinsamen Projekt gearbeitet. Dabei ging es um die Aufdeckung eines Drogenhändlerringes. Das ist allerdings jetzt, da Eric tot ist, geplatzt."

Tim, der wie Hanna besorgt feststellte, trotz seiner Gefasstheit zunehmend blass und erschöpft aussah, ergänzte: „Ich weiß nur, dass mein Vater seine Rechercheergebnisse immer auf seinem Rechner und zusätzlich auf einer externen Festplatte gespeichert hat, manchmal auch auf einem USB- Stick.

Schriftliche Unterlagen hat er in seinen Schreibtisch eingeschlossen; der ist, wie man sieht, aufgebrochen worden und total leer."

Liliane trat zu ihm und legte ihm den Arm um die Schulter. „Herr Kommissar, Tim braucht unbedingt etwas Ruhe. Er ist nicht ganz gesund. Ich möchte ihn jetzt gern mitnehmen. Alles Weitere kann man sicher auch später erledigen, oder?"

Sie nickte Hanna zu. „Kommst du, Tante Hanna?"

„Ja, natürlich, sofort." Hanna wandte sich an den Hauptkommissar. „Sie werden jetzt sicher zusammen mit meinem Sohn - er ist Kriminalhauptkommissar und leitet die Polizeiinspektion Cloppenburg - wegen Mordes ermitteln, nicht wahr? Es kann doch kein Zufall sein, was bisher geschehen ist. Zuerst wird Eric Wilkens gezielt überfahren und getötet und anschließend wird in seine Wohnung eingebrochen. Das hat doch System, finden Sie nicht?"

Kommissar Olberding nickte nachdenklich. „So wie es aussieht, könnten Sie Recht haben, Frau Morgenroth. Wir werden unser Bestes tun, um den Fall aufzuklären."

Die Männer von der Kriminaltechnik hatten ihre Arbeit beendet und signalisierten ihrem Chef, dass sie jetzt gehen würden.

Stagge wandte sich ebenfalls zum Gehen. Er reichte Hanna, Liliane und Tim die Hand. „Wenn ich noch irgendetwas für Sie tun kann, rufen Sie mich an. Ich bin jederzeit für Sie da, das bin ich Eric schuldig." Er gab Hanna seine Visitenkarte. An den Kriminalbeamten gerichtet, sagte er: „Wenn Sie noch Fragen an mich haben sollten, Herr Kommissar: Sie finden mich in der Redaktion der Hamburger Mittagsblattes." Auch ihm überreichte er seine Karte. Nachdem alle die Wohnung verlassen hatten, versah der Kommissar die Tür mit einem Polizeisiegel.

Auf der langen Fahrt zurück nach Cloppenburg sprachen die Insassen des kleinen Toyotas wenig. Jeder hing seinen eigenen Gedanken nach. Schließlich, kurz vorm Bremer Kreuz, fragte Hanna: „Liliane, bist du denn schon wieder in der Lage, in die Schule zu gehen morgen? Wäre es nicht besser, du würdest noch ein paar Tage zu Hause bleiben nach all dem Stress?"

Ihre Nichte seufzte. „Geht leider nicht. Bald gibt es Zeugnisse und die Konferenzen fangen an, da kann ich unmöglich fehlen. Ich denke, es ist auch ganz gut, wenn ich wieder auf andere Gedanken komme. Zuhause Sitzen und Grübeln macht das Geschehene auch nicht erträglicher."

„Da hast du ganz sicher Recht, meine Liebe", stimmte Hanna ihr zu. Sie wandte sich nach Tim um, der schweigsam auf der Rückbank saß. „Aber ich denke, du, Tim, darfst ruhig noch ein paar Tage in der Schule fehlen. Es wird gut sein, wenn du dich bei Liliane, Svenja und Niklas ein wenig erholst. Später kannst du dann über alles Weitere nachdenken, zum Beispiel, was mit eurer Wohnung geschehen soll. Das hat alles noch Zeit."

Tims Stimme klang müde. „Ja, wenn du meinst, Hanna."

„Wir müssen nur noch bei Thomas in der Inspektion vorbei, um ihm alles zu erzählen, danach könnt ihr beide euch ausruhen, okay?"

9

Kriminalhauptkommissar Thomas Morgenroth saß in seinem Büro in der Polizeiinspektion Cloppenburg und ging die Vernehmungsprotokolle durch, die Oberkommissar Jan Hendrik Klüver und Kommissarin Susanne Holtmann, seine beiden engsten Mitarbeiter, ihm auf den Schreibtisch gelegt hatten. Es handelte sich um einen Einbruchsdiebstahl in der größten Apotheke des Ortes, bei dem die Diebe etliches an rezeptpflichtigen, illegal leicht an den Mann zu bringenden Beruhigungs- und Aufputschmitteln erbeutet hatten. Außerdem hatten sie die über 100 Jahre alte antike Registrierkasse mitgehen lassen, worüber die Besitzerin der Apotheke, Frau Dierksen, besonders erbost war. Die sichergestellten Spuren deuteten auf eine osteuropäische Bande hin, die seit Wochen ihr Unwesen in der Region trieb; konkrete Hinweise auf bestimmte Personen fehlten jedoch bisher.

Als es klopfte und hinter Polizeiobermeister Holthus seine Mutter eintrat in Begleitung von Liliane und einem jungen Mann, den er nicht kannte, stand der Kommissar überrascht auf. Er kannte die tragische Geschichte um Lilianes verunglückten Freund und hatte tiefes Mitgefühl mit seiner Cousine, der er ein neues Glück an der Seite eines Mannes wie Eric Wilkens von Herzen gegönnt hätte. Aus der schwarzen Trauerkleidung der drei Besucher schloss er, dass sie direkt von der Beerdigung kamen.

„Hallo, mein Junge", begrüßte ihn seine Mutter. „Hoffentlich bist du nicht zu sehr beschäftigt, denn wir müssen dir unbedingt etwas erzählen."

Polizeimeister Holthus beeilte sich auf Thomas' fragenden Blick hin, den Sachverhalt zu erklären. „Es geht um den Unfall neulich, du weißt schon. Ich habe die Akte gleich mitgebracht." Er legte das Dokument auf den Schreibtisch.

„Danke, Richard", antwortete der Kommissar und Holthus verließ den Raum.

„Hallo Mutter, hallo Liliane", begrüßte Thomas die Besucher. „Ihr kommt wohl gerade von der Beerdigung?" Er gab seiner Cousine die Hand. „Nochmals mein herzliches Beileid, Liliane. Es tut mir sehr leid." Er wies auf die Besucherstühle. „Bitte nehmt Platz."

Hanna hatte den fragenden Blick bemerkt, den ihr Sohn dem jungen Wilkens zuwarf.

„Thomas, das ist Tim Wilkens, Erics Sohn. Du hast ihn noch nicht kennengelernt. Wir haben ihn aus Hamburg mitgebracht, weil er in der Wohnung, in der er mit seinem Vater gewohnt hat, nicht bleiben kann. Er wird erst einmal bei Liliane wohnen."

„Aha." Der Kommissar reichte Tim die Hand und stellte sich vor. „Auch Ihnen mein herzliches Beileid. Es ist sehr traurig, was Ihrem Vater passiert ist."

Hanna wurde ungeduldig. „Thomas, in die Wilkens-Wohnung ist eingebrochen worden! Während der Beerdigung, stell dir vor! Alles ist total verwüstet worden und alle Papiere und Elektrogeräte sind gestohlen worden. Der zuständige Kriminalkommissar wollte mit dir sprechen. Hat er das noch nicht getan?"

„Nein. Allerdings bin ich auch erst seit einer Viertelstunde wieder im Büro." Thomas versuchte, zu verstehen, was seine Mutter erzählte. „Eingebrochen, sagst du. Das ist ja furchtbar! Es tut mir sehr leid für Sie, Tim."

Der Junge nickte nur. Liliane drückte tröstend seinen Arm.

„Jedenfalls habe ich Herrn Olberding erzählt, was hier vorgefallen ist. Dass man Eric absichtlich überfahren hat. Er meinte auch, dass könne kein Zufall sein: Zuerst der Mord, und dann der Einbruch."

„Wieso Mord? Wie kommst du denn darauf, Mutter?"

Hanna seufzte ungeduldig.

„Ich habe der Polizei doch erzählt, wie das Ganze abgelaufen ist. Allerdings hatte ich den Eindruck, dass Herr Holthus meine Aussage nicht sehr ernst genommen hat. Aber jetzt haben wir den Beweis, dass ich Recht hatte.“

„Ich weiß, was du ausgesagt hast, Mutter!“ Thomas‘ Stimme klang leicht gereizt. Hanna wusste, immer wenn er sie Mutter und nicht Mama wie üblich nannte, wurde er dienstlich.

„Ich habe die Unfallakte hier vor mir. Man hat vor Ort alles genau untersucht. Es gab keine Bremsspuren, auch keine sonstigen Spuren von dem Wagen. Die Gäste des Lokals konnten keine näheren Angaben machen, nur die, die du auch gemacht hast: ein dunkelblaues oder schwarzes Auto, wahrscheinlich ein Mercedes oder ein BMW. Einige, die am Fenster saßen, haben wie du beobachtet, dass es in Schlangenlinien über die Straße fuhr, dann auf den Bürgersteig geriet und Lilianes Freund erfasste. Die Fahndung nach dem Fahrzeug und nach dem, wie du gesehen haben willst, asiatisch aussehenden Fahrer, hat wie erwartet nichts ergeben. Es sieht alles nach einer Trunkenheitsfahrt mit Fahrerflucht aus, das sind die Tatsachen.“

Hanna warf, während sie Thomas‘ Bericht ungeduldig zuhörte, einen besorgten Blick auf Tim, der blass und erschöpft neben Liliane saß

„Aber was ist mit dem Einbruch in die Wohnung? Das kann doch kein Zufall sein!“

Thomas wurde nachdenklich. „Das ist allerdings merkwürdig. Ich werde gleich mal mit dem Hamburger Kommissar telefonieren. Olberding heißt er, sagst du?“

„Ja, er ist Kriminalhauptkommissar, wie du. Dreiundzwanzigstes Revier, hat er gesagt.“ Hanna lehnte sich zurück. „Wir haben übrigens auch Bernd Stagge getroffen auf der Beerdigung. Den Kollegen von Eric, der auch auf der Feier war, du weißt schon. Dem die SMS geschickt wurde, derentwegen die beiden Männer sich draußen besprechen wollten. Es ging wohl um einen dringenden Drogenfall, in dem sie recherchierten, wie Herr Stagge uns erklärte. Er war auch in der Wohnung von Eric, wollte einige Unterlagen holen. Ein ganz netter Mann, scheint mir."

Wieder warf Thomas einen Blick in die Akte und blätterte in den Seiten. Er zog die Stirn kraus und strich sich über seinen Bart.

„Stagge, sagst du? Wir haben hier keine Aussage eines Bernd Stagge. Komisch."

„Er hat gesagt, als er nach draußen kam, sei alles schon vorbei gewesen", erklärte Hanna. „Er hat also den Unfall nicht direkt gesehen."

Wieder blätterte Thomas in den Protokollen des Unfalls, ohne dass er fand, was er suchte. Er nahm einen Kugelschreiber und machte sich eine Notiz.

Währenddessen überdachten alle das Gesagte.

„Und was passiert jetzt, Thomas?", fragte Hanna schließlich. „Irgendetwas müsst ihr doch unternehmen."

„Wir werden jetzt natürlich verstärkt in diese Richtung ermitteln, Mutter. Es könnte tatsächlich einen Zusammenhang geben zwischen dem Unfall und dem Einbruch. Das bedeutet, meine Kollegen und ich werden der Sache gezielt nachgehen." Er schloss die Akte. „Ihr geht am besten nach Hause, Liliane, und du, Mutter, halte dich bitte aus der Angelegenheit heraus!"

„Natürlich, mein Junge, natürlich!", versicherte Hanna mit Unschuldsmiene.

Man wandte sich zum Gehen. Thomas griff zum Telefon, um mit seinem Kollegen in der Großstadt zu telefonieren.

Die Angelegenheit wird immer spannender, dachte Hanna beim Hinausgehen. Sie fühlte, wie sich ihr kriminalistischer Spürsinn regte.

Es war schon spät in der Nacht, als Hanna zu Hause ankam. Sie hatte Liliane geholfen, das Gästezimmer, in dem sie selbst einige Tage gewohnt hatte, für Tim herzurichten und ein kleines Nachtmahl für alle zuzubereiten. Niklas und Svenja hatten Tim herzlich empfangen und bereitwillig aufgenommen.

Nun spürte sie, wie anstrengend der Tag gewesen war. Ihre Arthrose meldete sich: Das viele Gehen und Stehen und nicht zuletzt das Autofahren hatte ihr lädiertes Knie strapaziert. Sie war dankbar, dass die gesamte Morgenroth-Familie schon schlief und sie nicht mehr genötigt wurde, von den Tagesereignissen zu erzählen. Nach einer kurzen Dusche fiel sie ins Bett und war binnen weniger Minuten eingeschlafen.

10

Am Frühstückstisch war eine lebhafte Diskussion im Gange, als Hanna am nächsten Morgen in die Morgenroth'sche Wohnküche kam. Es ging um das Ziel der für den Sommer geplanten Urlaubsfahrt. Inga war für einen gemütlichen Familienurlaub in den Bergen, am liebsten auf einem Bauernhof in

Österreich, Thomas dagegen zog es ans Meer, wo er schwimmen und surfen konnte, vorzugsweise an die Ostsee, Usedom oder Rügen. Die Zwillinge teilten die Uneinigkeit ihrer Eltern: Die lebhafte und unternehmungslustige Isabell schlug sich auf die Seite ihres Vaters, während der stille Jannik sich auf die Tiere auf dem Bauernhof freute. Beide Parteien schilderten die Vorzüge ihres favorisierten Urlaubsziels in den buntesten Farben, ohne jedoch die jeweils andere überzeugen zu können. Hanna, ganz Diplomatin, versicherte, mit allem einverstanden zu sein, egal, zu welcher Entscheidung der Familienrat auch gelangen würde, Hauptsache, man sei zusammen und habe Spaß.

Das Frühstück war fast beendet, als Thomas das Gespräch auf die Ereignisse des Vortages brachte.

„Es ist anscheinend spät geworden bei dir gestern, Mama. Wir haben dich gar nicht heimkommen hören. Alles okay mit Liliane und Tim?", fragte er, nachdem die Kinder ihre Schultaschen geschultert hatten und sich auf den Weg zur Schule machten. Der Bus, der sie in die Grundschule brachte, in der sie inzwischen die 3. Klasse besuchten, hielt nur vier Häuser weiter.

Hanna nickte. „Du kannst dir gar nicht vorstellen, wie es in Erics Wohnung aussieht, Thomas. Die Einbrecher haben wirklich ganze Arbeit geleistet."

„Ja, der Hamburger Kollege hat mir am Telefon davon berichtet. Er und seine Leute ermitteln wegen Einbruchdiebstahls. Er will mir Bescheid geben, wenn er irgendwelche Ergebnisse hat."

Hanna schenkte sich noch eine Tasse Kaffee ein. „Dieser Kommissar Olberding machte auf mich einen ganz verständigen Eindruck. Ich habe ihm ja von dem Mordanschlag auf Eric erzählt. Er findet auch, dass die ganze Sache mehr als merkwürdig ist."

Thomas, der sich in die Lokalzeitung vertieft hatte, brummte zustimmend. „Wir gehen der Sache nach, Mama, mach dir weiter keine Gedanken darüber. Leider haben wir bisher keine brauchbaren Spuren, die uns weiterhelfen würden."

„Tja", meinte Hanna, „aber ich bleibe dabei: Es war ein Mord, der wie ein Unfall aussehen sollte. Ich glaube, es steckt noch viel mehr dahinter, Thomas."

Hanna betrachtete ihren Sohn nachdenklich, der sich bei seiner Lektüre nicht stören ließ. Wenn er nur nicht immer so bürokratisch denken würde! Keine Fantasie, der Junge! Allein die Tatsache, dass der Fahrer des Wagens kein Deutscher, sondern ein Asiate gewesen war, musste ihm doch zu denken geben. Und das mit dem Einbruch! Offenbar hatten die Täter etwas gesucht, vielleicht auch gefunden, das ihnen gefährlich werden konnte, wenn es in fremde Hände fiel. Vielleicht steckte eine asiatische Bande dahinter, die mit Waffen oder Rauschgift handelte? Vielleicht war Eric einem schweren Verbrechen auf die Spur gekommen und die Einbrecher hatten irgendwelche Beweise vernichten wollen? Womöglich hatte das Ganze auch etwas mit dem Drogenhandel zu tun, von dem Bernd Stagge erzählt hatte?

Hanna seufzte. Nun ja, Thomas war eben ein gewissenhafter Beamter, der immer im Rahmen des Erlaubten dachte und handelte. Das hatte er von seinem Vater, der ihm nicht nur die braunen Augen und das dunkle Haar vererbt hatte, sondern auch die ruhige, etwas langsame Art. War ja auch gut so. Trotzdem ...

Als Thomas sich auf den Weg in die Polizeistation machte, ver abschiedete auch Inga sich, um in den Kindergarten zu fahren. „Hanna, wenn es dir nichts ausmacht, könntest du mit den Kindern heute Nachmittag bitte zum Frisör gehen? Sie brauchen beide einen ordentlichen Haarschnitt. Und Isabell muss die Haare deutlich gekürzt bekommen."

„Natürlich, Inga, Geht in Ordnung", versprach Hanna. Sie gab ihrer Schwiegertochter einen Kuss auf die Wange und sah ihr nach, wie sie sich auf ihr Fahrrad schwang und davonfuhr. Der Urlaub wird Inga guttun, dachte sie. In letzter Zeit sieht sie ziemlich angegriffen aus. Sie wird doch hoffentlich nichts ausbrüten?

Sie wandte sich der Hausarbeit zu. Während sie sich überlegte, was sie zum Abendessen kochen könnte, schweiften ihre Gedanken immer wieder ab zu den Ereignissen der letzten Tage. Der arme Eric! Das Bild, wie er blutend auf der Straße lag, wollte sich nicht aus ihrem Kopf vertreiben lassen. Was waren seine letzten Worte gewesen? Liliane, Tim, Herz und, ja, sie hatte es ganz deutlich gehört, Eis. Dass seine Gedanken bei den Menschen gewesen waren, die er liebte, war ganz natürlich. Liliane und Tim, die beiden Menschen, die ihm am nächsten standen. Und das Wort Herz war auch leicht zu erklären. Er hatte sich Sorgen gemacht wegen der Herzkrankheit seines Sohnes. Aber Eis? Warum Eis? Welche Bedeutung hatte dieses Wort für ihn, dass er es aussprach angesichts des Todes? Hatte es etwas mit dem tödlichen Anschlag auf ihn zu tun? Hatte Eric geahnt, dass es kein gewöhnlicher Unfall war, sondern ein Mordversuch? Womöglich stand das Wort im Zusammenhang mit dem Einbruch in seiner Wohnung?

Geistesabwesend stellte Hanna das schmutzige Frühstücksgeschirr in die Spülmaschine, ordnete die Lebensmittel zurück in den Kühlschrank und säuberte den Esstisch. Eis ... Was für

Eis hatte Eric gemeint? Das Eis auf den Seen und Flüssen im Winter? Wohl nicht. Vielleicht hatte er das Wort fortsetzen wollen, etwa zu Eistorte, Eiswürfel, Eisfach, Eisdiele, Eis ... irgendwas. Hatte er etwas versteckt in seiner Wohnung, etwas, das die Einbrecher gesucht hatten? Plötzlich hatte Hanna eine Idee. Sie schaute auf die Küchenuhr: gleich acht Uhr. Die Kinder kamen erst um 14.00 Uhr aus der Schule. Zeit genug also. Eilig ging sie in ihre Wohnung, zog nach einem Blick auf das frühsommerliche Wetter draußen eine Sommerhose und einen leichten Pulli an, überprüfte, ob sie genug Geld zum Tanken im Portemonnaie hatte und machte sich auf den Weg.

Sie hatte Glück. Seit die Reparaturarbeiten auf der A1 zwischen Bremen und Hamburg fertiggestellt waren, gab es wesentlich weniger Staus auf der Strecke. Das Navi wies Hanna im Großstadtgewirr Hamburgs sicher den Weg in die Straße zu Erics Wohnung. Nur einen Moment zögerte sie, bevor sie das Polizeisiegel, das Kommissar Olberding gestern an der Wohnungstür angebracht hatte, vorsichtig löste. Wenn sie Recht hatte mit ihrer Vermutung, könnte sie später diesen Verstoß gegen das Gesetz leicht rechtfertigen.

Die verwüstete Wohnung sah genauso aus wie am Vortag. Hanna marschierte direkt durch den Flur in die Küche zu dem offenstehenden Kühlschrank. Genau wie ihr eigener zu Hause hatte der Schrank hier ein separates Eiswürfelfach. Es war geschlossen. Sie öffnete es. Es enthielt zwei mit Eiswürfeln gefüllte Schalen. Hanna nahm die Schalen heraus, ging mit ihnen zur Spüle und schüttelte die Würfel heraus. Mehrmals musste sie die Plastikschalen gegen den Rand der Spüle schlagen, damit alle Eiswürfel herausfielen. Nichts. Kein Brief, kein Zettel, keine sonstwie geartete Botschaft von Eric. Nochmal kontrollierte sie das Eisfach: Nichts.

Maßlos enttäuscht ließ Hanna sich auf einen der Küchenstühle fallen. Also hatte sie sich geirrt. Sollte sie sich doch verhört haben bei Erics letzten Worten? Müßig ließ sie ihren Blick durch die Küche schweifen. Die Einbrecher hatten auch hier ganze Arbeit geleistet. Alle Schranktüren standen offen, der Inhalt der Schubladen war auf den Fußboden entleert worden, Lebensmittel lagen verstreut auf den Fliesen. Wonach haben die Verbrecher nur gesucht, fragte Hanna sich. Ihr Blick fiel auf das separate Gefrierfach für Tiefkühlkost oberhalb des Kühlschrankes. Die Tür stand offen, einige tiefgefrorenen Hähnchen und Pizzapackungen lagen aufgetaut auf dem Boden. Hanna entdeckte eine Plastikpackung mit Vanilleeis. Eis! Speiseeis! Vielleicht ... Sie nahm die Packung in die Hand. Sie war weich, also schon aufgetaut. Hanna öffnete den Deckel. Das Eis war geschmolzen und ganz weich. Etwas Dunkles steckte in dem gelblichen Eis. Aufgeregt nahm Hanna einen der Löffel vom Boden auf und stocherte damit in dem Eis herum. Ein Gegenstand kam zum Vorschein. Sie klaubte ihn aus dem Eis heraus, ging mit ihm zur Spüle und hielt ihn unter den Wasserhahn. Sie traute ihren Augen nicht. Ein Schlüssel! Hier also hatte Eric sein Geheimnis versteckt, besser, den Schlüssel dazu! Hannas Hände bebten, als sie den Schlüssel hin und her drehte, um ihn näher zu betrachten. Eine seltsame Form, dachte sie, kein Tür- oder Schrankschlüssel, auch kein Autoschlüssel oder etwas Ähnliches. Auf der glatten Oberfläche war eine Nummer eingraviert. Deutlich war die Zahl 78 zu lesen. Ein Schließfachschlüssel! Fieberhaft überlegte Hanna: Wo gab es Schließfächer? In Banken, bei der Post. Oder am Bahnhof! Der Hamburger Hauptbahnhof hatte jede Menge Schließfächer. Für jeden zugänglich. Hatte Eric ein Schließfach im Hamburger Hauptbahnhof gemietet? Vielleicht, um dort brisantes Recherchematerial zu verstecken? Aufgeregt raffte

Hanna ihre Sachen zusammen und verließ die Wohnung. Das Polizeisiegel klebte sie, so gut sie konnte, wieder an die Tür. Eilig stieg sie in ihren Aygo, programmierte das Navi, ihr den Weg zum Hauptbahnhof zu zeigen und fuhr los. Sie bemerkte nicht, dass in einer Parklücke 200 Meter entfernt eine schwarze Limousine startete und ihr folgte. Der Mann hinter dem Steuer sah asiatisch aus.

11

Der Weg zum Hauptbahnhof führte durch Hamburgs Innenstadt, und an jeder roten Ampel wurde Hanna ungeduldiger. Was konnte Eric in einem Schließfach aufbewahrt haben? Es musste so gefährlich für bestimmte Leute sein, dass es ihn das Leben gekostet hatte. Sicher hatte es mit seiner journalistischen Arbeit zu tun. Vielleicht hatte er etwas Skandalöses entdeckt und man wollte um jeden Preis verhindern, dass es an die Öffentlichkeit gelangte. Deshalb hatten die Einbrecher auf der Suche danach alles verwüstet in der Wohnung. Allerdings, den Schlüssel zum Schließfach haben die Verbrecher nicht gefunden, dachte Hanna triumphierend.

Die Fahrt zum Bahnhof kam Hanna endlos vor. Wenn sie an einer Kreuzung warten musste, trommelte sie mit den Händen ungeduldig aufs Lenkrad. Bei der Suche nach einem Parkplatz wurde sie immer nervöser. Fast hätte sie einen dunklen Mercedes touchiert, der knapp vor ihr in eine Lücke einscherte. Bis sie schließlich einen freien Platz gefunden hatte, stand ihr der Schweiß auf der Stirn. Hastig steckte sie eine Münze in die Parkuhr und eilte im Laufschritt in die große Halle des Bahnhofs. Sie folgte den Hinweisschildern und stand alsbald vor der riesigen Wand der Langzeitschließfächer. Es dauerte ein paar

Minuten, bis sie die Nummer 78 gefunden hatte. Mit vor Aufregung zitternden Fingern versuchte sie, das Schloss aufzuschließen. Prompt fiel ihr der Schlüssel aus der Hand und landete mit einem Klirren auf dem Boden. „Verflixt", entfuhr es ihr. Nur die Ruhe, ermahnte sie sich. Sie hob den Schlüssel auf, steckte ihn ins Schloss und drehte ihn. Die Tür sprang auf. Ein großer brauner Umschlag lag in dem Fach, daneben ein USB-Stick. Hanna nahm den Stick und steckte ihn in ihre Hosentasche. Dann ergriff sie den Umschlag. Er fühlte sich dick und schwer an. Das sieht nach einer Menge Papier aus, dachte sie. Sie öffnete vorsichtig den Klebeverschluss und zog die Unterlagen ein Stück weit aus dem Umschlag, um zu sehen, was er enthielt. Es waren Akten, offenbar Krankenakten. Hanna blätterte sie flüchtig durch. Oben auf den Seiten erkannte sie das Logo eines Krankenhauses. „Dr. Claus Wellinghaus. Schönheitschirurgie" las sie. Sie warf einen Blick auf die weiteren Papiere: Statistiken, Abrechnungen, viele Zahlen. Sie schob die Dokumente wieder zurück in den Umschlag; damit würde sie sich später genauer befassen.

Gerade wollte sie die Unterlagen in ihrer Handtasche verstauen, da versetzte ihr jemand von hinten einen heftigen Stoß, sodass sie nach vorne auf den Boden stürzte. Der Angreifer entriss ihr den Umschlag und lief davon. Hanna erkannte lediglich die Gestalt eines dunkel gekleideten Mannes mit einer Kapuzenjacke, der schnell in der Menschenmenge verschwand.

Mühsam rappelte sie sich auf. Ihr krankes Knie, mit dem sie auf den Steinboden aufgeprallt war, tat höllisch weh. Das Schließfach stand noch offen, ihre Handtasche lag auf dem Boden. Hanna schaute sich um. Anscheinend hatte niemand Notiz von dem Überfall genommen. Sie lehnte sich an die Schließfächer und versuchte, ihr wild klopfendes Herz zu beruhigen.

Vor Schmerz und Wut kamen ihr die Tränen. Nach einer Weile hob sie ihre Handtasche auf und machte sich auf den Weg zurück zum Parkplatz. Durch das langsame Gehen ließ der Schmerz in ihrem Knie etwas nach. Während sie zu ihrem Auto zurückhumpelte, versuchte sie, ihre Gedanken zu ordnen. Nur gut, dass der Angreifer nicht auch noch ihre Handtasche geraubt hatte mit all ihren Papieren darin und dem Schlüsselbund! Ein klares Zeichen, dass er es nur auf die Unterlagen aus dem Schließfach abgesehen hatte. Aber wie war das möglich? Es hatte doch niemand von ihrem Fund in Erics Wohnung gewusst, geschweige denn, von ihrer Absicht, hierher zum Bahnhof zu fahren. Das konnte nur eins bedeuten: Jemand war ihr gefolgt! Hanna lief es eiskalt über den Rücken. War sie etwa die ganze Zeit seit Erics Tod überwacht worden? Eine beängstigende Vorstellung! Wahrscheinlicher war, dass Erics Wohnung beobachtet worden war! Hanna erschauerte. In was für ein mörderisches Wespennest hatte sie da gestochen? Fatal: Die Unterlagen, die Klarheit in die Angelegenheit gebracht hätten, waren nun weg. Wie hatte ihr das nur passieren können?

Auf dem Weg nach Hause dachte sie unablässig über das Geschehene nach. Wenn sie, Hanna, von der Wohnung Erics aus verfolgt worden war, hieß das nicht, dass alle anderen, die mit Eric in der letzten Zeit zu tun hatten, auch beschattet wurden? War Eric vielleicht ständig überwacht worden, und als er an dem besagten Abend allein vor dem Lokal stand und telefonierte, hatte der Mörder eine gute Gelegenheit gesehen, ihn zu töten und es wie einen Unfall aussehen zu lassen? Womöglich waren Tim und Liliane auch in Gefahr? Andererseits hatten die Verbrecher ja jetzt das, worauf sie es abgesehen hatten, in ihren Besitz gebracht. Auf jeden Fall musste sie Thomas von dem Vorfall erzählen. Sicher würde er ihr Vorwürfe machchen, dass sie sich so unbedacht in Gefahr gebracht hatte. Aber wie hätte sie ahnen sollen, dass jemand sie beobachtete und verfolgte?

Zu Hause angekommen, stieg Hanna mühsam die Treppe zu ihrer Wohnung hinauf, um sich umzuziehen. Ihre helle Hose wies an den Knien deutliche Schmutzspuren auf. Als sie sie auszog, fühlte sie einen kleinen Gegenstand in der Hosentasche. Der USB-Stick! Den hatte sie ganz vergessen! Also war doch nicht alles umsonst gewesen. Hannas Lebensgeister erwachten wieder. Im Nu hatte sie sich einen Rock angezogen, ein Heftpflaster auf das aufgeschürfte Knie geklebt und schon saß sie vor ihrem Computer. Sie führte den Stick in die dafür vorgesehene Öffnung ein und wartete. Verflixt: Die Dateien waren passwortgeschützt. Natürlich, Eric hatte seine Rechercheergebnisse immer gesichert, wie Tim gesagt hatte. Hanna biss sich auf die Lippen. Was tun? Sie musste den Stick der Polizei übergeben. Vielleicht waren die Experten dort in der Lage, das Passwort zu finden. „Hm", murmelte sie unzufrieden. Dabei hätte sie so gerne gewusst, was auf dem Stick gespeichert war. Na, auf jeden Fall würde sie die Daten auf ihren Computer übertragen. Vielleicht fand sie einen Weg, den Code zu knacken. Schnell betätigte sie die entsprechenden Tasten. Bevor sie mit ihren Überlegungen zu weiteren Ergebnissen kam, hörte sie die Türklingel. Die Zwillinge kamen von der Schule nach Hause. Die Sache musste warten.

12

Nach dem Friseurbesuch, den Jannik wie immer mit stoischer Ruhe ertrug, Isabell nur unter Protest über sich ergehen ließ, sahen die beiden Blondschöpfe wie frisch gestylte kleine Filmstars aus. Jedenfalls war das die Meinung ihrer stolzen Großmutter. Mit je einem Zwilling an der Hand und mit einem umfangreichen Kuchenpaket bewaffnet betrat Hanna wenig später das Büro ihres Sohnes im neuen Polizeiinspektionsgebäude an der Bahnhofsstraße. Ihr munteres „Wir stören dich doch hoffentlich nicht?" quittierte Thomas mit einem verhaltenen Seufzer. Dass seine Mutter immer, wenn es ihr in den Kopf kam, bei ihm hereinplatzte, kannte er zu Genüge. Ein Blick auf die Uhr zeigte ihm, dass ohnehin bald Feierabend war. Außerdem waren die Protokolle und Berichte, die er gerade kontrollierte, nicht dazu angetan, ihn aufzuheitern. Also ließ er zu, dass sich je ein Zwilling links und rechts auf seine Knie setzte und Hanna den mitgebrachten Erdbeerkuchen, frisch aus der Bäckerei Nording in der Fußgängerzone, auf die Teller, die sie aus der Kaffeeecke holte, verteilte.

„Ein kleine Kaffeepause darfst du dir doch wohl gönnen, mein Junge. Du arbeitest sowieso viel zu viel", meinte Hanna und machte sich in der Kaffeeecke zu schaffen.

„Papa, guck mal, meine Zöpfe sind jetzt ganz kurz", beklagte sich Isabell, „und der Pony auch!"

„Du siehst jetzt richtig sportlich aus, meine tapfere Torjägerin", versuchte Thomas seine Tochter über den Verlust hinwegzutrösten. Isabell zog einen Flunsch, konzentrierte sich dann aber lieber auf ihren Kuchen, als sich weiter über die verlorenen Locken zu beklagen. Jannik hatte sich schon dem Gebäck gewidmet; bedacht teilte er mit der Kuchengabel Stück für Stück ab und stopfte es sich in den Mund.

„Was treibt euch denn hierher, Mama?", fragte Thomas, während er dabei zusah, wie Hanna in der Kaffeeecke zwei Becher mit dem heißen Getränk füllte und die passende Menge

Kondensmilch hinzufügte. „Oder wolltest du mir nur den neuen Haarschnitt meiner Kinder vorführen?" Er nahm sich ein Stück des Obstkuchens und biss herzhaft hinein.

Hanna stellte die Kanne ab und setzte sich auf den Besucherstuhl. „Ich muss dir tatsächlich etwas Wichtiges erzählen, Thomas. Es hat mit dem Mord an Eric zu tun." Sie nahm einen Schluck Kaffee, um etwas Zeit zu gewinnen.

„Aha", meinte Thomas kauend. „Hast du also wieder einmal Detektiv gespielt und weißt mehr als die Polizei?"

Der Vorwurf war nur halb scherzhaft gemeint, denn der Hauptkommissar war höchst unzufrieden mit dem Stand der Ermittlungen in diesem ominösen Fall. Inzwischen war auch er fast davon überzeugt, dass Eric Wilkens einem gezielten Mordanschlag zum Opfer gefallen war, aber bisher hatten sie keine einzige Spur, der sie folgen könnten. Die Fahndung nach dem Tatfahrzeug und dem angeblich asiatischen Fahrer hatte nichts Brauchbares ergeben; es gab Tausende dunkler Mercedes- oder BMW-Limousinen. Auch die Anfrage in den Autowerkstätten nach einem etwaigen Lackschaden an einem solchen Wagen war ergebnislos geblieben. Der Hamburger Kollege und seine Leute hatten ihn informiert, dass am Tatort weder fremde Fingerspuren noch DNA festgestellt worden waren; auch die Einbruchsspuren an der Wohnungstür hatten keine Hinweise auf den oder die Täter erbracht. Die Fahndung nach den gestohlenen Gegenständen lief: Alle in Frage kommenden Elektroläden, Pfandleiher und Schmuckhändler waren informiert worden, bis jetzt ohne Ergebnisse. Was die ganze Sache erschwerte, war die Tatsache, dass weit und breit kein Motiv in Sicht war. Weder für den Mord noch für den Einbruch. Und woher hatten der Mörder gewusst, dass Eric genau in dem Moment draußen auf dem Bürgersteig stehen würde? Er musste beschattet worden sein, und der Mörder hatte die günstige Gelegenheit ausgenutzt. Oder ein Komplize im Innern des Lokals hatte dem Fahrer des Wagens Bescheid gegeben. Und warum eine solch unsichere Art des Tötens? Eric hätte den Anschlag ja auch überleben können. Vielleicht war es nur eine Warnung gewesen? Wahrscheinlich hatte das Ganze mit Erics journalistischer Arbeit zu tun, vielleicht mit dieser Drogensache, von der dieser Bernd Stagge laut Hanna gesprochen hatte? Holthus hatte versäumt, mit dem Mann zu sprechen, da er ihn am Unfallort nicht angetroffen hatte. Stagge war sofort ins Krankenhaus gefahren, hatte Hanna zu Protokoll gegeben. Thomas hatte Oberkommissar Jan Hendrik Klüver nach Hamburg geschickt, um in der Redaktion des Mittagsblattes mit den Kollegen Erics zu sprechen, und Kommissarin Susanne Holtmann sollte das Umfeld des Sohnes recherchieren. Vielleicht ergab sich ja im Freundes- und Bekanntenkreis von Vater und Sohn irgendein Hinweis auf ein Motiv.

Hanna hatte zu seiner Frage geschwiegen und sich eingehend mit dem Kuchen beschäftigt. Jetzt zog sie den USB-Stick aus ihrer Handtasche und legte ihn vor Thomas auf den Schreibtisch.

„Was ist das?", fragte er verblüfft.

„Ein Computerstick, wie du siehst." Hanna biss noch einmal in den Erdbeerkuchen.

„Das sehe ich. Was ist damit?" Thomas wurde langsam ungeduldig. Hatte er es doch geahnt! Seine umtriebige Mutter hatte wieder etwas ausgeheckt.

„Also, das war so. Du musst wissen, ich war als Erste bei Eric, als er angefahren wurde. Er hat noch gelebt, aber er konnte kaum noch sprechen. Es waren nur wenige Worte, die er sagen konnte und die ich verstanden habe. Er sagte Liliane, Tim, Herz und Eis."

An dem angespannten Blick ihres Sohnes erkannte Hanna, dass sie seine Geduld nicht allzu lange strapazieren durfte. Sie hob die Hand, um seinem Einwand zuvorzukommen. „Ja, ich weiß, du fragst dich, was das mit dem USB-Stick zu tun hat. Bitte lass mich erklären und hör zu!"

Thomas setzte die Zwillinge auf seinen Knien zurecht. „Also: Ich höre."

„Okay, also", hob Hanna an. „Diese letzten Worte Erics ließen mir keine Ruhe. Besonders das Wort „Eis" konnte ich mir nicht erklären. Doch dann kam mir der Gedanke, besonders nach dem Einbruch in Erics Wohnung, bei dem die Täter offensichtlich etwas Bestimmtes gesucht haben, also, dass Eric vielleicht etwas Wichtiges versteckt hat und mit dem Wort „Eis" einen Hinweis auf dieses Versteck geben wollte. Also bin ich heute Vormittag nach Hamburg gefahren zu Erics Wohnung und habe dort in dem Eisfach nachgeschaut, ob sich darin vielleicht etwas befindet, was die Einbrecher nicht gefunden haben."

Fast hätte Thomas sich an seinem Kaffee verschluckt. „Du hast was getan? Du bist in Erics Wohnung eingedrungen? Sie war doch versiegelt, oder nicht?" Er setzte die Zwillinge ab, gab ihnen je ein Papier und einen Stift in die Hand. „Setzt euch da hinten in die Ecke und malt ein Bild bitte. Oma und ich müssen uns unterhalten."

„Ja", gab Hanna kleinlaut zu. Dann fuhr sie schnell in ihrer Erzählung fort, um ihren Polizistensohn von diesem unangenehmen Detail abzulenken. „Aber hör zu, was ich gefunden habe. Nicht im Eiswürfelfach, sondern in einer Packung Speiseeis. Einen Schließfachschlüssel!"

„Einen Schließfachschlüssel?", echote Thomas.

„Ja, und zwar für das Schließfach Nummer 78 im Hamburger Hauptbahnhof.“

Thomas sah seine Mutter ungläubig an. „Und dort bist du natürlich hingefahren, hab‘ ich Recht?“

„Ja, natürlich. Wärst du doch auch, oder etwa nicht?“

Der Kommissar war einen Moment sprachlos. „Und dann? Was hast du in dem Schließfach gefunden?“, fragte er schließlich.

„Na, diesen USB-Stick.“

Thomas nahm den Stick in die Hand und betrachtete ihn. „Sonst nichts?“

„Doch. Es war ein großes braunes Kuvert mit vielen Formularen, Akten oder so etwas Ähnlichem darin.“

„Und? Wo ist das Kuvert jetzt?“

„Ich habe es nicht mehr. Als ich vor dem Schließfach stand, hat jemand mich umgestoßen und es mir aus der Hand gerissen.“

„Was?“ Thomas sah seine Mutter entgeistert an. „Hast du dich verletzt, Mama? Dir ist doch nichts passiert, oder?“

„Sei ganz ruhig, mein Junge. Ich habe mir nur das Knie ein wenig aufgeschürft, sonst nichts. Der Mann ist ja sofort weggerannt.“

Thomas hatte ganz vergessen, seinen Kuchen zu essen. „Es ist nicht zu fassen, Mutter! Du hast dich in große Gefahr gebracht. Wenn der Angreifer dir nun etwas Schlimmeres angetan hätte!“

Mit einer Mischung aus Empörung und Sorge stand Thomas auf, ging zu seiner Mutter und nahm sie in die Arme. „Gott sei

Dank ist nichts weiter passiert. Das hätte schiefgehen können, Mama."

Hanna tat die Fürsorge ihres Sohnes gut. Der Schreck hatte sie doch ganz schön mitgenommen, wie sie jetzt feststellte. Sie straffte die Schultern.

„Aber ich konnte doch nicht ahnen, dass ich verfolgt wurde. Du hättest genauso gehandelt an meiner Stelle, oder etwa nicht, Thomas?"

„Mag sein", gab Thomas zu. „Trotzdem ..." Er schüttelte den Kopf.

„Lass uns lieber überlegen, was wir jetzt machen", versuchte Hanna ihren Sohn von dem Gedanken daran, was alles hätte passieren können, abzulenken. „Ich habe natürlich zu Hause geschaut, was auf dem Stick drauf ist, aber die Daten sind verschlüsselt. Man braucht ein Passwort dafür und das kennen wir leider nicht."

Thomas überlegte einen Moment, dann stand er auf und ging ins Büro nebenan. Einen Augenblick später kam er mit Jens Hartmann im Schlepptau wieder zurück. Kriminalkommissar Jens Hartmann war der Jüngste im Team des Hauptkommissars und der geborene Nerd. Alles, was mit Computern zu tun hatte, war bei ihm in den besten Händen. Er stand in dem Ruf, dass der Code, den er nicht knacken konnte, nicht existierte.

„Moin, Frau Morgenroth", begrüßte der schlaksige junge Polizist, dessen runde Brille seinem Image als Computerfreak alle Ehre machte, die Mutter seines Chefs. „Wie geht es Ihnen?" Sein Blick blieb an den Resten des Erdbeerkuchens hängen, die auf dem Schreibtisch standen. Hanna musste lächeln.

„Moin Jens! Mögen Sie Erdbeerkuchen?" Sie nahm einen Teller, legte ein Stück darauf und reichte es ihm. „Hier. Ganz frisch!"

„Oh, danke, Frau Morgenroth! Erdbeerkuchen esse ich am liebsten", beeilte sich Jens zu versichern.

Thomas drückte ihm den USB-Stick in die freie Hand. „Arbeit, Jens! Sieh zu, dass du herausfindest, was auf diesem Stick ist. Es ist sehr wichtig. Es geht um den Fall Wilkens."

„Wird gemacht, Chef", versprach der Kommissar. „Kommt aber drauf an, welche Art von Verschlüsselung hier vorliegt. Es gibt jetzt eine neue auf dem Markt. Ist kaum zu knacken ohne Passwort."

„Du machst das schon, Jens", meinte sein Chef zuversichtlich und schob ihn aus dem Büro.

„Guck mal, was wir gemalt haben", meldeten sich die Zwillinge und überreichten ihrem Vater ihre Kunstwerke.

Hanna kramte das Kuchenpapier zusammen. „Wir gehen dann jetzt. Kommt, Kinder", sagte sie. „Ach, die Sache mit dem Siegel an Erics Wohnungstür: Könntest du die bitte klären mit dem netten Kommissar Olberding in Hamburg? Nicht, dass ich eine Anzeige wegen Zerstörung öffentlichen Eigentums bekomme oder so etwas, sei so nett, mein Junge!"

Kopfschüttelnd sah der Kommissar seiner Mutter hinterher. Unverbesserlich, dachte er, einfach unverbesserlich!

13

„**M**ein Gott, Hanna, was hätte dir nicht alles passieren können!" Liesbeth Nording, genannt Lizzy, hatte vor Aufregung rote Bäckchen, was zu ihrem runden Gesicht mit den blitzenden kleinen Augen durchaus passte. Ihre kurzen dicken Finger umfassten den Henkel der Kaffeetasse, die sie gerade zum Mund führte, fester. „Wenn der Mann nun ein Messer gehabt hätte! Solchen Verbrechern ist ja alles zuzutrauen." Sie nahm einen Schluck Kaffee, setzte die Tasse ab und griff nach der Kuchengabel, um das üppige Stück Käse-Sahne-Torte, das Hanna ihr auf den Teller gelegt hatte, beherzt in Angriff zu nehmen.

„Na, ganz so dramatisch war die Sache denn wohl doch nicht", versuchte Edith Helmers, Oberstudienrätin für Geschichte, Latein und Philosophie und die zweite der Kränzchenschwestern, die sich allwöchentlich mit Hanna zum Kaffee trafen, die Wogen der Aufregung zu glätten. „Anscheinend hat der Täter es nicht für nötig gehalten, Hanna zu töten. Er hatte ja bekommen, was er wollte: die Unterlagen." Die besonnene 65-Jährige, die kurz vor ihrer Pensionierung stand, entfernte behutsam einen Kuchenkrümel von ihrer hellgrauen Seidenbluse, deren Farbe perfekt mit der ihrer Haare harmonierte. „Allerdings war es nicht ganz ungefährlich, liebe Hanna, das muss ich schon sagen." Der tadelnde Ton, in dem sie die letzte Bemerkung an ihre Freundin richtete, ließ ahnen, auf welche Art sie ihren Schülern ihre Missbilligung zu zeigen pflegte.

Hanna, die dieses Mal als Gastgeberin fungierte, verzichtete darauf einzuwenden, dass sie ja nicht hatte ahnen können, in Gefahr zu sein bei ihrer Aktion in Hamburg, von der die Rede war. Sie überprüfte, ob noch alle Kaffeetassen gefüllt waren und legte, ohne zu fragen, ein Stück Kirschstreuselkuchen auf Liesbeths Teller. „Du nimmst doch noch eins, Lizzy, oder?", vergewisserte sie sich etwas verspätet.

Edith hingegen schüttelte den Kopf, als Hanna auch sie fragte, ob sie noch ein Stück Kuchen wolle. Ihre dünne Figur stand im krassen Gegensatz zu Liesbeths üppigen Formen. Liesbeth, die ehemalige Konditorin, deren Sohn jetzt die Bäckerei Nording mit ihren zahlreichen Filialen in der Region leitete, unterstrich ihre Rundungen gern mit reich verzierten Blusen und Röcken in lebhaften Mustern, vorzugsweise in Pastelltönen. So trug sie jetzt eine hellblaue Bluse mit Puffärmeln und einen weiten geblümten Sommerrock, der ihre prallen Waden sehen ließ. Hanna, die vom Äußeren her eine gesunde Mitte zwischen den beiden Frauen darstellte, musste des Öfteren schmunzeln, wenn sie ihre so unterschiedlichen Freundinnen nebeneinander sah.

„Wie geht es eigentlich deiner Nichte?", fragte Edith. „Es muss ja ein schrecklicher Schicksalsschlag für sie gewesen sein, die Arme. Sie tut mir wirklich leid."

„Ja", pflichtete Liesbeth ihr bei. „Da hatte sie gerade wieder einen brauchbaren Partner gefunden, und schon wird er ihr wieder genommen."

„Und dieser arme Junge erst, der Tim, so heißt er doch, nicht wahr?", fuhr Edith fort. „Zuerst verliert er als Kind die Mutter und jetzt auch noch den Vater. Und das, wo er nicht richtig gesund ist. Was wird nun aus ihm, Hanna? Wird er weiterhin in der Wohnung seines Vaters bleiben, ganz allein? Noch dazu, wo die Verbrecher alles durchsucht und zerstört haben?"

Hanna zuckte mit den Schultern. „Weiß ich nicht. Vielleicht zieht er zu seinen Großeltern, obwohl er, wie es scheint, keinen allzu engen Kontakt zu ihnen hat. Die Großeltern mütterlicherseits sind schon tot, hat Liliane erzählt. Im Moment ist Tim noch bei Liliane. Für sie ist er in der Zeit, in der sie mit Eric zusammen war, wohl so etwas wie ein zweiter Sohn geworden." Bei dem Gedanken an das Schicksal des jungen Wilkens seufzte Hanna tief auf. „Er tut mir so leid, der arme Junge."

Einen Moment trat Stille ein. Die drei Frauen widmeten sich ihrem Gebäck und hingen dabei ihren Gedanken nach. Dann brach Hanna das Schweigen. „Wenn ich nur wüsste, was auf dem Computerstick gespeichert ist. Es ärgert mich, dass ich die Daten zwar auf meinem Computer habe, aber sie nicht lesen kann."

Ihre Freundinnen nickten. „Ja, womöglich hat Eric Wilkens dort die Auflösung dieses Rätsels versteckt. Zu dumm, dass wir das Passwort nicht kennen", pflichtete Edith Hanna bei. „Hast du denn keine Idee, was es sein könnte?"

Hanna schüttelte den Kopf. „Eh-eh, nicht die geringste, leider! Ich bin gespannt, ob es Thomas' Kollegen, diesem Computerfreak Jens Hartmann – übrigens ein netter Kerl – gelingen wird, den Code zu knacken."

Liesbeth hob die Hand zum Zeichen, dass sie etwas sagen möchte, sobald sie den Mund leergegessen hatte. „Könnte nicht der Sohn, dieser Tim, vielleicht wissen, welche Passwörter sein Vater bevorzugte oder wo er sie aufbewahrte? Viele Menschen, die mit Computern arbeiten, haben ja eine bestimmte Art und Weise, Passwörter zu bilden. Ich zum Beispiel, ich nehme immer die Namen von Heiligen, die mit M anfangen, und ihren Jahrestag; dann kann ich im Kalender nachschauen, wenn ich ein Passwort nicht mehr weiß."

„Aha, gut zu wissen, liebe Lizzy", erwiderte Edith vielsagend. „Wenn wir also einmal an deine Computergeheimnisse gelangen wollen ..."

„Ach du, was du immer gleich denkst", wehrte Liesbeth die Unterstellung Ediths ab, sie verfüge über geheime Computerinhalte. Das Rot ihrer Bäckchen allerdings war eine Spur intensiver geworden.

„Du hast vollkommen Recht, Lizzy", kam Hanna auf das eigentliche Thema zurück. „Vielleicht weiß Tim tatsächlich etwas darüber. Oder Liliane." Sie sprang auf und lief zu dem Telefon auf der Anrichte. Wenn sie zu Hause war, benutzte sie aus alter Gewohnheit lieber den Festnetzanschluss als ihr Mobiltelefon. „Ich werde sie gleich anrufen."

Gespannt verfolgten Edith und Liesbeth das Telefonat, von dem sie nur die eine Hälfte mitbekamen. Das Mienenspiel ihrer Freundin verriet ihnen jedoch ohnehin, wie das Gespräch verlief.

„Also gut ... Schade ... Macht nichts, die Polizei wird es schon herausfinden ... ruh' dich gut aus, Liliane. Grüß' die Kinder ... Tschüss!"

Die Enttäuschung stand Hanna ins Gesicht geschrieben, als sie sich wieder an den Kaffeetisch setzte. Sie hob bedauernd die Schultern. „Leider! Sie haben beide keine Ahnung."

„Hm", machte Edith. „Gibt es sonst jemanden, der das Passwort kennen könnte? Ein Freund oder ein Kollege von Eric vielleicht?"

Hanna schlug sich gegen die Stirn. „Mensch, Edith! Das ich nicht eher daran gedacht habe! Bernd Stagge. Natürlich! Wenn einer Erics Gewohnheiten in dieser Hinsicht kennen könnte, dann Bernd Stagge."

Aufgeregt sprang sie auf. „Wo habe ich denn ..." Sie überlegte. „Die Visitenkarte! Er hat mir seine Visitenkarte gegeben für den Fall, dass wir seine Hilfe brauchen würden."

Als sie die verständnislosen Mienen ihrer Freundinnen sah, hielt sie inne. Mit wenigen Worten erklärte sie, auf welche Art und Weise sie Stagge kennengelernt und welche Rolle er bei der Wilkens-Angelegenheit gespielt hatte. „Meine Handtasche! Sie muss in meiner Handtasche sein."

Die Kränzchenschwestern sahen zu, wie Hanna in ihrem Schlafzimmer verschwand, um die Tasche zu holen, die sie bei der Beerdigung bei sich gehabt hatte. Als sie zurückkam, hielt sie triumphierend die Visitenkarte in der Hand. „Ich werde Herrn Stagge gleich einmal anrufen, wenn ihr erlaubt. Habt ihr noch genug Kaffee?"

14

Schon am nächsten Nachmittag saßen Hanna und Bernd Stagge, der hilfsbereite Kollege von Eric Wilkens, zusammen vor Hannas Computer und rätselten über das Passwort, mit dem der Journalist seine Dateien geschützt hatte.

„Wie sind Sie überhaupt darauf gekommen, wo der Schließfachschlüssel sich befinden könnte, Frau Morgenroth?", fragte Stagge, nachdem er neben Hanna vor dem Monitor Platz genommen hatte. Das Bier, das Hanna ihm anbot, lehnte er dankend ab mit der Begründung, er müsse noch Auto fahren, und bat stattdessen um ein Glas Mineralwasser.

„Also, das war so", begann Hanna und schilderte, was der sterbende Eric gesagt hatte. „Das Wort „Eis" hat mich auf die Idee gebracht, in seiner Wohnung in das Eisfach zu schauen, und schließlich fand ich in einer Packung Vanilleeis den Schlüssel." Hanna lächelte. „Ausgerechnet Vanilleeis. Meine Lieblingssorte. Zufälle gibt's!"

„Ach. Und dann haben Sie also das Schließfach geöffnet und diesen USB-Stick gefunden."

„Ja, und ein Paket mit Dokumenten. Aber das ist mir gestohlen worden, leider."

„Ach?" Das runde Gesicht des Reporters war ein einziges Fragezeichen. „Wie ist denn das passiert?"

Hanna erklärte in knappen Worten, auf welche Art und Weise sich die Verbrecher des Umschlags mit den Unterlagen bemächtigt hatten.

Immer wieder schüttelte Stagge verständnislos den Kopf. „Unglaublich! Diese ganze Sache wird immer mysteriöser."

Inzwischen hatte Hanna den Inhalt des Sticks auf ihren Monitor gerufen. „Da, schauen Sie? Um die Dateien zu öffnen, brauche ich ein Passwort. Ich dachte, dass vielleicht Sie, als Erics Kollege, eine Idee dazu hätten, weil Sie mit Eric zusammengearbeitet haben, oder habe ich da etwas falsch verstanden?"

Der füllige Journalist setzte sich zurecht und musterte das Computerbild. „Nein, nein, das ist schon richtig. Natürlich hatte jeder von uns seine eigenen Projekte, aber gelegentlich haben Eric und ich auch gemeinsam an einer Reportage gearbeitet. So wie an dieser Drogensache, an der wir dran waren. Worüber er im Moment allein recherchierte, weiß ich allerdings nicht."

„Hm, schade", meinte Hanna. „Aber vielleicht wissen Sie, ob Eric eine bestimmte Art hatte, sich Passwörter zu merken? So etwas wie eine Eselsbrücke, wenn Sie wissen, was ich meine?"

Stagge fixierte nachdenklich den Bildschirm, auf dem das geöffnete Fenster immer noch nach dem Passwort verlangte.

„Ich weiß, was Sie meinen. Manche Menschen nehmen die Namen ihrer Kinder oder Freunde oder sie verwenden die Geburtstage der Familienmitglieder oder so etwas."

Hanna überlegte. „Ich denke, das Passwort hat etwas mit Tim, Erics Sohn zu tun. Er hat ja nicht nur Tims Namen genannt, sondern auch das Wort „Herz". Das deutet auf die Krankheit seines Sohnes hin. Vielleicht hat der Inhalt der Datei etwas damit zu tun, was denken Sie?"

Stagge nickte. „Versuchen Sie es doch mal mit dem Namen des Jungen: Tim Wilkens."

Hanna tippte den Namen ein. FALSCHES PASSWORT, signalisierte der Computer. „Das wäre auch zu einfach gewesen", murmelte Stagge. Er sah Hanna nachdenklich an. „Wissen Sie das Geburtsdatum des Jungen?"

„Ja, Liliane hat es einmal genannt. Warten sie, gleich fällt es mir ein." Sie zog die Stirn kraus, während sie angestrengt überlegte. „Ja, das ist es. Der 14. Januar 2000, das ist Tims Geburtstag."

„Gut! Geben Sie die Zahlen und den Namen ein, bitte."

Dasselbe enttäuschende Ergebnis.

Der Reihe nach probierten sie alle Namen und Daten aus, die ihnen im Zusammenhang mit Eric Wilkens einfielen, ohne Erfolg. Schließlich lehnte Hanna sich seufzend zurück. „Ich glaube, es hat keinen Sinn, auf diese Weise weiterzumachen, Herr Stagge. Wir werden wohl abwarten müssen, ob der Polizeicomputer mit seinen ausgeklügelten Suchprogrammen mehr Erfolg hat." Sie stand auf. „Ich fürchte, Sie haben sich ganz umsonst herbemüht, tut mir leid."

Der Journalist saß mit vor der Brust verschränkten Armen und konzentriertem Gesichtsausdruck da und starrte immer noch auf den widerspenstigen Monitor. „Es muss doch etwas geben …", murmelte er. „Eric war doch gar nicht so anspruchsvoll mit seinen Passwörtern."

Das Telefon klingelte. „Entschuldigen Sie", sagte Hanna, „ich schau mal eben, wer dran ist."

Sie nahm den Hörer des Festanschlusses ab. „Ja, hier Morgenroth ... Ach, du bist es, Tim. Wie geht es dir? ... Das freut mich ... Ach so? ... Ja, das ist wichtig ... Aha ... Na sowas ... Mal sehen, vielleicht ist das ja die Lösung ... Gut. Jedenfalls vielen Dank, mein Junge. Grüß Liliane ... Ja. Tschüss!"

Stagge, der dem Telefonat unfreiwillig gelauscht hatte, sah Hanna erwartungsvoll an, als sie zu ihm zurückkam.

„Tim? Das ist doch Erics Sohn, nicht wahr? Gibt es was Neues?"

„Allerdings. Tim hat mir einen interessanten Tipp gegeben wegen des Passwortes. Ich habe ihn nämlich gefragt, ob er wüsste, wie sich sein Vater die Codes merkte, die es für seine Arbeit verwendete. Jetzt ist es ihm wieder eingefallen."

„Und? Hilft uns das weiter?" Der Reporter schien langsam die Geduld zu verlieren.

„Ich glaube schon. Tim sagt, sein Vater habe oft ganz einfache Wörter benutzt, sie aber rückwärts eingegeben. Das bewirkte, dass die Buchstabenfolge ganz anders aussah und keinen Sinn ergab für Außenstehende." Nachdenklich setzte sich Hanna wieder neben ihren Gast. „Versuchen Sie mal Tim Wilkens von hinten, Herr Stagge."

Mit neuer Hoffnung tippte der Reporter ein: SNEKLIWMIT. FALSCHES PASSWORT, teilte der Computer mit. Enttäuscht sah Hanna den Journalisten an. „Klappt leider nicht."

„Hm, es fehlen die Zahlen. Versuchen wir den umgekehrten Namen zusammen mit den Ziffern des Geburtsdatums."

00021041SNEKLIWMIT.

Beide zuckten zusammen, als der Computer reagierte. Das Passwort war korrekt! Die Datei öffnete sich!

„Unglaublich!", jubelte Hanna. Sie sprang auf. „Herr Stagge, Sie sind ein Genie! Wir haben den Code geknackt!"

Ihr Gast lächelte zufrieden. „Tatsächlich! Fast hätte ich schon nicht mehr geglaubt, dass wir es schaffen, Frau Morgenroth." Er stand ebenfalls auf und ging ein paar Schritte in Hannas überschaubarem Wohnzimmer hin und her.

„Warten Sie, ich hole Ihnen noch ein Glas Wasser, Herr Stagge. Oder jetzt doch lieber einen kleinen Schluck gut gekühlten roten Korn? Ich finde, den haben wir uns verdient."

Ohne auf den schwachen Protest Stagges zu achten, lief Hanna eilig in ihre kleine Küche und kam alsbald mit zwei Schnapsgläsern und einer Flasche zurück. Sie schenkte die aromatische rote Flüssigkeit ein, reichte dem Journalisten ein Glas und prostete ihm zu. „Das haben wir gut gemacht. Wohlsein!", sagte sie und trank ihr Glas in einem Zug leer. Stagge tat es ihr gleich.

„Aah, das tut gut. Dann wollen wir doch mal sehen, was Eric hier versteckt hat", meinte er dann und setzte sich auf Hannas Computerstuhl. „Sie erlauben doch? Ich kenne mich mit solchen Textdateien wahrscheinlich besser aus als Sie, glaube ich. So geht es schneller."

Zügig gab er eine Reihe von Befehlen ein und schon erschien eine lange Liste von Einzeldateien auf dem Bildschirm. Hanna setzte sich wieder neben ihn und beobachtete gespannt, was geschah. Stagge öffnete die erste Datei. Es erschien ein langer medizinischer Artikel über Herzkrankheiten. Ausführlich wurden verschiedene Arten von Krankheiten beschrieben, ebenso die Diagnose- und Behandlungsmöglichkeiten, Krankheitsverläufe und Todesraten. Besonders detailliert wurde über angeborene Herzschwächen und -fehler und über die Erfolgsaussichten von Behandlungen im Kinder- und Jugendalter referiert.

„Aha. Eric hat sich also sehr intensiv mit der Krankheit seines Sohnes auseinandergesetzt", kommentierte Hanna das Gesehene. „Kein Wunder. Er hat sich natürlich Sorgen gemacht um Tim."

Die nächste Datei enthielt Informationen über Herztransplantationen, über Eurotransplant, Wartelisten und Kriterien für die Auswahl der Kandidaten. Außerdem zeigte der Monitor umfangreiche Statistiken über Heilungschancen, Sterblichkeitsraten und andere Erkenntnisse. Hanna erfuhr, dass es weltweit bisher zirka 80 000 Transplantationen gegeben habe, dass derzeit im Jahr im Durchschnitt 3 600 solcher schweren Operationen vorgenommen würden, allein in Deutschland um 380 Stück. Die Überlebensrate betrage im Durchschnitt 70 bis 80 Prozent, las sie.

„Mein Gott, ich ahnte ja nicht, dass es so schlimm um Tim steht! Wenn nur noch eine Transplantation ihn retten kann, verstehe ich, dass Eric sich solche Sorgen um ihn gemacht hat."

Bernd Stagge nickte zu ihren Worten, während er weitere Dateien öffnete. „Sehen Sie einmal hier, Frau Morgenroth: Das sind Informationen über illegalen Organhandel. Ich habe nicht gewusst, dass Eric dazu recherchiert hat. Schauen Sie nur, was da für Preise genannt werden! Das ist ja kaum zu glauben!" Beide saßen vor dem Bildschirm und betrachteten fassungslos das Material, das Eric gesammelt hatte.

„Und hier: ein Zeitungsartikel über Indien. Dort gibt es Menschen, die aus purer Not für ein paar Dollar ihre Nieren verkaufen. Skandalös!"

Immer mehr Details offenbarten die umfangreichen Recherchen, die Eric Wilkens auf seinen Computer dokumentiert hatte. Hanna konnte kaum glauben, was sie las. „Schauen Sie mal, hier steht, es werden sogar Menschen ermordet und regelrecht ausgeschlachtet, um an ihre Organe heranzukommen und sie zu verkaufen. Ist das zu glauben, Herr Stagge?" Sie sah ihren Gast schockiert an. „Mir war nicht bewusst, dass der Mangel an Organspenden zu solchen kriminellen Machenschaften führt." Sie schüttelte den Kopf. „Ich verstehe ja, dass verzweifelte todkranke Menschen jeden Preis bezahlen, um an ein lebensspendendes Organ zu gelangen, aber dass auf der anderen Seite die Verbrecher nicht davor zurückschrecken, Menschen zu ermorden, nur um an ihre Organe und damit an viel Geld zu kommen, das übersteigt meine Vorstellungskraft."

„Ach, Frau Morgenroth, ich glaube, wir unterschätzen den Lebenswillen der kranken Menschen. Und wo viel Geld im Spiel ist, dort gibt es immer auch diejenigen, die sich an der Not der anderen bereichern. So sind die Menschen nun mal."

Stagge hatte eine weitere Datei geöffnet. „Schauen Sie einmal hier, Frau Morgenroth. Hier ist eine detaillierte Preisliste. Sie können demnach alles kaufen, von der Augenlinse über Nieren, Lungen, Leber bis zum Herzen. Eine Herztransplantation kostet inklusive des dazu benötigten Herzens bis zu einer Million Euro, je nach körperlicher Konstitution des Empfängers."

Hanna hielt es nicht mehr aus vor dem Monitor. Sie sprang auf. „Das ist ja entsetzlich!", rief sie und rang die Hände. Ein furchtbarer Gedanke schoss ihr durch den Kopf. Sollte Eric vielleicht vorgehabt haben, für seinen Sohn ein Herz zu kaufen? Unvorstellbar! Schnell wies sie die Idee weit von sich.

„Es sieht so aus, als sei Eric einem illegalen Organhandel auf der Spur gewesen", mutmaßte Stagge. „Deshalb hat er all dieses Hintergrundmaterial gesammelt. Wahrscheinlich ist er durch die Informationen über die Herzkrankheit seines Sohnes darauf gestoßen. Womöglich wurde er aus diesem Grund ermordet: Die Täter wollten verhindern, dass er mit seinen Erkenntnissen an die Öffentlichkeit geht."

Hanna nickte. „Das klingt plausibel. Dann sind die Unterlagen, die ich in dem Schließfach gefunden habe, wahrscheinlich Beweise gewesen für die Machenschaften der Verbrecher." Sie seufzte resigniert. „Und ich habe sie mir wie ein dummer Tölpel abnehmen lassen!"

„Sie dürfen sich deshalb keine Vorwürfe machen, liebe Frau Morgenroth. Das hätte nun wirklich jedem passieren können", versuchte der Journalist Hanna zu trösten. „Leider können wir daran nun nichts mehr ändern."

Hanna stand auf und schenkte die beiden Schnapsgläser noch einmal voll.

„Na, jedenfalls werde ich gleich meinen Sohn anrufen und ihm das Passwort durchgeben. Seine Leute werden das Material bestimmt für die Aufklärung des Falles benutzen können."

Bernd Stagge stand ebenfalls auf. „Ich werde mich dann mal auf den Weg machen. Wenn ich Ihnen noch weiter behilflich sein kann, sagen Sie mir Bescheid bitte." Das Glas, das Hanna ihm reichte, lehnte er ab. „Sie wissen doch, ich muss noch fahren."

„Vielen Dank, Herr Stagge, Sie waren eine große Hilfe."

Hanna begleitete den Reporter zur Haustür. „Grüßen Sie Frau Thedieck bitte herzlich von mir, wenn Sie sie sehen", sagte er. „Und Tim Wilkens natürlich auch. Die beiden haben mein ehrliches Mitgefühl."

„Mache ich gerne, Herr Stagge. Auf Wiedersehen!"

Aha, dachte Hanna, als sie die Haustür hinter ihrem Besucher schloss. Sollte der nette Journalist sich etwa für Liliane interessieren? War er vielleicht deshalb so außerordentlich hilfsbereit? Sie schmunzelte. Mein Gott, die jungen Leute heute! Immer nur das eine im Kopf!

15

Kriminalhauptkommissar Thomas Morgenroth, der am selben Nachmittag in der täglichen Abschlussbesprechung mit seinen Kollegen zusammensaß, war frustriert. Die Ergebnisse, die ihm seine Mitarbeiter vorlegten, waren enttäuschend. Jan Hendrik Klüver, der in der Redaktion des Hamburger Mittagsblattes unter den Kollegen und Vorgesetzten des Journalisten ermittelt hatte, fasste seine Ergebnisse zusammen.

„Eric Wilkens war kein Teamplayer; er arbeitete am liebsten allein. Wenn er sich für ein Thema interessierte, recherchierte er auf eigene Faust und hielt sich dabei nicht an feste Arbeitszeiten. Selten nahm er die Hilfe seiner Kollegen in Anspruch. Sein Ressortleiter sagte, er habe seine Reportagen immer gründlich mit Belegen und Fakten untermauert, oft mit umfassenden schriftlichen Materialien. Wenn er einen Bericht fertiggeschrieben hatte, war er zumeist ohne Korrekturen druckfähig. Sein Vorgesetzter war sehr zufrieden mit Wilkens Arbeit, allerdings zeigten sich seine Kollegen weniger euphorisch. Einige meinten, Wilkens sei ungesellig, fast schon eigenbrötlerisch gewesen, besonders sei dem Tod seiner Frau vor einigen Jahren. Eine Kollegin sagte, er habe nur noch für seine Arbeit und für seinen Sohn gelebt." Der blonde Kommissar schloss seinen Laptop. „Insgesamt konnte aber keiner etwas wirklich Negatives über Eric Wilkens sagen."

„Hm", machte Thomas unzufrieden. „Das bringt uns kein Stück weiter. Hat denn jemand gewusst, woran Wilkens im Moment gearbeitet hat?"

Jan Hendrik schüttelte den Kopf. „Wie gesagt, niemand hatte Einblick in seine Arbeit."

„Hast du etwas über seinen Kollegen, diesen Bernd Stagge, in Erfahrung bringen können?"

„Nur dass er ein guter Freund, wahrscheinlich der einzige Freund von Eric Wilkens war. Deshalb war er ja auch zu der Feier eingeladen. Er hat gelegentlich mit Wilkens zusammengearbeitet; das letzte abgeschlossene gemeinsame Projekt der beiden liegt schon eine Weile zurück. Es ging um einen Umweltskandal, sagte mir der Ressortleiter. Mit Stagge selbst habe ich nicht gesprochen; er war nicht in der Redaktion. Ach, übrigens: Ich habe auch mit den Eltern gesprochen, dem alten Ehepaar Wilkens. Sie konnten mir nichts über die Arbeit ihres Sohnes sagen, erst recht nicht über ein mögliches Mordmotiv. Die Leute sind völlig gebrochen. Zuerst stirbt die Schwiegertochter, jetzt der einzige Sohn. Wie es scheint, fühlen sie sich zu alt, um den Enkel, Erics Sohn Tim, bei sich aufzunehmen. Sie sind beide über achtzig. Tragisch, das Ganze."

„Okay." Der Hauptkommissar wandte sich seiner jungen Kollegin zu. „Und du, Susanne?"

Susanne Holtmann berichtete klar und knapp, was sie über das Umfeld von Tim Wilkens erfahren hatte. Der Junge sei bei seinen Mitschülern sehr beliebt, obwohl er sich zurückhaltend und unauffällig verhalte. Seine Leidenschaft sei das Zeichnen und Malen; sein Kunstlehrer bescheinigte ihm großes Talent. Eine feste Freundin habe er nicht, so seine Mitschüler. Susanne strich sich eine Strähne ihrer Haare hinters Ohr. „Also nichts Besonderes. Ein ganz normaler Junge, wie es aussieht", resümierte sie. „Ach ja, ich habe auch mit dem behandelnden Arzt gesprochen; er wollte mir nichts Genaues über Tims Krankheit sagen, ärztliche Schweigepflicht, nur, dass Tim eine angeborene Herzschwäche habe, hat er mir verraten." Sie schloss mit einem resignierten Seufzer. „Wir haben nichts, leider."

Thomas konsultierte seine Unterlagen. „Bedauerlicherweise sind auch die Ergebnisse der kriminaltechnischen Untersuchung des Einbruchs negativ. Hauptkommissar Olberding hat mir die Finger- und DNA-Spuren übermittelt: Alle stammen von Wilkens, seinem Sohn oder Liliane Thedieck, meiner Cousine. Die Einbrecher haben keine brauchbaren Spuren hinterlassen. Alles, was wir haben, ist der USB-Stick, den meine leichtsinnige Mutter in ihrem detektivischen Eifer erbeutet hat." Er begleitete seine Bemerkung mit einem resignierten Lächeln, war es doch nicht das erste Mal, dass er auf die Ermittlungserfolge seiner Mutter zurückgreifen musste.

Seine Mitarbeiter tauchten einen bedeutungsvollen Blick miteinander. Alle drei grinsten.

„Immerhin, Chef, wenigstens haben wir den Stick", meinte Susanne begütigend.

Thomas wandte sich an Kommissar Hartman: „Nun, was ist, Jens? Hast du das Passwort endlich geknackt?"

Der junge Computerfachmann biss sich auf die Lippen und schüttelte den Kopf. „Leider bisher nicht. Das Programm lässt sich mit den gängigen Decodierungssoftware nicht öffnen. Ich arbeite dran."

Jan Hendrik und Susanne standen auf. Die beiden Kriminalbeamten, die seit Kurzem ein Paar waren, hatten offenbar noch etwas vor an diesem Abend. „War's das, Chef? Können wir gehen?", fragte Jan Hendrik.

Der Hauptkommissar nickte. „Natürlich, geht nur. Bis morgen."

Auch Jens Hartmann erhob sich. „Ich arbeite noch ein bisschen an der Datei, Chef", meinte er, „Ich habe sowieso nichts anderes vor."

„Okay, aber mach' nicht mehr so lange, Jens. Morgen ist auch noch ein Tag."

Thomas räumte die Unterlagen zusammen und schloss sie in seinen Schreibtisch ein. Er stand auf und streckte und reckte sich, um die vom Sitzen verkrampften Muskeln zu lockern.

Da klingelte sein Diensttelefon. Beim Blick auf das Display entfuhr ihm ein Seufzer.

„Hallo Mama. Ich will gerade Feierabend machen. Was gibt es denn?"

„Thomas, ganz wichtig: Hat Jens schon den Code für den USB-Stick entschlüsselt?"

„Nein, Mutter, leider noch nicht. Ist anscheinend schwieriger als wir dachten."

„Dann kann ich dir helfen, mein Junge." In Hannas Stimme schwang ein deutlicher Triumph mit, wie Thomas feststellte. „Das Passwort lautet ... hast du Papier und Bleistift? Ja? ... Es lautet 00021041SNEKLIWMIT. Was sagst du nun?"

Thomas glaubte, seinen Ohren nicht trauen zu können.

„Wie um alles in der Welt bist du denn darauf gekommen?"

Hanna lachte verhalten. „Ich gebe zu, ich hatte Hilfe. Erics Kollege, Bernd Stagge, ich habe dir von ihm erzählt, war heute hier, und wir haben gemeinsam versucht, das Passwort herauszubekommen. Der entscheidende Tipp allerdings kam von Tim Wilkens, Erics Sohn. Was ich dir eben diktiert habe, ist nichts weiter als das Geburtsdatum und der Name von Tim Wilkens, nur von hinten gelesen."

„Ist nicht wahr! So simpel!"

„Ja, manchmal sind die Dinge gar nicht so kompliziert."

„Und? Was ist drauf auf dem Stick?"

„Du wirst es nicht glauben, Thomas. Alle möglichen Informationen über Herzkrankheiten, Transplantationen und Organhandel. Aber sieh selbst."

„Gut. Ich gebe das Passwort gleich weiter an Jens. Er ist noch hier und wird sich freuen, dass du ihm die Arbeit abgenommen hast, Mama."

Er ging mit dem Telefon am Ohr und dem Zettel, auf dem er den Code notiert hatte, über den Flur in das Büro nebenan, in dem Jens mit glühenden Ohren vor dem Computer saß.

„Und? Habe ich nicht ein Lob verdient?", tönte es Beifall heischend aus dem Hörer.

Thomas musste wider Willen lächeln. Seine Mutter, einfach unwiderstehlich! „Ja, hast du. Danke, Mama, du hast uns sehr geholfen", sagte er.

„Gut, das wollte ich hören." Die Genugtuung in Hannas Stimme war nicht zu überhören.

Thomas beendete das Gespräch, zog sich einen Stuhl heran und setzte sich neben Jens.

„Probier' das mal", forderte er ihn auf und reichte ihm den Zettel, auf dem er den Code notiert hatte. Bereitwillig öffnete sich das Programm und gab die umfangreiche Liste der Dateien frei. Jens blieb der Mund offenstehen. „Woher hast du denn ... ?"

„Egal. Hauptsache wir haben ihn", unterbrach Thomas ihn. „Jetzt lass uns mal schauen, was Eric Wilkens hier versteckt hat. Gut, dass du nichts vorhast heute Abend."

16

Während Hanna das Abendessen vorbereitete, hing sie ihren Gedanken nach. Es war Mittwoch, also ein Tag, an dem ein Fleischgericht geplant war. Nach Ingas fehlgeschlagenem Versuch, die Familie Morgenroth zu Vegetariern umzuerziehen, hatte man sich in einem für alle akzeptablen Kompromiss darauf geeinigt, zweimal in der Woche ein Hauptgericht mit Fleisch zu essen, während es an den anderen Tagen pflanzliche Speisen geben sollte. Hanna wollte ein Rezept ausprobieren, das sie auf einer Kartoffelpüree-Verpackung gefunden hatte: Kartoffelbrei-Gemüseauflauf mit Rinderhack. Die Zwillinge hatte sie angewiesen, ihre Schulaufgaben zu erledigen, sodass sie in Ruhe arbeiten und nachdenken konnte.

Immer wieder kehrten ihre Gedanken zu den jüngsten Ereignissen zurück. Beim Zwiebelhacken und Knoblauchpressen lächelte Hanna vor sich hin, als sie an die Genugtuung dachte, die es ihr bereitet hatte, ihrem ach so pflichtbewussten Polizistensohn die wichtigen Hinweise im Mordfall Eric Wilken geben zu können. Ohne sie würden die Kriminalbeamten immer noch vollkommen im Dunkeln tappen, was die Hintergründe des Mordes betraf. Die Informationen auf dem USB-Stick ließen ja eindeutig darauf schließen, dass es sich um kriminelle Machenschaften rund um den Handel mit menschlichen Organen handelte.

Hanna gab einen Esslöffel Butter in die heiße Pfanne und dünstete die Zwiebelstücke darin an, bis sie glasig wurden. Dann gab sie das magere Rindergehackte dazu und briet das Fleisch an, damit es krümelig wurde. Gleichzeitig bereitete sie das Püree vor, indem sie die entsprechende Menge Milch mit einem Stückchen Butter und etwas Salz zum Kochen brachte.

Wenn sie sich nur erinnern könnte, wie der Name der Schönheitsklinik lautete, die sie auf den gestohlenen Unterlagen in dem braunen Kuvert gelesen hatte! Irgendetwas mit W war es gewesen, Wilmersdorf oder Willenbrink oder so ähnlich.

In Gedanken versunken rührte Hanna das Püreepulver in die heiße Milch ein und fügte geriebenen Cheddarkäse hinzu.

Immer noch wollte ihr der Name der Klinik nicht einfallen. Dieses verdammte Gedächtnis! Immer öfter ließ es einen im Stich. Hanna seufzte innerlich. Nun ja, man wurde schließlich nicht jünger.

Sie rührte zwei Esslöffel Tomatenmark in das herzhaft duftende Fleisch und ließ die krümelige Masse ein Weilchen schmoren, bevor sie die frische Gemüsemischung aus Erbsen, Möhren, Blumenkohlröschen und grünen Bohnen hinzufügte.

Wenn ihr doch nur der Name einfallen würde! Es war durchaus möglich, nein, sogar wahrscheinlich, dass diese Klinik etwas mit dem Mord an Eric zu tun hatte. Warum hätte er sonst die Unterlagen in dem Schließfach verstecken sollen, zusammen mit dem USB-Stick? Zu dumm, dass sie sich hatte überrumpeln lassen, schalt sie sich.

Sie füllte die Hack-Gemüsemischung in eine große Auflaufform, häufte das Püree obenauf und strich es sorgfältig glatt, sodass es gleichmäßig bis an den Rand der Form heranreichte. Dann schob sie den Auflauf in den vorgeheizten Backofen und stellte die Küchenuhr auf zwanzig Minuten. Fertig! Nur noch einen knackigen grünen Salat vorbereiten, dann konnte die Familie kommen. Zufrieden wusch Hanna sich die Hände und fing an, den Tisch zu decken.

Plötzlich fiel ihr der Name ein:

Wellinghaus! So lautete er. Dr. Claus Wellinghaus.

Als wenig später die gesamte Familie Morgenroth am Küchentisch saß und dem Auflauf mit vielen „Hmms" und „lecker, Oma!" zusprachen, ließ Hanna den Blick von einem zum anderen gleiten. Jannik aß mit wortloser Konzentration einen Bissen nach dem anderen, während Isabell ihre Mahlzeit ständig mit gestenreichen Schilderungen ihrer Tageserlebnisse unterbrach. Thomas schlang sein Essen in großen Bissen hinunter und antwortete zwischendurch einsilbig auf die Erzählungen seiner quirligen Tochter. Inga stocherte in ihrem Auflauf herum, anscheinend hatte sie keinen Appetit. Überhaupt gefiel Hanna ihre Schwiegertochter in letzter Zeit gar nicht. Inga wirkte blass und mitgenommen, als ob sie gesundheitlich nicht auf der Höhe wäre. Oder hatte sie zu viel Stress im Kindergarten? Hanna nahm sich vor, in einer ruhigen Minute mit Inga, die sie inzwischen wie eine eigene Tochter liebte, zu sprechen.

„Hast du schon nach der Post gesehen, Mama?", fragte Thomas in diesem Moment.

Hanna schüttelte den Kopf.

„Ich geh schon", rief Isabell. Im Nu war sie aufgesprungen

und lief zur Haustür, um die Post aus dem Briefkasten zu holen. „Ein Brief für Oma", verkündete sie, „und einer für Papa und Mama." Sie verteilte die Kuverts und setzte sich wieder auf ihren Platz, um den Rest ihres Auflaufs zu verspeisen.

Hanna las den Absender. „Ah, ein Brief von meiner Cousine Caroline aus Schenefeld. Da bin ich aber mal gespannt, was sie schreibt. Ich habe lange nichts mehr von ihr gehört."

„Caroline?", fragte Inga. Sie fing an, das Geschirr abzuräumen. Isabell und Jannik halfen ihr dabei. „Kenne ich sie?"

„Ja, aber ich fürchte, du erinnerst dich nicht mehr an sie. Sie war auf eurer Hochzeit damals dabei. Caroline ist die Tochter meines Onkels Achim, dem Bruder meiner Mutter. Als wir Kinder waren, haben wir uns oft gesehen bei Verwandtenbesuchen. Jetzt ist unser letztes Treffen schon eine Weile her." Hanna öffnete den Umschlag und entnahm ihm eine Einladungskarte. „Wie schön! Sie lädt mich zu ihrem 70. Geburtstag ein. Das freut mich."

„Wirst du hinfahren?"

„Ja, natürlich. Ich freue mich darauf, Caroline wiederzusehen." Sie wandte sich an ihren Sohn, der schweigend zugehört hatte. „Erinnerst du dich noch an deine Großcousine Caroline, Thomas? Sie hat dir immer diese Comics mitgebracht, die du so gerne gelesen hast, weißt du noch?"

„Natürlich", antwortete Thomas. „Hatte sie nicht diese wilden roten Haare?"

Hanna lächelte. „Ja. Stimmt." Versonnen drehte sie die Karte in den Händen. „Sie schreibt, sie würde sich freue, wenn ich bei der Gelegenheit ein paar Tage bei ihr verbringen würde. Das werde ich tun. Ihr könnt mich doch sicher ein, zwei Tage entbehren, oder?"

„Natürlich. Wir richten uns darauf ein", versicherte Inga ihr.

Hanna fiel etwas ein. „Ach, Thomas, ich möchte dir noch etwas sagen zum Fall Wilkens. Vielleicht ist es wichtig."

„Ach? Hast du uns nicht schon genug geholfen, du Meisterdetektivin? Was ist es denn?" Thomas schien gleichermaßen genervt und neugierig zu sein.

„Also, ich habe mich erinnert, was auf den Blättern stand, die ich aus dem braunen Umschlag herausgezogen habe, du weißt schon, der in dem Schließfach war."

„Aha? Warum hast du uns das denn nicht schon früher gesagt?"

„Ich hatte den Namen vollkommen vergessen, bis er mir vorhin beim Essenzubereiten wieder einfiel. ‚Dr. Claus Wellinghaus, Schönheitschirurgie' stand auf den Blättern. Oben, als Briefkopf. Vielleicht könnt ihr damit etwas anfangen."

„Das ist wirklich ein wichtiger Hinweis, Mama. Danke. Gut, dass es dir wieder eingefallen ist." Er stand auf und gab seiner Mutter einen Kuss auf die weißen Haare.

Hanna stand auf. „Gut. Ich werde Caroline gleich anrufen und zusagen. Macht euch einen schönen Abend, ihr Lieben!"

Damit zog sie sich in ihre Wohnung zurück.

***

Das Flugzeug setzt mit einem Ruck auf die Landebahn des Hamburger Flughafens Fuhlsbüttel auf und rollt über das Feld zu dem Platz, der ihm zugewiesen wird. Die Fluggäste fangen hektisch an, ihr Handgepäck aus den Luken zu nehmen, stellen sich in die Gänge und warten darauf, dass sich die Türen öffnen. Die drei Chinesen bleiben sitzen, bis die meisten Reisenden die Maschine verlassen haben, dann nehmen sie den Gefangenen in ihre Mitte und reihen sich in die Schlange ein, die dem Ausgang zustrebt. Sie bleiben dicht beieinander und haken den Gefangenen links und rechts ein. Dabei lachen und scherzen sie, als ob sie die besten Freunde wären.

Bei der Ausweiskontrolle legen sie Pässe und Visa vor und gelangen unbehelligt durch die Sperren. Anscheinend haben sie kein Gepäck, denn während die anderen Passagiere zum Gepäckband eilen, streben die drei ohne sich aufzuhalten dem Ausgang der Halle zu.

Auf dem Parkplatz vor dem Flughafen wartet eine unauffällige schwarze Mercedes-Limousine mit einem chinesischen Chauffeur auf die Ankömmlinge. Die drei steigen hinten ein und das Auto fährt los.

***

17

Caroline Paulsens Haare hatten immer noch die rostrote Farbe ihrer Jugend, auch wenn heute die Kunst ihrer Friseurin dazu nötig war. Die für echte Rothaarige typische weiße Haut ihres schmalen Gesichtes legte sich in unzählige Lachfältchen, als sie ihre Cousine begrüßte. Die ehemalige Chefsekretärin war überzeugte Junggesellin und genoss ihren Ruhestand in ihrer geräumigen Altbauwohnung in Schenefeld, der kleinen Stadt im Süden Schleswig-Holsteins in der unmittelbaren Nähe Hamburgs. Ihre Leidenschaft waren das Canastaspiel, dem sie einmal wöchentlich mit ihren Freunden frönte, außerdem ihre schönen blauäugigen Siamkatzen sowie die vielen unterschiedlichen Grünpflanzen, die überall in der Wohnung herumstanden und mit ihren üppigen Blüten den grünen Daumen ihrer Besitzerin bezeugten.

„Hanna! Wie lange haben wir uns nicht mehr gesehen?", fragte sie und schloss ihre Besucherin in die dünnen Arme.

„Eine Ewigkeit", behauptete Hanna, während sie die Umarmung herzlich erwiderte. Die beiden Katzen – Caroline hatte sie nach Heinrich Hoffmanns Struwwelpeter-Geschichte Minz und Maunz genannt – strichen Hanna um die Beine, um die ihnen gebührende Aufmerksamkeit zu erheischen. Nach den entsprechenden Streicheleinheiten waren sie zufrieden und widmeten sich wieder ihrer Katzenwäsche.

Die Cousinen brauchten nur einen Augenblick, um zu ihrer alten Vertrautheit zurückzufinden. Nachdem die üblichen Begrüßungsformalitäten erledigt waren, zog Caroline Hanna an dem liebevoll gedeckten Abendbrottisch und während die beiden Frauen den verschiedenen hanseatischen Köstlichkeiten zusprachen, die Caroline vorbereitet hatte, nahm die Unterhaltung ihren Lauf.

„Erzähl, was gibt es Neues in Cloppenburg", wollte Caroline wissen und kam damit Hannas Mitteilungsbedürfnis entgegen. Mit zahlreichen Ausrufen des Erstaunens und wiederholtem Kopfschütteln lauschte die Ex-Sekretärin Hannas ausführlicher Schilderung der jüngsten Ereignisse, in deren Mittelpunkt sie gestanden hatte.

„Und?", fragte sie, als Hanna geendet hatte. „Hat die Kriminalpolizei inzwischen herausgefunden, was es mit dieser merkwürdigen Sache auf sich hat?"

Hanna schüttelte den Kopf. „Thomas ist ganz verzweifelt. Die Überprüfung dieser Schönheitsfarm oder wie man solch eine Klinik nennen soll, hat nichts Negatives ergeben. Dieser Professor Wellinghaus genießt einen tadellosen Ruf als plastischer Chirurg. Die Polizei konnte keinen Zusammenhang feststellen zwischen ihm und dem Mord an dem armen Eric. Alle sind ganz ratlos."

Caroline nickte verständnisvoll, während sie von einer mit zartem Lachs belegten Schwarzbrotscheibe abbiss.

Hanna nahm sich eins von den Schnittchen mit Heringssalat und betrachtete es grüblerisch „Und doch! Ich bin sicher, es gibt einen Grund, weshalb Akten über diese Klinik in dem Schließfach waren. Eric wird sie nicht umsonst dort versteckt haben. Und außerdem: Warum wurden sie mir entwendet?" Sie biss in das Schnittchen. „Übrigens ganz lecker, dieser Heringssalat, Caroline", lobte sie nebenbei ihre Gastgeberin.

„Wenn wir mit dem Essen fertig sind, könnten wir gleich mal googeln, was das Internet über diese Klinik weiß", schlug Caroline vor.

Hanna schmunzelte. Als ob sie das nicht schon längst getan hätte. Sie nickte. „Gute Idee."

Wenig später saßen die beiden Frauen vor dem Bildschirm des betagten Computers, den die ehemalige Sekretärin für ihre Korrespondenz sowie ihre sozialen Kontakte nutzte. „Wirklich eine schicke Homepage", meinte sie, als nach ein paar Klicks die Startseite der Wellinghaus-Klinik erschien. „Anscheinend eine teure Privatklinik in Blankenese. Hervorragende Lage. Genau das Richtige für die reichen Tussis, die sich verschönern lassen wollen und dafür viel Geld bezahlen."

„Hm", machte Hanna, „aber ich verstehe nicht, was diese Klinik mit Erics Ermordung zu tun haben könnte."

Inzwischen hatte Caroline erstaunlich flink mit ihren dürren Fingern einige weitere Seiten auf der Homepage geöffnet. „Kaum zu glauben, was die hier alles anbieten! Nasenkorrekturen, Kinnkorrekturen, Faceliftings, Fettabsaugen, Brustvergrößerungen, Brustverkleinerungen und was nicht noch alles. Hier kann man sich komplett runderneuern lassen. Was das kostet, steht natürlich nicht dabei; das wird erst in einem ‚persönlichen Beratungsgespräch' verraten, steht hier."

Die Frauen sahen sich die umfangreiche Fotogalerie der Klinik an. Ein üppiger Park umgab das im Neorenaissancestil gehaltene Gebäude, dessen Front an ein fürstliches Anwesen denken ließ. Die Innenräume wahrten den Stil, wirkten dabei aber modern und freundlich, mehr wie ein erstklassiges Hotel als ein Krankenhaus. Gepflegte Einzelzimmer, vornehme Gesellschaftsräume und luxuriöse Wellnesseinrichtungen versprachen den Patientinnen jedwede gewünschte Bequemlichkeit.

Plötzlich kam Hanna eine Idee.

„Weißt du was, Caroline? Ich werde der Sache auf den Grund gehen. Ich gehe als Patientin in diese Klinik und schaue mir das Ganze mal von innen an."

Caroline sah sie ungläubig an. „Du meinst, du lässt dich aufnehmen dort? Glaubst du denn, dass du so ohne Weiteres einen Termin bekommen wirst?"

„Das werden wir gleich herausfinden." Entschlossen klickte Hanna auf den Kontakte-Button und erfuhr, dass man sich zu einem ersten Informationsgespräch mit der E-Mail oder telefonisch anmelden könne. Doch bevor Hanna eine entsprechende Anfrage formulieren konnte, legte ihre Cousine ihr die Hand auf den Arm.

„Warte mal, Hanna, nicht so schnell. Lass uns erst einmal genau über die Sache nachdenken."

Hanna hielt inne. Ihre Cousine hatte Recht. Das Vorhaben wollte gut überlegt sein.

Caroline hob eine der Siamkatzen auf ihren Schoß und streichelte sie, was umgehend mit einem zufriedenen Schnurren belohnt wurde. „Du musst bedenken, Hanna, du hast es hier möglicherweise mit skrupellosen Mördern zu tun. Wer weiß, in was für ein gefährliches Wespennest der Journalist da gestochen hat."

Hanna nickte. „Ja, das stimmt. Also müssen wir vorsichtig sein und uns absichern für den Fall, dass wir in eine schwierige Lage geraten."

„Wir?" Caroline hob entsetzt die Hände. „Wieso wir? Ich werde auf keinen Fall mitmachen, egal, was du vorhast. Für solche Sachen bin ich zu alt." Sie ließ die Katze auf den Boden gleiten und sprang auf. Ihr blasses Gesicht hatte sich vor Aufregung gerötet. „Nein, Hanna", wiederholte sie, „das ist nichts für mich."

Hanna betrachtete ihre Cousine mit neuer Aufmerksamkeit. Die rote Haarmähne konnte nicht darüber hinwegtäuschen, dass die klapperdürre Frau nicht die Gesündeste war. Hanna wusste, dass Caroline vor einigen Jahren an Brustkrebs erkrankt war und sich einer einseitigen Amputation und einer langwierigen Therapie hatte unterziehen müssen. Eine Woge von Mitleid mit der Spielkameradin ihrer Kindheit erfasste sie. Wie tapfer Caroline die Krebsbehandlung ertragen hatte, und das, obwohl sie keine eigene Familie hatte, die ihr hätte beistehen können. Wie hatte sie, Hanna, nur so rücksichtslos sein können, ihr solch ein abenteuerliches Unterfangen zuzumuten?

Sie beschloss, das Thema zu wechseln. Sie lächelte ihre Cousine an und tätschelte ihre Hand. „Wie geht es dir überhaupt, Caroline. Entschuldige, dass ich nicht eher danach gefragt habe."

„Ach, das ist doch in Ordnung. Man sagt uns alten Leuten ja ohnehin nach, dass wir viel zu viel über unsere Krankheiten reden." Caroline erwiderte Hannas Lächeln. „Ernsthaft, es geht mir gut. Du siehst ja, meine Haare sind wieder da." Sie fuhr sich mit der Hand durch ihren dichten Haarschopf. „Nur bei der Farbe muss meine Friseurin ein bisschen nachhelfen. Sieht doch gut aus, oder?"

Hanna nickte. „Wirklich, ganz wie früher."

Caroline richtete ihre dürre Gestalt auf. „Komm, wir trinken jetzt erst einmal ein Glas Wein, was hälst du davon?", schlug sie vor.

Sie ging in die angrenzende Küche und öffnete den Kühlschrank. „Ich habe hier einen schönen halbtrockenen Riesling für uns kaltgestellt. In Ordnung?", rief sie.

Hanna machte es sich inzwischen auf dem altmodischen Ledersofa, das die Einrichtung von Carolines Wohnzimmer mit seiner wuchtigen Schwere beherrschte, gemütlich. Bewundernd betrachtete sie die Blumenecke, in der eine Amaryllis ihre leuchtend roten Blütenkelche in verschwenderischer Fülle zur Schau stellte. „Sehr gern", antwortete sie geistesabwesend. In ihrem Kopf nahm langsam ein Plan Gestalt an. Noch nicht ganz spruchreif, aber schon konkret genug, dass er weitere Überlegungen wert war.

Caroline kehrte mit der entkorkten Weißweinflasche und zwei Gläsern aus der Küche zurück. Sie schenkte sich und Hanna ein Glas ein, setzte sich ihr gegenüber und hob ihr Glas. „Zum Wohle, Hanna! Ich freue mich sehr, dass du hier bist."

Hanna erwiderte das Lächeln. „Und ich bin froh hier zu sein, Caroline. Auf uns!" Sie trank einen Schluck. „Und was machst du so hier in dem schönen Schenefeld?"

Ihre Cousine brach in lautes Gelächter aus. „Ach, Hanna, gib dir keine Mühe! Ich seh´ es dir doch an der Nasenspitze an, dass du an nichts anderes denken kannst als an diesen Kriminalfall. Also gut, lass uns darüber reden, was wir machen können. Schließlich bin ich ja nicht mehr krank."

Hanna fühlte sich ertappt. War es nicht tatsächlich so, dass sie die Einladung ihrer Cousine mit dem Hintergedanken angenommen hatte, hier in der Nähe der Hamburger Klinik zu sein und vielleicht die Gelegenheit zu haben, irgendwelche Recherchen anstellen zu können? Verlegen nippte sie an ihrem Wein.

„Du hast Recht, Caroline", gab sie kleinlaut zu. „Dieser Mordfall lässt mir keine Ruhe. Ich muss einfach wissen, was dahintersteckt. Das Ganze ist so unerklärlich. Und es tut mir so leid wegen Liliane."

Die alte Sekretärin tätschelte nachsichtig Hannas Arm. „Das versteh ich doch, Hannachen. Mich würde ja auch interessieren, was es mit dieser Klinik auf sich hat. Aber wenn du meinst, dass ich mit dir dahin gehe, bist du auf dem Holzweg. Ich habe ein für alle Mal genug von Krankenhäusern." Sie schüttelte entschieden den Kopf, lehnte sich zurück und kreuzte die dünnen Arme vor der Brust.

Hanna stand auf, setzte sich neben Caroline und legte ihr den Arm um die Schultern. „Das verstehe ich doch, Caroline, natürlich verstehe ich das!" Sie drückte die magere Frau an sich. „Nein, natürlich sollst du nicht mitmachen, Cousinchen. Ich gehe allein dorthin. Du sollst nur als Rückendeckung dienen, verstehst du?"

Caroline befreite sich aus Hannas Umarmung und rückte von ihr ab. Ihr zurückhaltendes norddeutsches Naturell und ihr langes Junggesellinnenleben ließen sie auf jede Berührung verlegen reagieren. Sie runzelte die Stirn. „Und überhaupt: Das geht sowieso nicht", sagte sie. „Die Verbrecher kennen dich doch. Sie haben dich überwacht und sind dir gefolgt, als du zu dem Schließfach gefahren bist. Wenn die Klinik etwas mit dem Verbrechen zu tun hat, werden sie sofort Verdacht schöpfen, wenn du dort auftauchst."

Diesen Punkt hatte Hanna bei ihren Überlegungen bisher nicht bedacht. Und dabei war er äußerst wichtig. Sie schüttelte über sich selbst den Kopf. Gut, dass sie ihre Cousine mit einbezogen hatte.

„Hm, da hast du völlig Recht. Ich muss mich also irgendwie tarnen, sodass man mich dort nicht als die erkennt, die ich bin. Lass mich mal überlegen ..."

Caroline musterte ihre Cousine misstrauisch. „Oje, wenn du

dir etwas in den Kopf gesetzt hast, bist du nicht so schnell davon abzubringen, was? So warst du früher schon. Immer die verrücktesten Ideen im Kopf, weißt du noch?"

Hanna hatte nur mit halbem Ohr zugehört. „Sag mal, Caroline, als du diese Chemotherapie absolviert hast, damals ... Ist es nicht so, dass einem dann alle Haare ausfallen? Du hast doch sicher eine Perücke getragen, nicht?"

Caroline schaltete schnell. „Du meinst ... Ja, ich hatte tatsächlich zwei Perücken. Sogar richtig gute. Eine mit langem und eine mit kurzem Haar. Soll ich sie holen?"

Schon war sie aufgesprungen, eilte ins angrenzende Schlafzimmer und kehrte eine Minute später mit zwei rostroten Perücken zurück. „Schau mal. Es sind echte Haare. Mal sehen, wie du damit aussiehst, Hanna." Anscheinend hatte sie Gefallen gefunden an der Verkleidungsidee. „Komm, ich helfe dir, sie richtig aufzusetzen."

Sie zog Hanna mit ins Schlafzimmer und ließ sie auf dem Schemel vor dem Frisiertisch Platz nehmen. „Wir nehmen am besten die mit den langen Haaren, die wird dich am meisten verändern."

Hanna konnte sich nicht genug wundern über den Eifer, den Caroline plötzlich an den Tag legte. Aber dann erinnerte sie sich daran, wie begeistert Caroline sich als Kind verkleidet hatte, wenn sie in den Ferien zusammen gespielt hatten. Immer neue Fantasiegestalten hatte sie sich ausgedacht und mit den abgelegten Kleidungsstücken, die in einer großen Truhe auf dem Dachboden ihres Elternhauses gelegen hatten, Prinzessin, Hexe oder gute Fee gespielt. Eigentlich hatte sie Schauspielerin werden wollen. Auch einer der Träume, die die Realität des Lebens nicht überdauert haben, dachte Hanna nicht ohne Wehmut.

Caroline stülpte ihr mit geübten Griffen die Perücke mit den schulterlangen rostroten Locken über die kurzen weißen Haare und zupfte sie gekonnt zurecht. Die Person, die Hanna aus dem Spiegel anstarrte, sah ihr selbst überhaupt nicht mehr ähnlich. Sie wirkte jünger, mindestens zehn Jahre, aber ihr ungeschminktes Gesicht mit den unübersehbaren Fältchen wollte nicht recht passen zu dieser Verjüngung. Auch Caroline musterte Hannas Spiegelbild zweifelnd.

„Natürlich brauchst du ein bisschen Make-up und vielleicht eine Brille, damit das Ganze passt", meinte sie, bemüht, die Haarsträhnen mit einer Bürste in die richtige Form zu bringen. Hanna betrachtete sich skeptisch.

„Irgendwie ist mir das zu fremd, Caroline. Lass' mich mal die andere probieren."

„Gut, wenn du meinst." Geschickt nahm Caroline die wellige Haarpracht von Hannas Kopf und stülpte die Kurzhaarperücke über ihre Haare. „Jetzt ist die Veränderung nicht so stark. Wie gefällt dir das?"

Hanna drehte sich hin und her, strich da eine weiße Strähne unter die Perücke und korrigierte dort den Sitz, bis sie schließlich zufrieden lächelte. „Die steht mir richtig gut, findest du nicht? Ich sehe jünger aus, aber nicht so verkleidet wie mit der anderen. Und die kurzen Haare passen zu meinem Gesicht besser als die langen, was denkst du?"

Caroline nickte. „Ganz eindeutig. Du siehst richtig gut aus. Vielleicht solltest du dir überlegen, ob du nicht deine Haare in dieser Farbe tönen lassen solltest. Du wirkst viel jünger und die Farbe steht dir wirklich gut."

Hanna nahm die Perücke ab und strich sich durch ihre weißen Haare. „Kommt nicht in Frage. Ich stehe zu meinem Alter", erwiderte sie. „Aber jetzt lass uns überlegen, wie wir es anstellen. Du bist doch dabei, oder?"

Carolines hageres Gesicht verzog sich zu einem spitzbübischen Grinsen, das Hanna an die Spielkameradin ihrer Kindheit erinnerte. „Natürlich, Hannachen. Lass uns einen Plan machen!"

18

Hanna musste sich eingestehen, dass ihr Herz in einem ungewöhnlich hohen Tempo schlug, als sie vor dem Eingang des Klinikgebäudes stand. Ein elegantes Schild aus goldglänzendem Messing, das seitlich am Eingang angebracht war, verkündete, dass es sich um die Privatklinik Dr. Claus Wellinghaus handelte. Hanna zupfte den engen Rock ihres eleganten cremefarbenen Sommerkostüms zurecht - eins der wenigen teuren Designerstücke, die sie besaß - , das sie für die bevorstehende Geburtstagsfeier ihrer Cousine von zu Hause mitgenommen hatte. Sie fuhr sich mit der Hand über ihre Haare, um den Sitz der Perücke zu überprüfen. Die überdimensionale Sonnenbrille, die sie trug, verdeckte fast ihr halbes Gesicht. Ein auffällig bunter Seidenschal, den sie sich von Caroline ausgeliehen hatte, und cremefarbene hochhackige Pumps vervollständigten ihr extravagantes Outfit. Hanna war sich sicher, dass nicht einmal ihr Sohn sie in dieser Aufmachung erkannt hätte, wenn er ihr unverhofft über den Weg gelaufen wäre.

Sie atmete tief durch, streckte den Rücken und betrat das Foyer der Klinik. Einen kurzen Moment blieb sie stehen, um sich zu orientieren. Ein luxuriöses, elegantes Ambiente in Weiß und Gold empfing hier die Besucher: angenehm kühler Marmorboden, eine bequem aussehende Sitzgruppe aus weißem Leder, vor dem Fenster ein üppiges Pflanzenarrangement, an dem Caroline ihre helle Freude gehabt hätte. Hinter einem modernen Empfangstresen eine stark geschminkte und gestylte junge Dame, die Hanna mit einem professionellen Lächeln entgegenschaute.

„Guten Tag", grüßte Hanna, ohne die Frau hinter dem Tresen direkt anzusehen. Stattdessen musterte sie demonstrativ den Empfangsraum, als wolle sie überprüfen, ob er ihren Ansprüchen genügte. Sie nahm die Sonnenbrille ab und schenkte der Empfangsdame ein knappes Lächeln.

„Caroline Paulsen mein Name. Ich habe einen Termin bei Professor Dr. Wellinghaus. Wenn Sie mich bitte anmelden würden?" Den Blick, mit dem sie die Angestellte bedachte, hatte sie vor dem Spiegel geübt. Er drückte aus, dass sie die Notwendigkeit einer Konversation mit untergeordneten Bediensteten zwar einsah, sie aber als äußerst lästig empfand.

„Selbstverständlich", beeilte sich die Dame am Empfang ihr zu versichern. Ihre rotlackierten Finger flogen über die Tasten des Computers. „Richtig. Der Doktor erwartet Sie bereits, Frau Paulsen. Einen kleinen Moment bitte, gleich wird jemand Sie in sein Büro begleiten. Bitte nehmen Sie doch solange Platz." Mit dem Kinn wies sie auf die Sitzgruppe. „Es dauert nur einen Augenblick." Sie nahm das Haustelefon und tippte eine Nummer ein, während sie Hanna mit einem strahlenden Lächeln bedachte, das ihre tadellos weißen Zähne voll zur Geltung brachte.

Mit einem Seufzer, der verdeutlichen sollte, wie sehr das Wartenmüssen ihre Geduld strapazierte, begab Hanna sich zu der Ecke mit den Sesseln und nahm Platz. Insgeheim war sie froh etwas Zeit zu haben, um sich in die Rolle, die sie zu spielen hatte, einzufinden. Dass sie sich mit dem Namen ihrer Cousine angemeldet hatte, war die Idee Carolines gewesen. „Er muss hanseatisch klingen, wenn du schon meine Adresse angibst", hatte sie gesagt. „Außerdem kannst du zur Not meinen Ausweis vorzeigen, obwohl ich nicht glaube, dass das notwendig sein wird. Die Kreditkarte mit meinem Namen wird genügen, denke ich." Die Ex-Sekretärin hatte sich zunehmend erwärmt für das Vorhaben und immer neue Ideen beigesteuert. Wie erhofft hatte Hanna sofort einen Termin erhalten, als sie vorgab, unter einem gewissen Zeitdruck zu stehen, da sie beabsichtige, in vier Wochen eine große Kreuzfahrt anzutreten, und behauptete, ein leichtes Facelifting sei ja sicher in diesem Zeitraum zu bewerkstelligen. Hanna erinnerte sich, wie ausgesucht freundlich die Dame am Telefon geworden war, als sie durchblicken ließ, Geld spiele keine Rolle.

Caroline hatte sie in Vorbereitung auf die Rolle, die Hanna zu spielen hatte, mit reichlich Ratschlägen versorgt, wie sie glaubhaft die reiche, arrogante Dame von Welt darstellen sollte. Ihre Begeisterung fürs Schauspielern, die kaum einmal Gelegenheit hatte, sich zu zeigen, hatte ihre blassen Wangen glühen lassen, als sie zusammen mit Hanna jeden Schritt des Vorhabens plante.

Ein junger Mann in Weiß trat auf Hanna zu und streckte ihr mit einem freundlichen Lächeln die Hand entgegen.

„Frau Paulsen, nehme ich an? Herzlich willkommen in unserem Haus. Ich bin Dr. Florian Wellinghaus. Sie hatten sich angemeldet?"

Hanna stand auf und nahm die dargebotene Hand. „Ja, danke. Allerdings hatte ich einen Dr. Claus Wellinghaus erwartet."

Sie zog die Augenbrauen hoch, wie Caroline und sie es vor dem Spiegel geübt hatten, sodass ihr Gesicht ihrem Unverständnis genügend Ausdruck verlieh. Dabei war Schauspielerei in diesem Fall gar nicht nötig, denn sie war tatsächlich erstaunt, dass sie der Juniorchef persönlich abholte.

Das Lächeln auf dem Gesicht des Arztes vertiefte sich, als er nickte. „Ja, das ist mein Vater. Aber ich hoffe, Sie werden mit mir vorliebnehmen, denn die Behandlung, die Sie vornehmen lassen möchten, ist mein Spezialgebiet. Ich bin sicher, Sie werden zufrieden sein."

Er sah sich nach Hannas Gepäck um und nahm die große Reisetasche auf. „Wenn Sie mir bitte folgen wollen? Ich begleite Sie jetzt auf Ihr Zimmer, wo Sie sich erst einmal einrichten können. Danach erwarte ich Sie in meinem Behandlungszimmer zur Untersuchung. Dabei können wir alle Einzelheiten besprechen."

Während Hanna dem Arzt folgte, musterte sie ihn verstohlen von der Seite. Eine angenehme Erscheinung, Mitte dreißig, groß, sportliche Figur, gut geschnittenes Gesicht warme braune Augen, kurzes dunkelblondes Haar. Insgesamt eher unauffällig, konstatierte Hanna. Der Weg führte durch die elegante Empfangshalle über eine breite Treppe in den ersten Stock, in dem eine Reihe von Zimmern lagen. Der weiche Teppichboden mit dezentem Muster ebenso wie die ausgesucht schönen Landschaftsaquarelle an den Wänden ließen jede Assoziation an ein Krankenhaus verschwinden. Stattdessen fühlte Hanna sich in ein nicht gerade billiges Hotel versetzt. Auch das Zimmer, in das Dr. Wellinghaus sie führte, war elegant und geschmackvoll eingerichtet.

„Ich hoffe, Sie werden sich hier wohlfühlen, gnädige Frau.

Wenn es Ihnen recht ist, wird eine Schwester Sie in einer halben Stunde abholen und Sie zu meinem Behandlungszimmer begleiten." Wellinghaus setzte Hannas Reisetasche ab, wandte sich ihr zu und reichte ihr noch einmal die Hand.

„In Ordnung, vielen Dank", sagte Hanna, bemüht, sich nicht anmerken zu lassen, wie beeindruckt sie von dieser zuvorkommenden Behandlung war.

Kaum dass der Mediziner gegangen war, setzte sie sich aufs Bett und kramte ihr Handy aus der Handtasche, um Caroline Bericht zu erstatten. Sie hatten vereinbart, dass Hanna sich mindestens einmal in der Stunde bei ihrer Cousine melden sollte. Für den Fall, dass ihr Anruf ausbliebe, sollte Caroline umgehend Thomas von der Aktion in Kenntnis setzen.

Nach dem Telefonat richtete sich Hanna in ihrem Zimmer ein. Sie probierte die Matratze des Bettes, begutachtete das Bad und prüfte den Blick aus dem Fenster, von dem aus sie direkt auf den Hinterhof schauen konnte. Hinterhof war nicht der richtige Ausdruck; es handelte sich um eine Auffahrt zu einem Parkplatz, der mit blühenden Kastanien gesäumt war. Ein Metallzaun mit einem schmiedeeisernen Tor verschloss den Zugang zum Grundstück. Ein kleines Wachhäuschen neben dem Tor ließ darauf schließen, dass der Zugang bewacht wurde. Sehr aufwendige Sicherheitsmaßnahmen für eine Schönheitsklinik, fand Hanna.

Sie prüfte vor dem Spiegel im Bad ihr Aussehen, wusch sich die Hände und machte sich auf den Weg, das Gebäude zu erkunden. Der 1. Stock war offensichtlich den Zimmern der Patienten vorbehalten. Neben der Treppe befand sich ein Aufzug, der, wie Hanna an den Knöpfen sah, in den 2. Stock, ins Erdgeschoss zum Foyer und in ein Untergeschoss führte. Als sie ins Erdgeschoss fuhr, führten Hinweisschilder sie am Eingang und den Gesellschaftsräumen vorbei in einen luxuriösen Wellnessbereich mit Sauna, einem kleinen Schwimmbad und mehreren Massageräumen. Auch ein Gymnastikraum und ein Raum mit zahlreichen Fitnessgeräten fehlten nicht. Überall herrschte eine leise, gedämpfte Atmosphäre, hübsche Pflegerinnen in kleidsamen hellgelben Kitteln gingen in den Räumen ein und aus, dekorativ arrangierte Grünpflanzen sorgten für ein naturnahes Ambiente. Eine Frau mit einem auffälligen Gesichtsverband saß in einem Sessel in einer gemütlichen Sitzecke, die offensichtlich für auf ihre Behandlung wartende Patientinnen gedacht war, und blätterte gelangweilt in einem Hochglanzmagazin. Ein moderner Getränke- und Süßigkeitenautomat bot entsprechende Snacks und Erfrischungen an. Hanna zapfte sich einen Cappuccino aus dem Automaten und setzte sich zu der Patientin.

„Guten Tag", grüßte sie und schenkte der lädierten Dame ein freundliches Lächeln.

Die Frau blickte kurz von ihrer Lektüre auf und musterte ihr Gegenüber. Hanna war sich sicher, dass sie in Sekundenschnelle ihr Alter, ihre finanziellen Verhältnisse und den Grund ihres Hierseins abschätzte.

„Guten Tag. Na, frisch angekommen?"

„Ja. Ich habe gerade Herrn Dr. Wellinghaus junior kennengelernt. Ein sehr sympathischer Mann, wie ich finde."

Die Patientin legte ihre Illustrierte beiseite, offenbar bereit, sich auf ein längeres Gespräch einzulassen.

„Ja, das ist er. Er ist hier zuständig für Brustimplantate und Gesichtslifting. Was liegt denn bei Ihnen an?"

Hanna brauchte eine Sekunde, um sich auf die Direktheit der Fragestellerin einzustellen. Anscheinend fühlte man sich hier als eine eingeschworene Gemeinschaft, sodass die übliche vornehme Zurückhaltung in solchen persönlichen Fragen außer Acht gelassen wurde.

„Ich brauche nur eine kleine Gesichtsstraffung. Schließlich will man ja so jung aussehen, wie man sich fühlt, nicht wahr?", sagte sie. Unwillkürlich fuhr sie sich dabei über ihre Wangen. „Natürlich nur ganz wenig. Hier, an den Schläfen."

Ihre Gesprächspartnerin musterte sie kurz. „Da sind Sie bei Wellinghaus junior genau richtig. Ich bin auch bei ihm. Er ist sehr gut. Meine Brüste hat er auch gemacht. Von 75 A auf 80 C. Hier schauen Sie!" Sie beugte sich vor, entblößte ihr Dekolletee und Hanna blieb nichts anders übrig, als die straffen Kugeln zu bewundern. „Mein Busen war einfach zu klein", fuhr die redselige Patientin fort. „Mein Mann sagte auch immer, ein bisschen mehr dürfte es schon sein." Sie verstaute ihren Busen wieder in dem Bademantel. „Jetzt ist mein Gesicht dran. Man will ja schließlich nicht aussehen wie die eigene Großmutter, nicht wahr?" Sie versuchte unter dem Verband zu lachen, brach aber gleich ab. „Autsch, das tut noch weh. Der Doktor sagt, nach ein paar Tagen spürt man nichts mehr. Gott sei Dank werden die Verbände morgen abgenommen."

Hanna nickte mitfühlend zu den Worten ihrer Gesprächspartnerin. „Jedenfalls ist das Ambiente hier wirklich schön. Alles ist so angenehm luxuriös. Und dezent." Mit einer Geste, die die gesamte Umgebung umfasste, unterstrich sie ihre Bemerkung.

„Ja, das stimmt. Deshalb komme ich auch immer wieder hierher. Dies ist schon meine dritte Behandlung hier. Fettabsaugen an den Oberschenkeln, Brüste, und jetzt das Gesicht." Sie seufzte. „Nicht gerade angenehm, das Ganze. Aber was tut man nicht alles für die Schönheit, nicht wahr?"

„Ja, Sie haben ja so Recht." Hanna schaute sich demonstrativ um. „Ich habe außer Ihnen noch keine anderen Patientinnen hier gesehen. Ist das Haus gar nicht voll belegt?"

Die Patientin griff wieder zu einer der Zeitschriften und blätterte gelangweilt darin herum. „Das ist ja gerade das Schöne hier. Man ist ganz unter sich. Schließlich kann sich das hier ja auch nicht jeder leisten. Und bei den Preisen darf man ein wenig Luxus ja wohl erwarten, nicht wahr?" Sie warf Hanna einen verständnisinnigen Blick zu. Offensichtlich hatte sie sich durch Hannas Aufmachung über deren finanziellen Verhältnisse täuschen lassen.

Beide Frauen hoben den Kopf, als sie Schritte näherkommen hörten. Dr. Wellinghaus jun. und eine auffallend attraktive junge Frau, ebenfalls im Arztkittel, gingen, in ein intensives Gespräch vertieft, an ihnen vorbei. Der Arzt nickte den Patientinnen kurz zu, die Frau hingegen hatte keinen Blick für sie.

„Respekt! Die hätte eine Operation bestimmt nicht nötig", stellte Hanna fest, während sie dem Paar hinterherschaute. „Wer ist denn ‚Frau Doktor Schönheitskönigin'?"

Ihre Mitpatientin verzog abfällig das Gesicht, wie Hanna aus den gerunzelten Augenbrauen schloss.

„Das ist Frau Doktor Sonja Wellinghaus, die Frau des jungen Doktors. Man munkelt, dass sie mit dem Senior ... Sie wissen schon. Tja, hier geht alles Hand in Hand, ein Familienbetrieb, könnte man sagen." Ein abschätziges Lachen drang unter dem Verband hervor. Vertraulich beugte die Frau sich zu Hanna herüber. „Nur die Frau des alten Doktors, eine ehemalige Krankenschwester, sieht man hier nie. Sie soll ja ganz gerne öfter ein bisschen zu viel ..." Sie ließ den Satz unvollendet und deutete stattdessen mit der Hand die Geste des Trinkens an.

Hanna beugte sich neugierig vor. „Ach, was Sie nicht sagen! Das ist ja interessant", beteuerte sie.

Ihre Gesprächspartnerin lehnte sich zurück und hob in einer Unschuldsgeste die Hand. „Aber ich will nichts gesagt haben", behauptete sie.

Fürs Erste hatte Hanna genug gehört. Sie stand auf. „Ich werde mich mal noch ein bisschen umsehen", sagte sie. „Bis später vielleicht."

Sie verabschiedete sich mit einem Lächeln von ihrer Gesprächspartnerin und ging den Flur entlang zum Fahrstuhl. Ein Blick auf ihre Armbanduhr sagte ihr, dass ihr noch zehn Minuten blieben bis zu ihrem Treffen mit Dr. Wellinghaus. Zeit genug, um noch schnell ins Untergeschoss zu schauen, zu dem vom Fahrstuhl aus eine schlichte Tür mit dem Schild „Nur für Personal" führte. Hanna sah sich kurz um, und vergewisserte sich, dass sie unbeobachtet war, öffnete die Tür und schlüpfte hindurch. Hier machte die Ausstattung einen deutlich nüchterneren Eindruck. Von einem langen schmucklosen Flur gingen mehrere Türen ab. Leise öffnete Hanna eine nach der anderen und lugte hinein. Offenbar befand sich hier der Wirtschaftsbereich, denn sie erkannte einen Wäscheraum, eine große Küche und einen Vorrats- oder Abstellraum. Zwei weitere Türen waren verschlossen. Was mochte sich hinter ihnen verbergen? Gerade als sie sich auf den Rückweg machen wollte, hörte sie, wie die Tür zum Flur geöffnet wurde. Erschrocken sah Hanna sich nach einer Möglichkeit um, sich zu verstecken. Als sie keine fand, verharrte sie an Ort und Stelle. Eine ältere Krankenschwester in weißem Kittel trat ein. Als sie Hanna gewahrte, blieb sie stehen und schaute sie erstaunt an. „Was machen Sie denn hier unten? Dieses Stockwerk ist nur für Personal. Haben Sie denn das Schild nicht gesehen?"

Hanna gab sich angesichts der Strenge in der Stimme der Bediensteten betont kleinlaut. „Ach, das muss ich wohl übersehen haben, entschuldigen Sie bitte!" Sie setzte ihr nettestes Lächeln auf. „Ich bin gerade erst angekommen und wollte mich ein wenig umsehen. Da bin ich hierher geraten. Ich suchte nämlich dringend eine Toilette, müssen Sie wissen."

Das Gesicht der Schwester entspannte sich. „Ach so. Halb so schlimm. Sie finden Toiletten im Foyer und im Speisesaal. Natürlich auch im Bad, das zu Ihrem Zimmer gehört. Kommen Sie, ich begleite Sie dorthin." Sie nahm Hanna am Ellenbogen und führte sie zur Tür.

„Danke, nicht nötig. Ich will Sie auf keinen Fall von Ihrer Arbeit abhalten. Danke nochmal." Hanna befreite sich aus dem Griff der Schwester und drückte den Knopf des Fahrstuhls. Kaum war sie in ihrem Zimmer angekommen, klopfte es und eine der adretten Pflegerinnen in Hellgelb fragte, ob sie bereit sei, sie zur Arztbesprechung zu begleiten. „Die Doktoren erwarten Sie schon, Frau Paulsen."

19

„**Wi**r müssen im Fall Wilkens noch einmal von vorne anfangen, Leute."

Kriminalhauptkommissar Thomas Morgenroth schlug die Akte auf, die vor ihm auf seinem Schreibtisch lag. Angesichts der langen Gesichter seiner Mitarbeiter, die sich schon auf einen frühen Feierabend eingestellt hatten, fügte er seufzend hinzu: „Tja, tut mir leid, aber der Fall lässt mir keine Ruhe. Also bitte, strengt eure grauen Zellen an und lasst uns das Ganze noch einmal durchdenken."

Susanne Holtmann und Jan Hendrik Klüver warfen sich einen Blick zu, der besagte, dass sie ihre Pläne für den Abend wohl vergessen könnten. Die junge Kommissarin hob bedauernd die schmalen Schultern und bedachte ihren Lebensgefährten mit einem resignierten Lächeln. Ihr hübsches Gesicht mit den bernsteinfarbenen Augen nahm jedoch umgehend einen konzentrierten Ausdruck an, als sie zu ihrem Laptop griff und ihre Notizen aufrief. Jan Hendrik strich sich aufseufzend mit beiden Händen durch seine strohblonden Stoppelhaare und rückte näher an seine Freundin heran, um auf ihren Monitor schauen zu können. Kriminalkommissar Jens Hartmann, wie immer voller Arbeitseifer, hatte schon seine langen Finger auf der Tastatur, bereit, jede gewünschte Datei in Sekundenschnelle aufzurufen.

„Also", hob Thomas an, „lasst uns mal sehen, was wir haben. Da ist als Erstes der Mord an Eric Wilkens, der als Unfall kaschiert werden sollte. Können wir mit Sicherheit ausschließen, dass es nicht doch ein Unfall war?"

Jan Hendrik antwortete: „Wenn wir den Vorfall separat betrachten und nur nach dem beurteilen, was die Zeugen beobachtet haben, können wir das nicht. Es könnte tatsächlich ein betrunkener Fahrer gewesen sein, der die Kontrolle über sein Fahrzeug verloren hat. Und den wir wohl nie finden werden bei der Spurenlage", fügte er mit einem resignierten Seufzer hinzu.

„Allerdings darf man nicht vergessen, dass meine Mutter behauptet, ganz genau beobachtet zu haben, dass der Fahrer das Auto mit Absicht auf den Bürgersteig gesteuert habe. Und normalerweise ist auf ihr Urteil Verlass", wandte Thomas ein.

„Und", griff Susanne den Gedanken auf, „im Lichte der nachfolgenden Ereignisse ist es mehr als unwahrscheinlich, dass der Tod von Eric Wilkens ein Zufall gewesen ist. Da haben wir a) den Einbruch in der Wilkens-Wohnung in Hamburg, b) das Schließfach mit den versteckten Unterlagen". Sie nahm ihre Finger zu Hilfe, um die Reihenfolge der einzelnen Fakten zu demonstrieren. „Dann c) den Überfall auf deine Mutter, Thomas und d) den USB-Stick, den deine Mutter gerettet hat. Das alles kann doch kein Zufall sein."

„Sieht nicht danach aus, da hast du Recht", bestätigte Thomas die Einschätzung seiner jungen Kollegin. „Dennoch: Woher hat der Killer gewusst, dass Wilkens genau an dem Abend dort seine Verlobung feiern würde? Und dass er genau in diesem Moment auf dem Bürgersteig stehen würde zum Telefonieren?"

Die Kriminalbeamten dachten nach.

„Von der Feier könnten viele Leute gewusst haben, zum Beispiel seine Kollegen, seine Eltern mit Sicherheit, irgendwelche Nachbarn, Bekannte von ihm. Es war ja schließlich kein Geheimnis", sagte Susanne.

Die Männer nickten zu ihren Worten.

„Aber woher hat der Mörder gewusst, dass Eric nach draußen gehen würde?", wiederholte Thomas seinen Einwand.

„Vielleicht hat er es gar nicht gewusst. Vielleicht hatte er nur den Auftrag, Wilkens zu beschatten und hat die Gelegenheit genutzt, die sich ihm bot? Wenn er den Auftrag hatte, ihn möglichst unauffällig zu beseitigen, war das doch eine wunderbare Möglichkeit", schlug Jan Hendrik als Möglichkeit vor.

„Aber dabei ging er doch das Risiko ein, dass Wilkens gar nicht getötet, sondern nur verletzt werden würde", wandte Thomas ein.

„Vielleicht sollte das Ganze auch nur so etwas wie ein Warnschuss sein, eine deutliche Drohung oder so", verteidigte Jan Hendrik seine Theorie. „Wenn er in einer brisanten Sache recherchierte, war es vielleicht so etwas wie eine Botschaft nach dem Motto: Steck' deine Nase nicht in anderer Leute Angelegenheit, sonst …" verteidigte Jan Hendrik seine Theorie.

„Hm", machte Thomas, wenig überzeugt.

„Was den Zeitpunkt angeht", meldete sich Jens zu Wort, „könnte es nicht sein, dass der Mörder einen Komplizen in dem Lokal gehabt hat, der ihn telefonisch darüber informiert hat, was Wilkens gerade machte? Und ihm nahelegte, die Gelegenheit zu nutzen, als der Mann allein auf dem Bürgersteig stand?"

Thomas wiegte den Kopf. „Das würde ja bedeuten, dass wir es hier mit einer gut organisierten Bande zu tun haben, die einen unglaublichen Aufwand um die Person Wilkens' betreibt. Irgendwie kommt mir das zu groß vor."

„Aber es passt zu der Beobachtung deiner Mutter, dass es ein asiatisch aussehender Fahrer war, finde ich", untermauerte der Computerspezialist seine These.

Nachdenkliches Schweigen entstand.

„Ich glaube, diese Spekulationen bringen uns nicht weiter, Kollegen", resümierte der Hauptkommissar schließlich seufzend. „Kehren wir zu den Tatsachen zurück."

Er blätterte in seinen Unterlagen.

„Der Einbruch in Hamburg könnte auch ein einfacher Einbruchdiebstahl gewesen sein. Immerhin haben die Einbrecher alles von Wert mitgehen lassen."

„Aber", wandte Jan Hendrik ein, „sie haben die gesamte Wohnung verwüstet. Offensichtlich haben sie etwas Bestimmtes gesucht. Sonst hätten sie einfach nur alles mitgenommen, was ihnen in die Hände fiel und die Wohnung nicht so akribisch durchsucht."

„Hm, das stimmt." Thomas lehnte sich resigniert zurück. „Blöd nur, dass die Kollegen in Hamburg keinerlei Spuren gefunden haben, auch nicht von den gestohlenen Gegenständen. Ich habe vorhin noch mit Olberding telefoniert: Bei den einschlägigen Hehlern oder Juwelieren ist bis jetzt nichts davon aufgetaucht. Das lässt darauf schließen, dass wir es mit Profis zu tun haben, die den Diebstahl der Wertgegenstände als Ablenkung inszeniert haben."

„Also ein Indiz mehr dafür, dass Wilken tatsächlich ermordet worden ist." Jan Hendrik beugte sich vor, um die Notizen auf dem Monitor Susannes besser sehen zu können. Dabei legte er ihr den Arm um die Schultern und drehte selbstvergessen eine Haarsträhne ihres langen Pferdeschwanzes um seine Finger. „Zu dumm, dass wir nicht wissen, was auf den Papieren stand, die in dem Schließfach gewesen sind."

Thomas nickte. „Ja, wirklich ärgerlich. Und der USB-Stick hilft uns auch nicht weiter. Dass Wilken sich über Herztransplantationen kundig gemacht hat, ist ja kein Wunder bei der Krankheit seines Sohnes." Er hob die Hände. „Es ist zum Verzweifeln! Im Grunde haben wir nichts."

„Nicht ganz, Chef", meldete sich Jens Hartmann zu Wort. „Immerhin hat sich deine Mutter an den Namen erinnert, der auf den Akten in dem Schließfach stand. Doktor Claus Wellinghaus."

„Ja, aber das bringt uns auch nicht weiter. Du hast recherchiert, es handelt sich um eine private Schönheitsklinik. Womöglich hatte Wilkens vor, eine Reportage darüber zu schreiben und hat Material dazu gesammelt."

„Das könnte zwar sein, aber warum hat er die Unterlagen dann so besonders gesichert?", wandte Jens ein. „In einem Schließfach? Wenn es eine normale Recherche gewesen wäre, hätte er sie doch wie alles andere ganz normal auf seinen Computer sichern können."

Thomas richtete sich auf. Auch Jan Hendrik und Susanne wandten sich dem jungen Computerfachmann mit neuem Interesse zu. Offensichtlich hatte er etwas Neues herausgefunden.

„Und? Nun rück schon raus damit, Jens!", forderte Jan Hendrik ihn auf.

„Also, ich habe mir diese Firma Wellinghaus mal etwas genauer angesehen, wie du gesagt hast, Chef. Alles ganz normal soweit. Aber dann ist mir etwas aufgefallen ..."

Alle sahen ihn gespannt an und warteten.

„Ja?", fragte der Hauptkommissar.

„Ich muss das etwas näher erklären. Also, ich habe beim zuständigen Finanzamt in Hamburg nachgefragt. Die wollten mir zuerst keine weitergehende Auskunft geben. Aber ich habe darauf bestanden, weil es ja um einen unaufgeklärten Mord geht. Und schließlich haben sie mir uneingeschränkten Einblick gewährt in die Finanzen der Klinik der letzten zehn Jahre. Und dabei ist mir etwas aufgefallen ..."

Thomas' Geduld wurde auf eine harte Probe gestellt.

„Das sagtest du schon", konstatierte er. „Und?"

„Die Schönheitsklinik Wellinghaus stand 2010 kurz vor dem Konkurs. Das Gebäude musste renoviert werden und die Kosten überstiegen bei Weitem die finanziellen Reserven des Hauses. Sie haben dort nur fünf Räume für stationäre Patienten, also keine große Kapazität, trotzdem aber hohe Personalkosten. Außerdem war die Konkurrenz auf dem Gebiet der plastischen Chirurgie stark gewachsen durch die sehr viel billigeren Angebote aus den osteuropäischen Ländern. Aber dann, 2011, gingen die Einnahmen steil nach oben, die Kreditkosten konnten zur Freude der Bank ohne Weiteres bedient werden und das Darlehen wurde sogar teilweise vorzeitig zurückgezahlt. Merkwürdig, nicht?"

Jens hatte zur Illustration seiner Ausführungen etliche Zahlen und Daten auf den Bildschirm seines Computers gerufen, die er seinen Kollegen jetzt zeigte.

„Hm", machte Thomas, „du meinst also, in dem Jahr hat sich eine unerwartete Geldquelle aufgetan? Vielleicht ging das Geschäft mit der Schönheit einfach nur wieder besser in dem besagten Zeitraum."

„Aber so stark? Der Umsatz hat sich so gut wie verdoppelt innerhalb eines Jahres. Ist das wahrscheinlich?"

Er wies auf die entsprechende Zahlenreihe auf dem Monitor.

Susanne meldete sich zu Wort. „Sagtest du nicht, Wellinghaus habe renoviert? Vielleicht war das der Grund für die Umsatzsteigerung?"

Jens schüttelte den Kopf. „In der Höhe? Unwahrscheinlich."

„Interessant", meinte Jan Hendrik. „Immerhin ein Punkt, an dem wir anknüpfen können. Toll, Jens!"

„Ja, wirklich, gute Arbeit, Jens!", schloss Thomas sich dem Lob an.

Die Ohren des jungen Kommissars röteten sich.

„Da ist noch etwas", sagte er eifrig. „Aber das habe ich aus den Bunten Blättern, ist also nicht unbedingt sicher. Die Klinik wird als Familienbetrieb geführt: Da ist als Oberhaupt der Seniorchef Doktor Claus Wellinghaus, seine Frau, die lange Zeit als Krankenschwester bei ihm gearbeitet hat, dies aber seit etwa zwei Jahren nicht mehr tut. Gerüchte besagen, sie sei Alkoholikerin. Dann ist da der Sohn, Doktor Florian Wellinghaus, und seine Frau, Doktor Sonja Wellinghaus. Man munkelt, dass Vater und Sohn nicht gut miteinander auskommen. Das andere ist, dass die Familie offenbar seit Kurzem zu enormem Reichtum gekommen sein soll. Was zu den vorigen Informationen passt."

Jens schloss seinen Laptop und schaute Beifall heischend in die Runde. „Das ist alles".

„Wirklich interessant", resümierte Thomas. „Aber wo ist die Verbindung zwischen dem Mord an Eric Wilkens und dem plötzlichen Reichtum der Familie Wellinghaus, wenn es überhaupt eine gibt? Und vor allem: wo ist das Motiv für die Tat?"

Alle dachten nach und einen Moment blieb es still.

Der Hauptkommissar schlug die Akte zu. „Immerhin haben wir jetzt einen neuen Ansatzpunkt. Machen wir uns also an die Arbeit. Susanne, du recherchierst alles über die privaten Verhältnisse der Familie. Geh' dabei ruhig einige Jahre zurück und schau, was der Boulevard in Hamburg alles über die Wellinghauses weiß. Klatsch und Tratsch kann manchmal sehr hilfreich sein. Jens, du schaust dir die wirtschaftlichen Verhältnisse noch genauer an: Gibt es Immobilien, Grundbesitz, Autos, andere Besitztümer, alles, was du finden kannst. Jan Hendrik, bitte kümmere dich noch einmal um die Person des Eric Wilkens, seine Freunde, Bekannten, Kollegen, überhaupt sein gesamtes soziales Umfeld. Vielleicht finden wir dort ja noch einen wichtigen Hinweis auf seine aktuelle Arbeit. Ich selbst werde die Hamburger Kollegen bitten, nach einschlägigen Informationen im Umfeld der Familie Wellinghaus zu suchen."

Er stand auf. „Ich wünsche euch einen schönen Feierabend. Bis morgen!"

Als seine Kollegen das Büro verlassen hatten, räumte Thomas seinen Schreibtisch auf und machte sich auf den Heimweg. Seine Gedanken lösten sich während der kurzen Fahrt nach Hause allmählich von seiner kriminalistischen Arbeit und wandten sich seiner Familie zu. Bei dem Gedanken an die Zwillinge erschien ein Lächeln auf seinem Gesicht. Doch dann runzelte er die Stirn, als er an Inga dachte. Er machte sich Sorgen um seine Frau. In den letzten Tagen war sie ungewohnt still und in sich gekehrt. Oft schien sie mit ihren Gedanken weit weg zu sein. Außerdem fand Thomas, sie sei dünner geworden und sehe auffallend blass aus. Sie würde doch nicht etwa krank sein? Er nahm sich vor, Inga heute Abend in einer ruhigen Minute zu fragen, was sie bedrückte.

20

Das Büro des Chefarztes, zu dem die freundliche junge Pflegerin, deren dezentes Namensschild am Revers ihres kleidsamen Kittels sie als „Jasmin" auswies, Hanna führte, lag im 2. Stock des Gebäudes. Die Vorzimmerdame nickte ihnen freundlich zu und winkte sie durch. Auf Jasmins höfliches Klopfen ertönte im Inneren des Büros ein sonores „Ja bitte" und die Angestellte öffnete die Tür.

„Frau Paulsen ist nun da, Herr Doktor", sagte sie, ließ Hanna an sich vorbei eintreten und schloss die Tür hinter ihr. Ein hochgewachsener schlanker Mann Anfang sechzig kam mit elastischen Schritten auf Hanna zu. Die aufmerksamen Augen von Wellinghaus senior hinter der randlosen Brille hatten dieselbe Farbe wie die des Juniors, überhaupt war die Ähnlichkeit zwischen Vater und Sohn unübersehbar, fand Hanna. Das gleiche gut geschnittene Gesicht, das gleiche kurze Haar, beim Senior allerdings mit vornehmem Grau durchsetzt.

„Liebe gnädige Frau, darf ich Sie herzlich willkommen heißen in unserem Hause? Wie ich höre, haben Sie sich schon eingerichtet? Ich hoffe, Sie fühlen sich wohl hier bei uns?"

Hanna versuchte, sich darauf zu besinnen, was Caroline ihr geraten hatte bezüglich ihrer Rolle als verwöhnte Luxuslady, denn die ausgesucht freundliche Begrüßung und das charmante Lächeln des Mannes verfehlten nicht ihre Wirkung auf sie.

„Ja, vielen Dank! Ich hatte schon Gelegenheit, mich ein wenig umzusehen. Ich muss sagen, das Ambiente sagt mir durchaus zu."

Wellinghaus wies auf die Besuchersessel, die in lockerer Formation vor dem imposanten, antiken Schreibtisch angeordnet waren. „Selbstverständlich werden wir alles tun, um Ihnen Ihren kurzen Aufenthalt hier so angenehm wie möglich zu gestalten, liebe Frau Paulsen."

Statt sich zu setzen, trat Hanna auf die großen Fenster des geräumigen Büros zu, die einen Ausblick auf die Elbe freigaben. Dr. Wellinghaus stellte sich neben sie.

„Ja, die Aussicht ist wirklich schön, nicht wahr? Ich bin zugegebenermaßen ein bisschen stolz auf unseren Standort hier. Er bietet unseren Patientinnen und Patienten die besten Voraussetzungen für eine rasche Erholung.“

Hanna konnte den Blick nicht abwenden von dem Panorama, das sich ihren Augen bot. Hinter einer dichten grünen Baumreihe zeigte sich der Fluss als ein breites silbernes Band, die Spätnachmittagssonne ließ die Wasserwellen hier und da golden aufleuchten, und vor dem blassen Blau des Himmels wirkten die Schiffe und Boote wie Dekorationsstücke, die jemand absichtsvoll darauf angeordnet hatte.

„Ja, da haben Sie Recht, Herr Doktor. Von hier aus sieht die Elbe wirklich wunderschön aus.“ Immer noch konnte Hanna sich nicht losreißen von dem Ausblick. Was mochte ein Grundstück dieser Größe in dieser Lage wohl kosten, fragte sie sich.

Inzwischen war Wellinghaus hinter seinen Schreibtisch getreten und hatte eine Akte aufgeschlagen. Hanna nahm auf einem der Sessel Platz und schlug die Beine vornehm übereinander.

„Sie haben sich also, wie ich hier sehe, für ein Mini-Facelifting entschieden, Frau Paulsen? Ich gratuliere Ihnen zu dieser Entscheidung. Sie werden sich mit Sicherheit um vieles glücklicher fühlen mit einem jüngeren und frischeren Aussehen. Wie ich höre, planen Sie in Kürze eine längere Kreuzfahrt?“

„Ja, in vier Wochen schon. Es geht diesmal in die Karibik. Mein Mann und ich haben die Reise schon seit längerem geplant. Zwei befreundete Paare begleiten uns. Die Frauen sind wesentlich jünger als ich, deshalb dachte ich, eine kleine Verjüngungskur könnte nicht schaden, wissen Sie?“

„Aber natürlich, gnädige Frau. Und es ist völlig unproblematisch, mit ein wenig Unterstützung der plastischen Chirurgie so jung auszusehen, wie man sich fühlt, nicht wahr?"

Hanna nickte nur. Unauffällig sah sie sich in dem Büro um. Mit Ausnahme des ausgesucht schönen Schreibtisches aus glänzendem Nussbaumholz im Art-Déco-Stil war der Raum überraschend schmucklos und funktional eingerichtet. Gerahmte Diplome an den Wänden, ein Konferenztisch mit sechs gepolsterten Stühlen in einer Ecke, schlichte Schränke, die nicht verrieten, was in ihnen untergebracht war, ein Regal mit gebunden Fachbüchern. Eine schmale Tür führte in einen Nebenraum, wahrscheinlich einem Waschraum, nahm Hanna an.

„Wenn Sie erlauben, bitte ich jetzt meinen Sohn zu uns. Er wird die Behandlung bei Ihnen durchführen und Sie gleich in seinem Sprechzimmer auf den Eingriff vorbereiten. Wir haben den Termin auf morgen früh, 9.00 Uhr festgesetzt. Das ist Ihnen doch recht, hoffe ich?"

Er betätigte die Gegensprechanlage. „Bitte sagen Sie Doktor Wellinghaus junior, dass Frau Paulsen jetzt hier ist, Simone. Danke!"

Einen Augenblick später klopfte es an der Tür und Dr. Florian Wellinghaus betrat den Raum. Freundlich lächelnd kam er auf Hanna zu. „Guten Tag noch einmal, Frau Paulsen. Wir haben uns ja schon kennengelernt. Darf ich Sie bitten, mit mir in mein Sprechzimmer zu kommen? Es ist gleich hier auf dem Stockwerk."

Der Chefarzt war hinter seinem Schreibtisch hervorgetreten und auch Hanna stand auf. Wellinghaus senior reichte ihr die Hand. „Ich überlasse Sie jetzt meinem Sohn, gnädige Frau. Ich versichere Sie, bei ihm sind Sie in den besten Händen. Wir sehen uns dann bei der ersten Nachbesprechung wieder." An seinen Sohn gewandt, sagte er: „Du weißt Bescheid, Florian, nicht wahr? Ich nehme an, für die Behandlung morgen ist alles vorbereitet?"

„Selbstverständlich. Sonja wird mir assistieren."

Fürsorglich nahm Wellinghaus senior Hanna am Ellenbogen und führte sie zur Tür. „Sie sehen, alles ist bestens organisiert, gnädige Frau. Auf Wiedersehen!"

„Auf Wiedersehen", antwortete Hanna. „Und vielen Dank!"

Der Junior öffnete die Tür und schon war die Audienz beim Chefarzt vorbei. Hanna atmete innerlich auf.

„Wenn Sie mir bitte folgen wollen, Frau Paulsen", forderte Wellinghaus junior Hanna auf. Gemeinsam gingen sie über den Korridor in sein Behandlungszimmer. Hier war alles klinisch nüchtern und funktional, sodass Hanna sich unversehens von einem vornehmen Hotel in eine Arztpraxis versetzt fühlte. Was nun folgte, war das obligatorische Vorbereitungsgespräch auf einen medizinischen Eingriff. Der junge Arzt befragte Hanna hinsichtlich ihres derzeitigen Gesundheitszustandes, etwaiger Vorerkrankungen und der Medikamente, die sie einnahm. Er maß ihren Blutdruck, ließ ihr durch eine Krankenschwester Blut abnehmen, machte Fotos von ihrem Gesicht aus jeder Perspektive und begutachtete ihre Haut durch eine Lupe. Hanna lernte alles über die verschiedenen Arten des Faceliftings, über die möglichen Nebenwirkungen, die Nachsorgemaßnahmen und die Dauer des Heilungsprozesses. Während sie aufmerksam zuhörte, festigte sich in ihr der Entschluss, sich nie und nimmer einer solchen Prozedur zu unterziehen. Lieber wollte sie mit schlaffer und runzliger Haut herumlaufen, wie es sich für ihr Alter gehörte. Sie fragte sich, warum so viele Frauen und neuerdings wohl auch Männer, wie sie hörte, sich einer solchen Tortur unterzogen und dafür auch noch ein Menge Geld bezahlten. Wellinghaus händigte ihr zahlreiche Broschüren und Informationsblätter aus mit der Empfehlung, sich alles in Ruhe durchzulesen. Zum Schluss legte er ihr einige Dokumente zur Unterschrift vor, die Hanna jedoch nicht unterzeichnete, sondern zusammen mit den Prospekten erst einmal an sich nahm.

Innerlich immer noch kopfschüttelnd verabschiedete Hanna sich von dem Mediziner und verließ das Sprechzimmer. Auf dem Flur blieb sie stehen. Kein Mensch war zu sehen. Links und rechts gingen zwei schlichte Türen ab. Hanna probierte die Türklinken. Sie waren verschlossen. Eine zweiflügelige Milchglastür trennte den vorderen Teil des Korridors von einem weiteren Trakt ab. Ein großes Schild besagte, dass der Eintritt dem Personal vorbehalten sei. Vorsichtig betätigte Hanna den Griff. Die Tür ließ sich ohne Weiteres öffnen. Schnell schlüpfte Hanna hindurch. Wahrscheinlich lagen hier die Operationsräume. Als Hanna sich eine der Doppeltüren näherte und die Hand nach dem Türknauf ausstreckte, wurde die Tür plötzlich von innen geöffnet und die weiß gekleidete Krankenschwester, die Hanna schon im Untergeschoss begegnet war, trat heraus. Erschrocken fuhren beide Frauen zurück. Flüchtig erhaschte Hanna einen Blick in das Innere des Raumes: Zwei große Operationstische standen dort nebeneinander unter riesigen Lampen, etliche Monitore sowie medizinische Geräte mit allerlei Schläuchen und Kabel waren darum herum angeordnet. Ein professionell ausgestatteter, hochmoderner Operationssaal. Hastig schloss die Schwester die Tür, bevor Hanna weitere Einzelheiten erkennen konnte.

„Was suchen Sie denn hier?", fragte sie in einem Ton, der jede Höflichkeit vermissen ließ.

Hanna besann sich auf die Rolle, die sie zu spielen hatte. Theathralisch griff sie sich ans Herz. „Oh mein Gott, Schwester, haben Sie mich erschreckt!"

„Dieser Bereich darf nur vom Personal betreten werden. Haben Sie denn das Schild nicht gesehen?"

Der barsche Ton, den die Frau anschlug, gefiel Hanna ganz und gar nicht. Sie richtete sich zu voller Größe auf und hob das Kinn.

„Was fällt Ihnen ein, mich so anzufahren? Ich war eben bei Doktor Wellinghaus zur Besprechung und wollte gerade mein Zimmer aufsuchen. Dabei habe ich mich ein wenig umge-schaut. Das wird ja wohl noch erlaubt sein, oder?"

Ihr selbstbewusster Ton schien die Schwester nicht zu beein-drucken. Sie nahm Hanna am Arm und zerrte sie mit sich. „Die-ser Bereich ist nur für das medizinische Personal. Kommen Sie, ich begleite Sie zum Fahrstuhl."

„Was fällt Ihnen ein?", empörte Hanna sich. „Ich werde doch wohl hingehen können, wo ich will. Oder ist das hier ein Ge-fängnis?" Auf dem Weg zum Flur gelang es ihr, sich aus dem Griff der kräftigen Frau zu befreien. „Ich werde mich über Sie beschweren, Schwester. Wie ist Ihr Name?"

Der Ton der Bediensteten wurde versöhnlicher. „Aus hygie-nischen Gründen müssen wir darauf bestehen, dass die Pati-enten in den Gesellschaftsräumen bleiben. Schließlich werden hier Operationen durchgeführt."

„Schon gut, schon gut!" Hanna bedachte die Frau mit einem wütenden Blick und drückte auf den Knopf des Fahrstuhls. Die Schwester wandte sich wortlos um und ging zurück in den Be-handlungstrakt.

Hanna betrat den Fahrstuhl und fuhr ins Foyer, um sich nach den Modalitäten der abendlichen Mahlzeiten zu erkundigen.

Sie erfuhr, dass sie wahlweise ihr Abendessen in dem kleinen Speisesaal einnehmen oder es sich auf ihr Zimmer bringen lassen könne. Hanna entschied sich für Letzteres.

Den Mann, der halb hinter einer aufgeschlagenen Zeitung verborgen in der Besucherecke saß, bemerkte sie nicht. Auch nicht, dass er sie auffallend lange und intensiv musterte und ihr mit den Augen folgte, bevor er aufstand und mit der Rezeptionistin sprach.

***

In der Hamburger Innenstadt herrscht nächtlich ruhiger Verkehr. Der Mercedes mit den Chinesen kommt zügig voran. Schließlich biegt er in die Blankeneser Straße ein, eine großzügige, breite Allee im Nobelviertel Hamburgs. Am schmiedeeisernen Gittertor am hinteren Eingang eines herrschaftlichen Gebäudes hält der Wagen an. Aus einem kleinen Pförtnerhäuschen, das mit einer Überwachungskamera ausgestattet ist, kommt ein älterer Mann in Pförtneruniform heraus und tritt an das Fahrzeug heran.

„Papiere, bitte", fordert er knapp. Der Fahrer reicht ihm einige Dokumente. Der Pförtner nimmt sie an sich, kehrt in das Häuschen zurück und telefoniert. Dann winkt er dem Chauffeur, er könne durchfahren. Das große, zweiflügelige Tor öffnet sich automatisch, der Mercedes fährt hindurch. Auf dem vornehmen Schild, das dezent an der Seite des Tores angebracht ist, steht: „Privatklinik Dr. Wellinghaus, Schönheitschirurgie".

***

21

Hanna konnte nicht schlafen. Sie hatte ausführlich mit Caroline telefoniert und ihr von ihren Beobachtungen berichtet. Caroline teilte ihre Einschätzung bezüglich der Sinnhaftigkeit kosmetischer Korrekturen voll und ganz, erst recht, als sie hörte, um welche Kosten es dabei ging. Die verschlossenen Kellerräume und den Operationstrakt jedoch hielt sie nicht für ungewöhnlich; schließlich würden ja nicht nur kleine, sondern auch sehr aufwändige kosmetische Operationen in der Klinik durchgeführt. Sogar für das rabiate Auftreten der Schwester fand sie eine vernünftige Erklärung. „Es gibt eben solche und solche Krankenschwestern, Hanna." Und dann erzählte sie ausführlich von ihren diesbezüglichen Erfahrungen während ihres langen Krankenhausaufenthaltes.

Unruhig wälzte Hanna sich in dem ungewohnt weichen Bett hin und her. Sollte sie sich getäuscht haben und die Familie Wellinghaus war nichts weiter als eine hart arbeitende Medizinerfamilie, die durch das krankhafte Bedürfnis der Menschen, ewig jung auszusehen, zu Wohlstand und Ansehen gelangt war? Wie sie es auch drehte und wendete: Ihr Instinkt sagte ihr, dass irgendetwas in diesem vornehmen Gebäude und mit der Familie Wellinghaus ganz und gar nicht stimmte.

Ein Motorengeräusch ließ sie aufhorchen. Ein Blick auf die Uhr sagte ihr: 23.45 Uhr. Wer konnte um diese Zeit in der Klinik eintreffen? Hanna stand auf und trat ans Fenster. Die mit einem schmiedeeisernen Tor versehene Einfahrt wurde spärlich beleuchtet von vereinzelten Gartenlaternen. Hanna sah eine dunkle Limousine durch das geöffnete Tor fahren und direkt vor dem Hintereingang halten. Drei Männer stiegen aus.

Hanna traute ihren Augen nicht, als sie im Schein der Laterne die Gesichtszüge der Ankömmlinge erkannte. Asiaten, ganz eindeutig! Wahrscheinlich Chinesen. Zwei der Männer packten den dritten, der deutlich jünger war als die beiden anderen, und zerrten ihn zum Eingang des Gebäudes. War das zu glauben? Asiaten! Hatte der Fahrer des Unfallautos nicht auch asiatisch ausgesehen? Das konnte nie und nimmer ein Zufall sein! Das musste sie unbedingt Caroline berichten. Hastig zog Hanna sich ihren Bademantel über, setzte ihre Perücke auf und schlüpfte in ihre Hausschuhe, während sie die Nummer ihrer Cousine in ihr Handy tippte. Leise öffnete sie ihre Zimmertür und lugte in den Flur. Die Nachtbeleuchtung sorgte für gedämpftes Licht. Kein Mensch war zu sehen.

„Hallo Caroline! Hast du schon geschlafen? ... Tut mir leid. Weißt du, was ich gerade beobachtet habe?" In knappen Worten schilderte Hanna ihrer Vertrauten, was sie gesehen hatte. „Ich werde mal sehen, ob ich herausbekommen kann, was es mit diesen Leuten auf sich hat. Ich melde mich später wieder", flüsterte sie und beendete das Gespräch. Vorsichtig trat sie aus dem Zimmer und schloss die Tür hinter sich. Ihre Pantoffeln verursachten kein Geräusch, als sie zum Treppenhaus schlich und sich über die Brüstung beugte. Von den Männern war nichts zu sehen. Hanna hörte, wie die Fahrstuhltür im Erdgeschoss sich öffnete und erkannte an der Leuchtanzeige über dem Fahrstuhl auf Ihrem Stockwerk, dass die Lampe für das Untergeschoss aufleuchtete. Also waren die Chinesen dabei, einen der Räume im Keller aufzusuchen. Warum? Dort gab es doch nur die Wirtschaftsräume, oder? Mit klopfenden Herzen stand Hanna da und wartete. Es dauerte nur zwei Minuten, die ihr wie eine Ewigkeit vorkamen, bis sie hörte, wie der Fahrstuhl sich wieder in Gang setzte. Die Anzeige leuchtete auf und zeigte den 2. Stock an. So schnell es die Arthrose in ihrem Knie erlaubte, eilte Hanna die Treppe hinauf in den 2. Stock, wo sich das Büro des Chefarztes befand. Sie versteckte sich hinter dem üppigen Pflanzenarrangement, das hier wie ähnliche überall im Gebäude für ein naturnahes Ambiente sorgte. Das dichte Gewirr von Blättern und Zweigen verbarg ihre Gestalt vollkommen. Sie wartete. Schon öffnete sich die Fahrstuhltür und zwei der Chinesen traten heraus. Wo war der dritte? Hanna registrierte bewusst das Aussehen der Männer, um sich gegebenenfalls später daran erinnern zu können. Beide waren etwa zwischen dreißig und vierzig Jahre alt, trugen unauffällige dunkle Hosen und Hemden und hatten kurzes schwarzes Haar. Der eine war etwas größer und schlanker als der andere. Die Gesichter ähnelten sich in Hannas Augen wie die von Brüdern. Anscheinend kannten die Chinesen sich in dem Gebäude aus, denn sie schritten zielstrebig auf die Tür des Chefarztbüros zu. Auf ihr Klopfen ertönte ein deutliches „Herein!" und die Männer traten ein.

In Hannas Kopf überschlugen sich die Gedanken. Was hatte das zu bedeuten? Wo war der junge Mann, den seine Begleiter so unsanft mit sich gezerrt hatten? Und welche Rolle spielte der gutaussehende Dr. Wellinghaus senior dabei, in dessen Büro die beiden Chinesen verschwunden waren? Auf Zehenspitzen näherte Hanna sich der Bürotür und versuchte angestrengt, etwas von dem Gespräch im Inneren zu erlauschen, aber durch die geschlossene Tür drang kein Laut. Sie beschloss, in ihrem Versteck hinter den Blumenkübeln zu warten, um zu sehen, was weiter geschah. Keine zwei Minuten später kamen die zwei seltsamen Besucher wieder aus dem Büro. Sie gingen wortlos zum Fahrstuhl, dessen Tür noch offenstand, stiegen ein und fuhren nach unten. Kurze Zeit später hörte Hanna, wie das Auto gestartet wurde und wegfuhr.

Gerade als sie sich auf den Rückweg in ihr Zimmer machen wollte, öffnete sich die Bürotür und Wellinghaus senior kam mit seiner Schwiegertochter, Doktor Sonja Wellinghaus, heraus. Der Arzt ließ die Tür hinter sich zufallen, fasste seiner Schwiegertochter um die Taille und zog sie eng an sich.

„Kommst du nach dem Essen noch mit zu mir, Liebling?", hörte Hanna ihn flüsternd fragen.

Die junge Frau legte die Arme um seinen Nacken, schmiegte ihren Oberkörper an ihn und antwortete in einem verführerisch neckenden Ton: „Aber natürlich, Herr Chefarzt! Ihr Wunsch ist mir Befehl!" Wellinghaus umfasste sie fester und küsste sie lange und leidenschaftlich.

Aha, dachte Hanna, es stimmt also, was die Patientin angedeutet hatte: Der gute Herr Doktor hat ein Verhältnis mit seiner eigenen Schwiegertochter. Was Wellinghaus junior davon wohl hielt? Wahrscheinlich hatte er keine Ahnung, der Arme. Was für eine Familie!

Der Arzt fuhr fort, das Gesicht seiner Geliebten mit Küssen zu bedecken. Nach einer Weile löste Sonja Wellinghaus sich etwas von ihm und fragte: „Komm, lass uns gehen, Schatz!" Sie kicherte leise. „Irgendwie turnt mich die Sache jedes Mal an."

„Geht mir genauso", flüsterte Wellinghaus erregt. „Ganz schön pervers, was?" Er bedachte den Hals der jungen Frau mit weiteren Küssen. Sonja Wellinghaus stöhnte leise. „Ich glaube, ich weiß, was du meinst, Schatz. Es ist das Geld, das viele schöne Geld." Sie lachte leise, löste sich aus seiner Umarmung, umschlang seine Taille und zog ihn mit sich.

Hanna hielt den Atem an und machte sich so klein wie möglich. Wenn die beiden sie nur nicht entdeckten! Aber das Paar hatte nur Augen füreinander und ging engumschlungen an Hannas Versteck vorbei zum Treppenhaus.

Hanna atmete auf. Gott sei Dank, das war gutgegangen! Sie stand auf und wollte sich auf den Rückweg machen, als ihr etwas auffiel. Der Doktor hatte vergessen, sein Büro abzuschließen! Unschlüssig blieb Hanna stehen. Sollte sie es wagen? Sie sah sich um und lauschte. Der Flur lag verlassen da, alles war ruhig. Der Doktor befand sich mit seiner Sonja sicher schon auf dem Weg zu dem Schäferstündchen und würde so bald nicht wieder auftauchen. Hanna hatte noch die Mahnung ihres Sohnes im Ohr, sich nicht weiter in diese ominöse Angelegenheit einzumischen. Aber nun war sie schon mal hier und die Gelegenheit war unverhofft günstig. Vielleicht gab es in dem Büro irgendwelche Informationen, die Licht in die Sache brachten. Vorsichtig probierte sie die Türklinke. Tatsächlich, das Büro war unverschlossen! Schnell schlüpfte sie hinein und schloss leise die Tür hinter sich.

22

Das Nobelrestaurant „Alsterblick" machte seinem Namen alle Ehre. Die sich über die ganze Front erstreckende Fensterreihe erlaubte einen unverstellten Blick auf den mit üppigem grünen Bewuchs gesäumten Flusslauf. Die weiß gedeckten Tische waren mit schlanken Kerzen in Silberleuchtern und einer Vase mit einer einzelnen gelben Rose geschmückt, die Stühle dick gepolstert und das Personal gut geschult.

Florian Wellinghaus besuchte das Lokal regelmäßig jeden Mittwoch in Begleitung seiner Mutter, Karin Wellinghaus. Er hatte sich diese Restaurantbesuche zur Pflicht gemacht, um den Kontakt zu ihr nicht zu verlieren. Seit die Achtundfünfzigjährige sich von ihrem Mann getrennt hatte und aus der Wellinghaus-Villa ausgezogen war, schien es ihr besser zu gehen, fand Florian. Die Noch-Ehefrau seines Vaters bewohnte jetzt eine kleine Maisonettewohnung am Stadtrand Hamburgs. Der Umzug war ein halbes Jahr her, und der Mediziner fand, seine Mutter habe sich seitdem merklich erholt. Die Ringe unter ihren Augen waren nicht mehr ganz so dunkel und die Farbe ihrer Haut hatte sich gebessert.

„Was möchtest du heute essen, Mutter?", fragte er angelegentlich. Beide hatten die umfangreiche ledergebundene Karte des Hauses vor sich und gingen die Reihen der zahlreichen Delikatessen durch. Florian winkte dem Kellner, der dienstbeflissen herbeieilte.

„Was können Sie uns denn heute empfehlen, Herr Ober?"

„Heute ist der Fisch besonders exquisit", behauptete der Kellner und schon rezitierte er die Speisekarte, die durch seinen dezenten Hamburger Akzent etwas besonders Appetitanregendes gewann: „Da haben wir das Filet vom Glattbutt mit krossen Südtiroler Schinkenspeck, dazu Kräutersauce, junge Kartoffeln, Blattspinat, Risoleekartoffeln und gehobelte Sommertrüffel. Oder, besonders lecker, die gebratenen Garnelen mit frischen Kräutern, Zwiebeln, Strauchtomaten, Knoblauchbrot und kleinen Gartensalat. Oder Sie entscheiden sich für das Thunfischfilet in Sesam-rare gebraten, mit Szechuan-Pfeffersauce, dazu Zuckerschoten und Mango-Limetten-Basmatireis."

„Hm", machte Florian, „das klingt wirklich alles sehr lecker. Was möchtest du, Mutter?"

Karin zog die Stirn kraus. „Schwere Entscheidung. Ich glaube, ich nehme die Garnelen. Und du?"

„Also … Der Butt mit Schinken klingt herzhaft. Den nehme ich." Florian reichte dem Kellner die Karten zurück.

„Hervorragende Wahl", lobte der Ober. „Was darf ich Ihnen zu trinken bringen? Vielleicht einen Aperitif?"

„Ja. Bringen Sie mir bitte einen trockenen Martini", sagte Karin. Den Blick, den ihr Sohn ihr zuwarf, ignorierte sie.

„Zum Essen nehmen wir einen halbtrockenen Weißwein, bitte", ergänzte Florian.

Der Bedienstete verbeugte sich und eilte davon.

Der junge Arzt stützte seine Ellbogen auf und faltete seine Hände unter dem Kinn. Aufmerksam sah er seine Mutter an. Karins immer noch schönes Gesicht mit den ausdrucksvollen braunen Augen wirkte müde, fand er. Trotzdem meinte er erkennen zu können, dass die tiefsitzende Verbitterung, die die Züge seiner Mutter in den letzten Jahren gezeichnet hatte, weniger ausgeprägt sei.

„Wie geht es dir, Mutter?", fragte er. Der Tonfall seiner Frage machte deutlich, dass sie nicht als Floskel gemeint war.

Karin lächelte ihn offen an.

„Es geht mir gut, Flori, ehrlich. Ich fühle mich sehr wohl in der neuen Wohnung. Es fehlt mir zwar noch die eine oder andere Kleinigkeit an der Ausstattung, aber es macht Spaß, etwas Passendes zu suchen. Ich denke dabei zum Beispiel an ein kleines Landschaftsaquarell. Vielleicht, wenn du da eine nette Idee hast …?"

„Ich werde auf jeden Fall Ausschau danach halten", versicherte Florian bereitwillig.

Der Ober brachte den Martini. Karin nahm die Olive und steckte sie sich in den Mund. Dann hob sie das Glas, prostete ihrem Sohn zu und trank es in einem Zug leer. Florian legte ihr die Hand auf den Arm. „Nicht doch, Mutter!", sagte er leise.

„Lass nur, Flori. Es ist leider so, ich kann immer noch nicht ganz ohne. Aber ich habe es im Griff, das weißt du. Mach dir keine Sorgen."

Florian schüttelte resigniert den Kopf. Er wusste, seine Mutter konnte nicht ohne Alkohol leben. Zu sehr litt sie unter der tiefen Lebensenttäuschung, die sein Vater ihr bereitet hatte. Die andauernden Demütigungen durch seine ständigen Affären, die er nicht einmal zu verheimlichen suchte, seine Art und Weise, ihr ihre seiner Meinung nach mangelhafte Bildung und Weltgewandtheit als einfache Krankenschwester spüren zu lassen, die Skrupellosigkeit seiner geschäftlichen Machenschaften, in die er sie mit hineingezogen hatte, alles das hatte Karins Lebenskraft aufgesogen. Florian konnte sie nur zu gut verstehen.

Der Kellner kam zusammen mit einem Assistenten, der die Bestellung auf einem rollbaren Beistelltisch heranschob, und servierte die gewünschten Speisen. Wortlos sahen Mutter und Sohn zu, wie der Ober geschickt das Besteck zurechtlegte, die einzelnen Teller und Schüsseln auf dem Tisch anordnete und den trockenen Weißwein in die Kristallgläser einschenkte. Nachdem alles perfekt angerichtet war, wünschte der Ober „Guten Appetit" und entfernte sich.

„Lass es dir schmecken!", sagte Florian.

Sollte er seiner Mutter erzählen, was er über seinen Vater und Sonja erfahren hatte? Er entschied sich dagegen. Diese Demütigung musste er erst einmal selbst verkraften. Er empfand die Affäre als doppelten Betrug. Zum einen die Tatsache, dass sein Vater nicht davor zurückschreckte, die Frau seines Sohnes zu vögeln, zum anderen, dass Sonja keine Skrupel hatte, ihn mit seinem eigenen Vater zu betrügen. Noch war Florian sich nicht darüber im Klaren, ob und wenn, welche Konsequenzen er aus diesem Betrug ziehen würde.

„Ich wünsche dir auch einen guten Appetit, mein Junge", antwortete Karin, während sie anfing, dass Garnelenfleisch geschickt mit der Zange aus der Schale herauszuholen. Sie musterte ihren Sohn unauffällig. Er sieht unglücklich aus, dachte sie. Noch unglücklicher als sonst. Ob er sich endlich dazu durchgerungen hatte, seine Mitarbeit an den Machenschaften seines Vaters aufzukündigen? Wie lange wollte er sich noch an diesem unmenschlichen Geschäft beteiligen?

„Was bedrückt dich, Flori?", fragte sie nach einer Weile, während der sich beide ihrem Essen gewidmet hatten. Sie winkte dem Ober, der eilig herbeikam. „Bitte noch einen Martini", orderte sie. Als sie den Blick ihres Sohnes bemerkte, sagte sie: „Schau mich bitte nicht schon wieder so vorwurfsvoll an, Flori! Sag mir lieber, was los ist. Ich merke doch, dass da etwas ist."

Der Mediziner schüttelte den Kopf. „Da ist nichts. Nur, dass wieder eine Operation ansteht. Du weißt, was das bedeutet. Ich mag gar nicht daran denken. Lass uns bitte von etwas anderem sprechen."

Der eigentliche Grund seiner Bedrücktheit jedoch war ein anderer. Niemand wusste davon. Der Einzige, der eingeweiht gewesen war, war tot. Und das war seine, Florians Schuld. Eine Schuld, die ihn nachts nicht mehr schlafen ließ und die alles, was ihm sonst noch zusetzte, in den Schatten stellte. Er hatte gedacht, er würde endlich das Richtige tun, aber sein Vorhaben war furchtbar fehlgeschlagen. Nun war alles noch viel unerträglicher, als es vorher gewesen war.

Mühsam brachte er ein Lächeln zustande. Er durfte sich seine Verzweiflung nicht anmerken lassen. Seine Mutter hatte mit sich selbst genug zu tun. Immerhin hatte sie es geschafft, sich von ihrem Mann zu lösen. Das war ein wichtiger erster Schritt. Wenn sie nun noch einsehen würde, dass sie wegen ihres Alkoholproblems Hilfe brauchte, wäre sie auf dem richtigen Weg.

Karin betrachtete das gequälte Gesicht ihres Sohnes mit Sorge. In seinen Augen entdeckte sie eine Verzweiflung, die sie bisher noch nicht darin gesehen hatte. Ihr Herz verkrampfte sich vor Mitleid. Wirklich, er hatte es nie leicht gehabt, ihr sensibler Junge. Musiker hatte er werden wollen, Klavierspielen und Komponieren, das war seine Leidenschaft gewesen. Sein Vater hatte nur schallend gelacht, als er ihm sagte, er wolle die Musik zu seinem Beruf machen. Natürlich zwang er ihn, Medizin zu studieren. Er solle das Metier von der Pike auf lernen, sich spezialisieren, damit er später einmal die Klinik übernehmen könne, verlangte er. Schließlich sei er der einzige Sohn. Florian hatte sich gefügt und sich zu einem hervorragenden Arzt entwickelt. Dann hatte er Sonja kennengelernt: schön, kalt und von Ehrgeiz zerfressen. Karin hatte gleich gewusst, dass Sonja nicht die Richtige für ihren Sohn war. Er wünschte sich Kinder, mehrere, eine richtige Familie. Aber Sonja hatte nur gelacht. Sie wollte das Leben genießen, Karriere machen, ein Luxusleben führen. Kein Wunder, dass sie sich, ohne groß darüber nachzudenken, den Machenschaften ihres Schwiegervaters angeschlossen hatte; das viele Geld war einfach zu verlockend gewesen.

„Was hast du als Nächstes vor, Mutter? Hast du schon irgendwelche Pläne gemacht?"

Die Frage riss Karin aus ihren Gedanken.

„Ich?", fragte sie. „Ich weiß noch nicht. In meinem Alter noch etwas Neues anzufangen, ist schwierig. Vielleicht gibt es eine Möglichkeit, in meinen alten Beruf zurückzukehren. Mal sehen." Sie hob ihr Weinglas. „Zum Wohle, mein Junge!"

„Zum Wohle, Mutter", antwortete Florian automatisch.

Sie beendeten ihre Mahlzeit und Doktor Florian Wellinghaus fuhr seine Mutter zurück zu ihrer Wohnung. Als er sich von ihr mit einer herzlichen Umarmung verabschiedete, drückte er sie länger als sonst an sich. Der Grund dafür war ihm selbst noch nicht klar.

23

Durch das Panoramafenster des Büros drang das Licht der nächtlichen Großstadt und machte die Konturen des Mobiliars sichtbar. Lautlos huschte Hanna durch den Raum zu dem antiken Schreibtisch und betätigte den Schalter der grün beschirmten Designerlampe, deren Schein die Schreibtischoberfläche beleuchtete. Die Tischplatte war aufgeräumt und leer bis auf den Computer und das Telefon mit der Gegensprechanlage. Die dekorative, aus Briefbeschwerer, Brieföffner und Füllerablage bestehende Schreibtischgarnitur aus Jade schimmerte grün. Der Computermonitor war schwarz. Eine Fotografie in einem teuren silbernen Rahmen, die Hanna bei ihrem ersten Besuch in dem Büro nicht aufgefallen war, zeigte das Gesicht einer attraktiven älteren Frau mit einem traurigen Lächeln. Das muss die Ehefrau des Seniors sein, dachte Hanna. Kein Wunder, dass sie dem Alkohol mehr zuspricht als ihr guttut bei den Verhältnissen in der Familie!

Vorsichtig, um kein unnötiges Geräusch zu verursachen, durchsuchte Hanna den Schreibtisch. Die linke Schublade enthielt nur Schreibpapier, Kuverts und Briefmarken, das Fach darunter allerlei Büromaterialien wie Heftklammern, Stifte, Papierschere, Locher und Hefter. Hanna öffnete die Schublade auf der rechten Seite. Zwei Akten lagen darin. Augenscheinlich Patientenakten. Womöglich von denjenigen Patienten, die der Arzt aktuell behandelte. Ganz schön nachlässig, dachte Hanna. Wahrscheinlich hatte Wellinghaus sie gerade benutzt und sie deshalb hier in seinem unverschlossenen Schreibtisch aufbewahrt. Möglicherweise hatten sie mit den Chinesen zu tun. Sie nahm die erste Akte heraus und öffnete sie. Das Porträtfoto eines Mannes lag angeheftet obenauf. Eilig überflog Hanna die Daten. Es handelte sich um die medizinischen Befunde eines Patienten namens Jeremy Stevensen aus Portland/USA, geb. am 14. Februar 1949. „Ein Amerikaner, 70 Jahre alt", las Hanna flüsternd. „Doppelter Bypass nach zwei Herzinfarkten. Vorgesehen für eine Herztransplantation."

Herztransplantation? Was hatte ein Schönheitschirurg mit Herztransplantationen zu tun? War sie hier endlich der Lösung des Rätsels auf der Spur?

Mit vor Aufregung zitternden Händen griff Hanna nach der zweiten Akte und schlug sie auf.

Das Foto eines Chinesen sprang ihr ins Auge. War das nicht der junge Mann, der gerade eingeliefert worden war? Die in Englisch gehaltene Krankenakte gab Aufschluss über den gesundheitlichen Zustand des Mannes. Ein handschriftlicher Vermerk in roter Schrift lautete: Vollkommen gesund. Kompatibel.

Hanna legte die beiden Akten offen nebeneinander auf die Schreibtischplatte. Sie verglich die Blutgruppen der Männer, das einzige medizinische Merkmal, das ihr etwas sagte. Beide hatten die Blutgruppe B positiv.

Hanna ließ sich auf den Sessel des Chefarztes sinken, als ihr langsam klar wurde, was sie hier vor sich hatte. Oh mein Gott, dachte sie, in was für eine furchtbare Sache bin ich da hineingeraten! Nun bekam alles einen Sinn. Der junge Chinese sollte sein Herz hergeben für den Amerikaner! Wie furchtbar! Hier hatte sie ihn vor sich, schwarz auf weiß, den Grund für die Ereignisse der letzten Wochen. Eric Wilkens war als Journalist einem skrupellosen Verbrecherring auf der Spur gewesen. Deshalb die Informationen über Transplantationen auf dem Computerstick. Deshalb die Rechercheergebnisse über die angebliche Schönheitsklinik des Doktor Wellinghaus. Wahrscheinlich bezahlte der Amerikaner sehr, sehr viel Geld an diese Mörder. Weil Eric davon Kenntnis erlangt hatte, musste er sterben. „Diese skrupellosen Verbrecher!", entfuhr es Hanna laut.

„Aber nicht doch, gnädige Frau, was für harte Worte!" Das Deckenlicht flammte auf und in der geöffneten Tür stand Dr. Claus Wellinghaus. In seiner Hand hielt er eine Pistole, deren metallische Oberfläche schwarz glänzte. Der Lauf der Waffe war auf Hanna gerichtet, die vor Schreck völlig erstarrt dasaß.

„Dabei bin ich selbst schuld", fuhr der Mediziner fort. „Man sollte seine Bürotür eben nicht unverschlossen lassen, auch wenn man durch angenehmere Dinge abgelenkt wird. Und schon gar nicht sollte man brisantes Material ungesichert herumliegen lassen, nicht wahr, liebe Frau Paulsen? Oder sollte ich besser sagen, Frau Morgenroth?"

Hinter ihm trat ein weiterer Mann ins Zimmer: Bernd Stagge! Hanna traute ihren Augen nicht. Was machte Erics Freund hier, mitten in der Nacht? Und was hatte er mit den

Verbrechern hier in der Klinik zu tun? In Hannas Kopf überschlugen sich die Gedanken. Das durfte doch nicht wahr sein! Dieser nette Mann steckte mit den Mördern unter einer Decke! Ihr Gehirn weigerte sich, das zu akzeptieren.

Inzwischen war Wellinghaus langsam an den Schreibtisch herangetreten, die Pistole immer noch auf Hanna gerichtet. Er nahm den Telefonhörer auf und drückte eine Taste.

„Hier Wellinghaus senior. Kommen Sie bitte sofort in mein Büro, Schwester Elisabeth. Und bringen Sie eine Spritze mit, Sie wissen schon, welche. Wir haben hier einen ungebetenen Gast."

Hannas Herz, das einige Schläge ausgesetzt hatte, fing wie verrückt an zu rasen. Sie war aufgeflogen! Was hatte Wellighaus vor mit ihr? Panik stieg in ihr auf. Sie musste weg von hier! Wie viele Meter waren es bis zur Tür? Sechs, sieben? Konnte sie es schaffen, aus dem Zimmer zu fliehen und um Hilfe zu rufen, bevor er abdrückte?

„Ts, ts, ts", machte Wellinghaus, als hätte er ihre Gedanken gelesen. „Probieren Sie es lieber gar nicht erst." Er hob die Pistole und zielte direkt auf ihr Herz. Hanna rührte sich nicht. Sie spürte, wie ihr der Schweiß ausbrach. Das hier war Ernst, tödlicher Ernst.

„Sie wundern sich sicher, Herrn Stagge hier zu sehen, nicht wahr?"

Ein selbstgefälliges Grinsen breitete sich auf dem Gesicht des Arztes aus. „Nun, ganz einfach. Er ist einer meiner loyalsten Mitarbeiter. Und er hat Sie erkannt heute Abend, unten im Foyer, trotz Ihrer albernen Maskerade. Er hatte den Auftrag, Sie im Auge zu behalten bei ihrer Detektivspielerei. Immerhin haben Sie uns gute Dienste geleistet, liebe Frau Morgenroth. Dass Sie den Schlüssel zu dem Schließfach gefunden haben: alle Achtung! Und das Passwort für den USB-Stick! Wirklich clever."

Immer noch saß Hanna wie paralysiert auf dem Schreibtischsessel, unfähig, sich zu rühren oder auch nur ein Wort von sich zu geben. Stagge war inzwischen näher herangetreten und hatte sich mitten im Zimmer mit vor der Brust verschränkten Armen aufgebaut. Er hatte bisher noch kein Wort gesagt. Sein Gesicht zeigte einen gleichgültigen Ausdruck.

Hanna konnte es nicht fassen. Bernd Stagge! Der hilfsbereite, nette Herr Stagge! Ein Spion und Handlanger dieses skrupellosen Verbrechers! Wie hatte sie sich nur so täuschen lassen können!

„Tja, der liebe Herr Stagge! Leider hatte er es nicht für nötig gehalten, Sie weiterhin zu beschatten, nachdem Sie gemeinsam den Code für den fatalen Computerstick geknackt hatten. Wer konnte denn auch ahnen, dass Sie so hartnäckig sein würden, liebe gnädige Frau." Er seufzte theatralisch. „Nun haben Sie uns alle in eine schwierige Lage gebracht. Wirklich zu dumm!"

Er klopfte und nach Wellinghaus' „Herein" trat die weißgekleidete Schwester ein, mit der Hanna schon zweimal aneinandergeraten war. Schwester Elisabeth also hieß sie. Was für ein frommer Name für die Komplizin eines Mörders, fuhr es Hanna durch den Kopf.

Auf einem Tablett trug die Schwester eine schon fertig aufgezogene Spritze. Hanna spürte, wie sich ihre Nackenhaare sträubten. Wollte man sie hier auf der Stelle umbringen?

„Bleiben Sie ganz ruhig sitzen, meine Liebe. Es geschieht Ihnen nichts. Wir müssen nur dafür sorgen, dass Sie für eine Weile von der Bildfläche verschwinden, denn wir haben hier in den nächsten Tagen noch einiges zu erledigen. Und wir wollen doch nicht unnötiges Aufsehen erregen, nicht wahr, indem wir beispielsweise mit unserem Handy die Polizei alarmieren, oder?"

Sein süffisanter Ton ließ in Hanna plötzlich eine unbändige Wut hochsteigen. Endlich fand sie ihre Sprache wieder. „Was fällt Ihnen ein! Sie können mich nicht gegen meinen Willen hier festhalten, Sie Verbrecher. Ich habe natürlich längst die Polizei alarmiert, sie wird jeden Moment hier sein."

Wellinghaus fing laut an zu lachen. „Das sind große Worte, meine Liebe. Tapfer gesprochen. Aber natürlich hat Schwester Elisabeth Ihr Handy längst überprüft. Bis jetzt haben Sie nichts Wichtiges weitergeben können. Nein, nein, auf solch einen simplen Bluff falle ich nicht herein. Da müssen Sie sich schon etwas Besseres einfallen lassen."

Unvermittelt änderte sich sein Ton. „Nun machen Sie schon, Schwester. Ich habe keine Lust, ewig hier herumzustehen."

Er legte die Pistole beiseite, kam um den Schreibtisch herum, packte Hanna und zerrte ihr unsanft die Arme auf den Rücken. Stagge trat heran und packte Hannas Arm, damit die Schwester die Spritze ansetzen konnte. Die Frau streifte den weiten Ärmel von Hannas Morgenmantel nach oben, legte eine Gummischlaufe um ihren Oberarm und zurrte sie fest. Hanna versuchte, sich zu wehren, aber Wellinghaus und Stagge hatten sie eisern im Griff. Schwester Elisabeth fand ihre Vene und jagte ohne viel Federlesens die Spritze hinein. Schon spürte Hanna die Wirkung des Mittels, das in ihre Blutbahn floss. Der Raum um sie herum verschwamm. Sie hörte noch, wie der Doktor etwas sagte, verstand aber die Worte nicht mehr. Dann war da nur noch Dunkelheit und Stille.

25

„**K**ommst du?"

Oberkommissar Jan Hendrik Klüver wurde ungeduldig. Er wartete auf Susanne. Wie immer, brauchte sie ewig lange, bis sie abmarschbereit war. Er schaute auf die Uhr: 6.10 Uhr. Sie mussten sich beeilen, wenn sie die gesamte Strecke schaffen wollten. Die Autofahrt bis zur Talsperre dauerte fünfzehn Minuten, der Lauf um den See mit seinen knapp zehn Kilometern etwa 50 Minuten, also konnten sie in etwa anderthalb Stunden zurück sein. Dann blieb ihnen noch eine halbe Stunde zum Umziehen und Duschen, um pünktlich um 8.30 Uhr in der Polizeiinspektion zu sein. Er blickte zum Himmel. Ein herrlicher Frühsommertag kündigte sich an. Rundliche weiße Schönwetterwölkchen ließen das Blau des Himmels aussehen wie gemalt. Die Luft war um diese Uhrzeit noch frisch und kühl, ideal zum Laufen.

„Komme schon!" Kommissarin Susanne Holtmann schloss die Haustür ab und lief auf das Auto zu. Jan Hendrik sah seiner Lebensgefährtin entgegen. In ihrem rosa Sportdress, der ihre Figur vorteilhaft zur Geltung brachte, dem gleichfarbigen Stirnband und dem wippenden lockigen Pferdeschwanz sah sie aus wie aus dem Ei gepellt, fand er. Susanne setzte die Sonnenbrille auf, stieg ins Auto und Jan Hendrik fuhr los.

Er lenkte den Toyota Auris durch die morgendlichen Straßen der Stadt und hatte alsbald die B62 erreicht. Noch herrschte kaum Verkehr und die zunächst dreispurige Bundesstraße führte sie geradewegs Richtung Norden. Nach einer kurzen Fahrt bogen sie in den Brückenweg nach links ab zum Hotel Dreibrücken, das direkt an der Thülsfelder Talsperre gelegen war. Dort stellten sie den Wagen ab, zogen ihre Joggingschuhe an und liefen los.

Sie genossen die frische Luft und die Bewegung in vollen Zügen. Dreimal in der Woche absolvierten die beiden Kriminalbeamten auf diese Art ihr gemeinsames Fitnessprogramm, dazu an zwei Tagen ein weiteres intensives Muskeltraining im Sportzentrum in Staatsforsten. Schließlich mussten sie sich als Polizisten fit und gesund halten.

Während Susanne neben ihrem Lebensgefährten herlief, hing sie ihren Gedanken nach. Sie überdachte wie schon öfter in letzter Zeit ihre Situation. Vor einem Jahr waren sie in die gemeinsame Wohnung gezogen, in das Reihenhaus im Cloppenburger Stadtteil Galgenmoor, das mit dem gruseligen Namen nichts gemein hatte, im Gegenteil. Die ruhigen Straßen wurden von schmucken Einfamilienhäusern mit hübschen Gärten gesäumt, die sich abwechselten mit Mehrparteien- und Reihenhäusern. Susanne fühlte sich wohl hier, und seit Kurzem spürte sie immer öfter den Wunsch nach einem Kind. Gut, sie war erst 29 Jahre alt, hatte also noch viel Zeit. Dennoch ließ sie der Gedanke nicht mehr los. Heiraten und eine richtige Familie gründen: War das nicht die normalste Sache der Welt? Jan Hendrik und sie könnten sich die Familienzeit teilen, könnten abwechselnd die Betreuung des Kindes übernehmen und gleichzeitig an ihrer jeweiligen Karriere arbeiten. Bisher hatten sie noch nicht über Heirat und Nachwuchs gesprochen; Susanne wusste nur, dass Jan Hendrik sich auf lange Sicht ebenfalls Kinder wünschte. Sie nahm sich vor, ihm bald bei passender Gelegenheit von ihren Zukunftswünschen zu erzählen.

Inzwischen waren sie bei dem Auslaufbauwerk mit dem blauen Geländer angekommen, wo die Soeste aus dem Stausee heraustrat und in Richtung Norden weiterfloss. Sie liefen in gemächlichem Tempo weiter über den Damm und ließen den Kletterwald rechts liegen. Der See lag still und silbern da; nur die Wildenten schnatterten laut und übertönten den Gesang der Vögel.

„Sag mal, hast du bei deinen Recherchen über die Familie Wellinghaus gestern etwas Neues herausgefunden?", fragte Jan Hendrik. Er war mit seinen Gedanken anscheinend schon bei seiner kriminalistischen Arbeit, stellte Susanne fest. Beide hatten den gestrigen Abend am Computer und am Telefon verbracht, um dem Auftrag ihres Chefs nachzukommen.

„Eigentlich nicht viel", antwortete Susanne leicht außer Atem. „Die Familie scheint wirklich recht prominent zu sein in Hamburg. Alte Arztfamilie. Der Vater war ein beliebter praktischer Arzt. Der Senior, Dr. Claus Wellinghaus, hat als Mediziner einen hervorragenden Ruf. Er soll ein exzellenter Chirurg sein. Vor 35 Jahren hat er seine Frau geheiratet. Der Klassiker: Chefarzt heiratet Krankenschwester. Karin Kramer war ihr Mädchenname. Stammt aus einfachen Verhältnissen. Seit Kurzem lebt sie von ihrem Mann getrennt. Von Scheidung ist die Rede. Es gibt einen Sohn: Florian. Ebenfalls Arzt. Vor fünfzehn Jahren hat der Senior die Schönheitsklinik in Blankenese aufgemacht. Ging zuerst nicht so gut, floriert jetzt aber. Jens hat ja schon gesagt, dass irgendein unvermuteter Geldsegen erfolgt sein muss. Vielleicht hat er noch mehr Hintergrundinformationen dazu gefunden."

Sie hielt inne, weil sie einem entgegenkommenden Radfahrer ausweichen musste. Mit ein paar schnellen Schritten schloss sie wieder zu ihrem Kollegen auf.

„Also im Grunde nichts, was uns im Mordfall Eric Wilkens weiterbringen würde, oder?", meinte Jan Hendrik.

„Naja, man weiß ja nie, welche Bedeutung solche Einzelheiten haben", fuhr Susanne fort. „Gerüchte besagen, in der Ehe des jungen Wellinghaus krisele es. Seine Frau, ebenfalls Ärztin, scheint eine ganz Smarte zu sein. Die Bildzeitung meint, sie habe eher ein Faible für den alten als für den jungen Wellinghaus. Es gab da so ein Foto, auf dem sie mit dem Senior zu sehen ist. Auf irgendeinem Promifest. Sieht sehr vertraut aus. Aber wer weiß, was an solchen Gerüchten dran ist."

Beide stoppten ihren Lauf, schöpften Atem und machten ein paar Dehnübungen.

„Hm", machte Jan Hendrik. „Was die gute alte Bild so alles schreibt ..."

„Und du? Hast du was Brauchbares entdeckt?", fragte Susanne.

„Ich weiß nicht so recht. Dieser Kollege von Wilkens, dieser Bernd Stagge. Irgendetwas stimmt nicht mit dem."

„Aha? Was denn?"

Sie liefen wieder los.

„Also. Er ist Journalist, wie Wilkens, ebenfalls freiberuflich. Die werden nach der Länge der Reportagen bezahlt, die sie bei den Zeitungen oder Zeitschriften unterbringen können. Das heißt, sie müssen sich ganz schön ‚ranhalten, wenn sie von den Einnahmen leben wollen. Also möglichst viele und lange Artikel schreiben und alles selbst recherchieren. Am besten exklusiv."

„Ja, und? Wilkens konnte das anscheinend richtig gut. Stagge nicht?"

„Ich habe mit dem zuständigen Ressortleiter telefoniert. Er sagte, Wilkens habe sich sehr engagiert für seine Arbeit und regelmäßig gute Reportagen abgeliefert. Stagge dagegen habe in letzter Zeit kaum etwas Lukratives beigebracht. Er habe aber den Eindruck gehabt, dass er mit Wilkens zusammen an etwas dran gewesen sei, etwas Spannendem, womöglich Skandalträchtigem. Genaueres wusste er nicht."

„Das heißt also, dass Stagge doch etwas mehr über die Arbeit seines Kollegen wissen könnte? Die Frage ist, warum er uns nichts davon gesagt hat."

„Ja. Und er müsste uns auch erklären, woher er das Geld hat für seinen Lebensstil, denn er lebt auf ganz schön großem Fuß, wo er doch kaum journalistisch arbeitet. Er fährt einen Mercedes 300 SLC und lebt seit ein paar Wochen in einer schicken Wohnung mitten in Hamburg. Gute, teure Gegend. Das muss man sich erstmal leisten können."

„Du meinst also, Bernd Stagge könnte etwas mit dem Mord zu tun haben? Aber wo ist da der Zusammenhang? Oder ein Motiv? Die beiden waren doch angeblich Freunde."

Sie hielt an, beugte sich vor und stützte ihre Arme auf den Knien ab, um eine paarmal tief Luft zu holen und wieder zu Atem zu kommen. „Und außerdem hat er Frau Morgenroth geholfen, den Code für den USB-Stick herauszufinden. Er steht doch offensichtlich auf unserer Seite."

„Ach, ich weiß auch nicht." Jan Hendrik, der während der kleinen Pause, die Susanne gemacht hatte, auf der Stelle gelaufen war, forcierte das Tempo. „Komm, wir müssen uns beeilen. Endspurt!"

Susanne raffte sich auf und passte sich seinem Tempo an. Mal sehen, was der Chef zu alldem sagt, dachte sie.

26

Der Duft frisch gebrühten Kaffees gab der Dienstbesprechung in dem eher nüchternen Büro von Thomas Morgenroth etwas von einem lockeren Beisammensein, was jedoch nicht darüber hinwegtäuschen durfte, dass alle Anwesenden konzentriert bei der Sache waren. Der Hauptkommissar hörte sich die Ausführungen von Jan Hendrik und Susanne aufmerksam an, während er vorsichtig an dem heißen Getränk nippte und sich nebenbei Notizen auf seinem Schreibblock machte.

Kommissar Jens Hartmann wusste zu berichten, dass die Familie Wellinghaus außerordentlich vermögend zu sein schien. Eine schicke Stadtvilla in der Nähe der Klinik in Blankenese, ein Ferienhaus auf Sylt, eine Yacht im Moorfleeter Yachthafen. Die Ehefrau war vor einem halben Jahr in eine eigene Wohnung gezogen, ebenfalls nicht billig.

„Über weitere Besitztümer konnte ich nichts erfahren: Bankgeheimnis. Aber auch so scheint diese Schönheitschirurgie ein Handwerk mit goldenem Boden zu sein", beendete Jens seine Ausführungen.

Thomas ergänzte: „Leider habe ich von den Hamburger Kollegen hierzu auch nichts weiter erfahren können. Die Familie Wellinghaus ist unbescholten. Die Ermittlungen in Bezug auf den Einbruchsdiebstahl in der Wilkens-Wohnung haben nichts Neues ergeben bis jetzt."

Er hob in einer resignierenden Geste die Schultern und seufzte. „Also, wir haben zwar einige Merkwürdigkeiten, aber nichts Konkretes, was uns weiterbringen würde. Wir müssen wohl nochmal von vorne anfangen."

„Vor allem sollten wir uns diesen Stagge noch einmal vornehmen", schlug Jan Hendrik vor. „Ich bin sicher, mit dem stimmt was nicht."

Das Telefon klingelte. Thomas nahm das Gespräch an.

„Polizeiinspektion Cloppenburg. Kriminalhauptkommissar Thomas Morgenroth am Apparat."

„Hier ist die Cousine deiner Mutter, Thomas. Caroline Paulsen aus Hamburg."

Überrascht sah Thomas seine Kollegen an, die ihm gespannt zuhörten.

„Tante Caroline! Wie geht es dir?" Seit eh und je nannte Thomas seine Verwandte der Einfachheit halber ‚Tante'. So auch jetzt.

„Ach, gar nicht gut, Thomas. Ich mache mir solche Sorgen um deine Mutter!"

Thomas sprang auf. „Was ist mit meiner Mutter?"

„Ach, Thomas, ich habe solch ein schlechtes Gewissen, dass ich dabei mitgemacht habe. Hoffentlich ist Hanna nichts passiert!"

Endgültig alarmiert, versuchte Thomas angestrengt, in den Worten seiner Tante einen Sinn zu finden. Er stellte das Telefon auf laut, damit seine Kollegen, die ihn mit bestürzten Gesichtern ansahen, mithören konnten.

„Jetzt beruhige dich erst einmal, Tante Caroline. Und dann erzählst du mir ganz in Ruhe, was passiert ist."

Während Caroline unter vielen „Achs" und „Oh Gott" erzählte, welchen Plan Hanna und sie sich ausgedacht und in die Tat umgesetzt hatten, hörten die Kommissare fassungslos zu.

„Und dann, heute Nacht, nachdem wir telefoniert und Hanna mir von der Ankunft der Chinesen erzählt hatte, schrieb sie mir eine SMS. Ich lese sie dir mal vor. ‚Du schläfst sicher schon, deshalb schicke ich dir diese SMS. Ich werde morgen früh auschecken und komme zurück. Hier ist alles in Ordnung. Nichts Verdächtiges. Mach dir keine Sorgen. Bis dann. Hanna‘.“

„Danach hast du nicht mehr mit ihr gesprochen?“

„Nein, das ist es ja. Sie müsste ja schon längst hier sein. Und ihr Handy ist aus. Ich erreiche sie nicht. Deshalb mache ich mir ja solche Sorgen, Thomas. Wenn ihr nun was passiert ist? Was machen wir denn jetzt?“

Thomas hörte die Panik in der zitternden Stimme seine Verwandten. Sie war offensichtlich kurz davor, in Tränen auszubrechen.

„Nur die Ruhe, Tante. Sie kann ja irgendwie aufgehalten worden sein. Das muss nichts bedeuten. Auf jeden Fall setze ich mich jetzt ins Auto und komme nach Hamburg. In spätestens zwei Stunden bin ich da. Vielleicht ist meine Mutter dann schon längst wieder aufgetaucht. Mach dir keine allzu großen Sorgen. Du kennst deine Cousine doch. Die geht nicht so schnell verloren. Okay?“

„Okay“, kam es kläglich aus dem Hörer. „Ich erwarte dich.“

Schon hatte Thomas sich die Wilkens-Akte geschnappt, seine Jacke von der Stuhllehne gezerrt und sich auf dem Weg gemacht. „Susanne, du kommst mit mir. Jan Hendrik, du hälst hier die Stellung. Ich setze mich mit Olberding in Verbindung, sobald ich in Hamburg bin.“

Kommissarin Susanne Holtmann eilte hinter ihm her.

Es war schon Mittag, als Thomas und Susanne in Schenefeld bei Caroline Paulsen ankamen. Die alte Frau war in Tränen aufgelöst und die Kommissarin hatte alle Hände voll zu tun, sie auf ihre weibliche Art zu trösten und zu beruhigen. Hanna hatte sich immer noch nicht gemeldet, ihr Handy war nach wie vor ausgeschaltet.

Thomas war in höchster Sorge. Er rief Kommissar Olberding an, schilderte ihm die Situation und bat ihn um Amtshilfe, da er als niedersächsischer Beamter im Bundesland Hamburg keine Amtsbefugnis hatte. Er überließ seine völlig verzweifelte Verwandte der Fürsorge seiner Kollegin und fuhr mit seinem Kollegen direkt zu der Klinik in der Blankeneser Straße.

Der hagere Hamburger Kriminalkommissar rückte seine Brille zurecht, als sie das feudale Foyer der Klinik betraten, und zückte seinen Polizeiausweis.

„Hauptkommissar Olberding, Kriminalpolizei Hamburg." Er wies auf Thomas. „Das ist mein Kollege Thomas Morgenroth." „Wir hätten gerne die Patientin Caroline Paulsen gesprochen."

Die Empfangsdame stutzte einen Moment, dann konsultierte sie ihren Computer, indem sie einige Tasten betätigte. Mit einem bedauernden Lächeln schüttelte sie den Kopf. „Frau Paulsen hat heute Morgen unser Haus verlassen, tut mir leid."

Hinrich Olberding wechselte einen Blick mit Thomas. Der beugte sich über den Tresen und verlangte in einem Ton, der keinen Widerspruch duldete: „Würden Sie bitte Herrn Doktor Claus Wellinghaus davon in Kenntnis setzen, dass die Kriminalpolizei ihn sprechen möchte?"

Die Rezeptionistin zwinkerte nervös. Sie griff zum Telefon und drückte eine Taste. „Hier sind zwei Herren von der Polizei, Simone. Ist der Chefarzt zu sprechen?" Sie lauschte kurz in den

Hörer, sagte „Danke!" und wandte sich wieder den ungeduldig wartenden Beamten zu. „Doktor Wellinghaus erwartet Sie, meine Herren. Fahren Sie bitte in den zweiten Stock, dort finden Sie sein Büro. Es ist gleich links die erste Tür." Sie wies mit der Hand zum Fahrstuhl.

„Haben Sie vielen Dank!", sagte Olberding betont höflich.

Oben angekommen, klopfte der Hamburger Kommissar kräftig an die Tür und ohne eine Antwort abzuwarten, traten die Beamten ein.

Dr. Claus Wellinghaus stand von seinem Schreibtischsessel auf und kam ihnen mit einem freundlichen Lächeln ein paar Schritte entgegen. „Wellinghaus", stellte er sich vor. „Sie wollten mich sprechen? Was kann ich denn für die Hamburger Polizei tun, meine Herren?"

Olberding zeigte seinen Ausweis, Thomas ebenso.

„Vielen Dank, Doktor Wellinghaus, dass Sie uns empfangen. Wir vermissen eine Frau, Caroline Paulsen. Sie ist gestern hier eingetroffen, um eine Schönheitsoperation vornehmen zu lassen. Sie wird vermisst, weil sie nicht, wie angekündigt, zu Hause angekommen ist heute. Könnten Sie uns darüber bitte nähere Auskunft geben?"

Das attraktive Gesicht des Arztes zeigte einen verständnislosen Ausdruck. „Aha. Eine Patientin unseres Hauses, sagen Sie? Wird vermisst? Hm." Mit einer nachdenklichen Geste fuhr er sich langsam durch sein Haar und ging zurück zum Sessel. „Aber bitte nehmen Sie doch Platz, meine Herren!" Er wies einladend auf die Besucherstühle vor seinem Schreibtisch.

Die beiden Polizisten folgten seiner Aufforderung. Sie hatten keinen Blick für die Aussicht auf die Elbe, die das Panoramafenster gewährte, sondern konzentrierten sich auf den Mediziner. Wellinghaus bediente den Computer.

„Caroline Paulsen, sagen Sie? Ja, hier habe ich sie. Sie kam gestern am späten Nachmittag an, ich erinnere mich. Ich habe sie kurz begrüßt und sie dann an meinen Sohn verwiesen. Es ging um ein Facelifting, und auf diese Art von Behandlung ist mein Sohn, Dr. Florian Wellinghaus spezialisiert. Wenn Sie wünschen, kann ich ihn rufen lassen. Dann können Sie von ihm Genaueres erfahren. Ich habe die Dame ja nur kurz gesehen und kann Ihnen nichts weiter dazu sagen.“

„Ja bitte“, antwortete Olberding, „wenn wir Ihren Sohn sprechen dürften ...?“

Der Mediziner hob den Hörer seines Telefons und drückte eine Taste. „Florian, hast du kurz Zeit? Hier sind zwei Herren von der Polizei. Es geht um eine Patientin. Caroline Paulsen. Könntest du bitte kurz zu mir rüberkommen? Danke!“

Er legte den Hörer auf. „Er wird in ein paar Minuten hier sein. Darf ich Ihnen inzwischen etwas anbieten? Espresso, Tee, Wasser?“ Er stand auf und öffnete eine Tür der Schrankwand, hinter der sich eine moderne Kaffeemaschine sowie eine Bar verbarg.

„Nein danke“, sagte Thomas. Er trommelte ungeduldig mit den Fingern auf die Armlehne seines Sessels. Anscheinend hatte seine Mutter erst gestern Nachmittag auf dem Stuhl gesessen, auf dem er jetzt saß. Wo um Himmels willen war sie jetzt?

„Ich nehme ein Mineralwasser, bitte“, sagte Kommissar Olberding.

„Gerne“, meinte Wellinghaus, schenkte Wasser in ein Kristallglas und brachte es auf einem kleinen Silbertablett zu Olberding, der es dankend entgegennahm.

Die Tür ging auf und ein junger Mann in Weiß, offensichtlich

Dr. Florian Wellinghaus, trat ein. Eine jüngere Ausgabe des alten Wellinghaus, dachte Thomas. Nachdem man sich begrüßt hatte, erklärte der Senior den Zusammenhang.

Florian Wellinghaus vergrub die Hände in den Taschen seines Arztkittels. „Caroline Paulsen? Ja, sie hat mich gestern konsultiert. Ich hatte ein ausführliches Behandlungsgespräch mit ihr. Es ging um ein Mini-Facelifting. Aber sie hat es sich wohl anders überlegt, denn heute Morgen erfuhr ich, dass sie sich abgemeldet habe und abgereist sei. Die Operation war um 9.00 Uhr angesetzt, sie hat aber, wie gesagt, nicht stattgefunden." Er hatte sich nicht gesetzt, sondern war im Raum stehengeblieben. Thomas fand, er wirkte nervös.

Olberding hakte nach. „Abgemeldet? Bei wem hat sie sich abgemeldet? Bei Ihnen, Doktor?" Die Frage ging an den Senior.

„Nein", antwortete der Arzt. „Sie wird am Empfang ausgecheckt haben, nehme ich an. Wenn Sie wollen, kann ich das gerne überprüfen."

„Tun Sie das bitte", forderte Olberding ihn auf.

Wieder tippte Wellinghaus auf eine Taste seines Telefons. „Wer hatte heute Morgen Empfangsdienst, Simone? Schwester Ina? ... Wo ist sie jetzt? ... Könnten Sie sie bitte in mein Büro schicken? Danke!" Lächelnd wandte er sich wieder seinen Besuchern zu. „Sie wird in einer Minute hier sein. Wenn Sie sonst noch Fragen an uns haben ...?"

„Sagt Ihnen der Name Eric Wilkens etwas, Doktor?", fragte Olberding.

Nachdenklich führte der Mediziner die Hand ans Kinn. „Wilkens, Wilkens ...Nein, sagt mir nichts. Wer soll das sein? Ein

Patient? Weißt du etwas über einen Herrn Eric Wilkens, Florian?“

Thomas schien es, als sei der junge Arzt auffallend unruhig geworden bei der Nennung des Namens. Wellinghaus junior wechselte seine Körperhaltung und schüttelte heftig den Kopf, für Thomas‘ Geschmack allzu heftig. Etwas stimmt hier nicht, dachte er.

„Nein, nie gehört“, beteuerte Florian Wellinghaus. „Wenn ich hier nicht mehr gebraucht werde … Eine Patientin wartet auf mich.“

„Im Moment nicht, danke“, sagte Olberding. Eilig verließ Wellinghaus junior den Raum.

Eine in Hellgelb gekleidete, perfekt geschminkte junge Frau betrat das Büro. „Sie haben mich rufen lassen, Herr Doktor?“ Fragend sah sie von einem zum anderen.

„Ja, Ina. Diese Herren sind von der Polizei. Sie erkundigen sich nach Frau Paulsen. Sie hatten heute Morgen Dienst am Empfang, richtig?“

Die Frau namens Ina nickte. „Ja, das stimmt. Ab 6.00 Uhr.“ „Hat sich eine Frau Paulsen bei Ihnen abgemeldet?“, fragte Wellinghaus.

Wieder nickte Ina. „Ja, ziemlich früh. Schon vor sieben. Sie hatte ihr Gepäck dabei und sagte, sie habe sich das mit der Operation anders überlegt. Dann hat sie sich ein Taxi rufen lassen und ist gegangen.“

„Die Nummer des Taxis haben Sie sich wohl nicht gemerkt?“, fragte Olberding.

„Nein, tut mir leid. Darauf habe ich nicht geachtet. Wäre das denn wichtig gewesen?“

Verunsichert sah die Frau ihren Chef an. Der beruhigte sie. „Nein, nein, Sie haben alles richtig gemacht, Ina, keine Sorge.“

„Aber Sie haben gesehen, wie Frau Paulsen in das Taxi gestiegen und weggefahren ist?“, hakte Olberding nach.

„Ja, das konnte ich durch die Tür sehen.“

„War das nun alles, die Herren?“ In der Stimme des Chefarztes war eine leichte Ungeduld zu hören. „Leider habe ich einen vollen Terminkalender …“

Die Kommissare standen auf. „Wenn wir bitte noch einen Blick in das Zimmer werfen dürften, in dem meine … äh, in dem Frau Paulsen übernachtet hat?“, fragte Thomas.

Dr. Wellinghaus hob die Brauen. „Das ist natürlich längst gereinigt worden. Aber wenn Sie es wünschen …? Ina, würden Sie wohl so nett sein und den Herren das Zimmer Nr. 3 zeigen?“

„Vielen Dank für Ihre Zeit, Doktor“, sagte Olberding.

„Aber das ist doch selbstverständlich, meine Herren“. Mit jovialem Lächeln begleitete der Arzt seine Besucher zu Tür und schloss sie hinter ihnen.

Wie erwartet, zeigte das Zimmer Nr. 3 keine Spur mehr von der Bewohnerin, die hier die vergangene Nacht verbracht hatte. Thomas hielt Ausschau nach irgendeiner Kleinigkeit, die von der Reinigungskraft übersehen worden sein könnte, aber nichts. Alles war perfekt sauber und aufgeräumt. Thomas blieb einen Moment mitten im Zimmer stehen. Hier also hatte seine Mutter geschlafen letzte Nacht. Was konnte passiert sein, das sie veranlasste, entgegen ihrer Pläne so schnell abzureisen?

„Kommen Sie?“, fragte Olberding, der wartend in der Tür stand. „Hier werden wir nichts finden.“

Unten vor dem Eingang des Klinikgebäudes blieben die beiden Kriminalbeamten stehen.

„Sie war hier und ist wieder gegangen", resümierte Olberding das Ergebnis der Befragung. „Welchen Eindruck haben Sie, Herr Morgenroth?"

„Die lügen alle wie gedruckt. Haben Sie bemerkt, wie nervös der junge Wellinghaus war? Irgendetwas stinkt hier ganz gewaltig."

„Den Eindruck habe ich auch."

„Wir müssen herausfinden, wohin meine Mutter mit dem Taxi gefahren ist. Kann ich mit Ihnen zu ihrer Dienststelle kommen, Kollege? Ich muss mit der Taxizentrale telefonieren. Vielleicht erinnert sich der Fahrer, wohin meine Mutter gefahren ist."

Sie stiegen in Olberdings Auto und der Hamburger Kommissar startete den Motor. Plötzlich fasste Thomas seinen Kollegen am Arm. „Sehen Sie mal da vorne: Der Mann, der gerade aus dem Mercedes steigt. Ist das nicht Bernd Stagge? Ich kenne ihn ja nur von Fotos, aber Sie haben ihn doch kennengelernt, bei dem Einbruch in der Wilkens-Wohnung, nicht? Das ist er doch, oder?"

„Ja, glaube schon." Olberding rückte seine Brille zurecht. „Ja, das ist er."

„Mal sehen, wohin er geht." Die Beamten folgten dem Mann mit den Augen. „Er geht in die Klinik. Das ist ja interessant! Was hat Stagge mit den Wellinghaus zu tun?"

„Das werden wir herausfinden. Jetzt fahren wir erst einmal in die Inspektion", entschied Olberding.

27

Kaum hatten die Kriminalbeamten das Büro verlassen, veränderte sich Wellinghaus' Gesicht schlagartig. Die höfliche Gelassenheit wich einer wütenden Grimasse. Er stürzte zum Schreibtisch und drückte auf mehrere Tasten. „Kommt zu mir ins Büro, alle, sofort!", bellte er in den Hörer. Er ging zu der Schrankbar, nahm ein dickwandiges Whiskyglas und schenkte es bis zur Hälfte mit schottischem Single Malt voll. Kaum hatte er einen kräftigen Schluck genommen, öffnete sich die Tür und Florian und Sonja Wellinghaus traten ein, gefolgt von Schwester Elisabeth und Bernd Stagge.

Mit vor Ärger hochrotem Gesicht sah Wellinghaus ihnen entgegen.

„Jetzt haben wir's. Die Polizei in unserem Haus! Das hat uns gerade noch gefehlt! Ausgerechnet jetzt! Wie konnte uns das passieren?"

Sonja Wellinghaus setzte sich in einen der Sessel und schlug die schlanken Beine übereinander. „Nun beruhige dich erst einmal, Claus. Gib mir bitte einen Cognac. Den kann ich jetzt gebrauchen."

Der Chefarzt ging wieder zu der Bar und nahm einen Cognacschwenker. „Willst du auch was, Florian? Oder du, Elisabeth? Sie, Stagge?"

Alle schüttelten den Kopf.

„Was können die denn schon machen, Claus", fragte Sonja, als Wellinghaus ihr das Getränk reichte. „Die Alte konnte doch nichts weitergeben. Dumm genug allerdings, dass du es ihr so leicht gemacht hast."

„Daran bist du ja wohl nicht ganz unschuldig, oder?", konterte Wellinghaus. Sonja setzte ein anzügliches Lächeln auf. Florian Wellinghaus wandte das Gesicht ab.

„Gott sei Dank, dass Stagge uns rechtzeitig Bescheid gesagt hat", fuhr Wellinghaus senior fort, „und dass Elisabeth regelmäßig überwacht hat, ob die Frau sich in ihrem Zimmer aufhält. Eigentlich hätte alles problemlos laufen können. Wenn sie nichts entdeckt hätte, wäre sie wieder nach Hause gefahren und alles wäre in Ordnung gewesen. Wer konnte denn ahnen, dass diese alte Schnüfflerin in mein Büro eindringt und die Unterlagen entdeckt."

Wieder nahm er einen Schluck von seinem Whisky. Plötzlich lachte er hellauf. „Das Gesicht hättet ihr sehen sollen, als Stagge und ich sie auf frischer Tat ertappten! Köstlich!"

Bernd Stagge hatte sich neben Sonja Wellinghaus in einen Sessel niedergelassen und streckte seine Beine aus. „Ich hatte gleich das Gefühl, dass Hanna Morgenroth nicht der Typ ist, der so schnell aufgibt. Irgendwie habe ich geahnt, dass sie hier auftauchen würde. Als Elisabeth uns beim Essen anrief, habe ich gleich gewusst, dass etwas schiefgelaufen ist."

Florian Wellinghaus stand die ganze Zeit mit vor der Brust verschränkten Armen an die Schrankwand gelehnt, ohne ein Wort zu sagen. Sein Blick wanderte zwischen den Anwesenden hin und her. Sein Gesicht blieb ausdruckslos; nur der bittere Zug um seinen Mund verriet ein wenig von seinen Gefühlen.

„Was machen wir denn nun mit der Frau?", fragte Elisabeth Bauer, die OP-Schwester. Das unscheinbare Gesicht der Frau mit der zu langen Nase und dem schmallippigen Mund wirkte ungeduldig. Was zwischen dem Chefarzt und seiner Schwiegertochter vor sich ging und was der betrogene Ehemann davon hielt, interessierte Elisabeth Bauer nicht im Geringsten. Überhaupt interessierte sie sich wenig für die Menschen in ihrer Umgebung. Das Einzige, was sie interessierte, war das Geld, das ihr Wellinghaus nach jeder gelungenen Herzoperation auszahlte und das sie für ihren Lebenstraum auf ihr Konto legte und sparte. Niemand wusste von diesem Traum und sie hatte auch nicht vor, ihn mit irgendjemandem zu teilen.

„Naja, vorerst kann sie unten bleiben. Später überlegen wir uns was. Jedenfalls weiß sie zu viel. Wir können sie nicht laufen lassen." Wellinghaus nahm einen großen Schluck von seinem Whisky. „Verdammt, dass diese Sache mit dem Journalisten aber auch solche Schwierigkeiten nach sich ziehen würde! Zu ärgerlich! Sie hatten Recht, Stagge, dass diese alte Frau nicht aufgeben würde. Schon diese Aktion mit dem Schließfach: unglaublich."

„Was ist mit der Polizei?", fragte Sonja Wellinghaus. „Hat sie uns die Geschichte mit der Abreise abgekauft?"

„Ich denke schon. Ina hat ihre Sache gut gemacht", antwortete Wellinghaus senior.

Er nahm einen großen Schluck von seinem Single Malt und stellte das Glas ab. „Aber lasst uns jetzt über das bevorstehende Geschäft reden. Florian, wann wird der Amerikaner da sein?"

Wellinghaus junior räusperte sich. „Sein Flieger landet um 13.15 Uhr in Fuhlsbüttel. Wir haben danach noch genügend Zeit, um ihn auf die Operation morgen früh vorzubereiten. Es sei denn, sein körperlicher Zustand ist durch den langen Flug angegriffen. Dann müssen wir verschieben."

„Das wollen wir nicht hoffen. Elisabeth, was macht unser Chinese?"

„Dem geht es gut. Seine körperliche Verfassung ist ausgezeichnet. Das Benzodiazepin, das ich ihm ins Essen gebe, hält ihn ruhig. Er schläft die meiste Zeit."

„Was ist mit dem Geld?", fragte Sonja. „Ist die erste Rate eingegangen?"

„Ja. Ich habe heute Morgen mit Zürich telefoniert. 500 000 Euro. Danach noch einmal 500 000 Euro. Wenn alles gut geht. Aber davon gehen wir aus, nicht wahr?"

„Das hört sich gut an. Dann läuft also alles weiter wie geplant?" Sonja nippte an ihrem Cognac.

„Soweit schon. Aber Chang Liu in Peking macht Ärger. Er will mehr Geld. Er sagt, die neuesten Ereignisse bedeuten ein größeres Risiko. Außerdem hätten seine Leute ganz neue Aufgaben erledigen müssen. Das müsse entsprechend honoriert werden."

„Damit hat er nicht ganz Unrecht", meinte Sonja. „Wenn ich da an diesen Reporter denke..."

„Gut", sagte Wellinghaus senior. „Zahlen wir ihm also etwas mehr. Ich habe an 60 000 Euro gedacht, 10.000 mehr als bisher. Das wird ihn hoffentlich zufriedenstellen. Einverstanden?"

Florian meldete sich zu Wort.

„Vielleicht sollten wir überlegen, ob wir die ganze Sache nicht aufgeben. Schließlich ist doch Geld genug da ..."

Alle wandten sich ihm zu. Seine Frau trank ihren Cognac aus, stand auf und trat nahe an ihn heran. Ihr schönes Gesicht verzog sich zu einem spöttischen Lächeln. „Das kann nur von dir kommen, Florian. Genug? Meinst du genug für die nächsten fünfzig, sechzig Jahre, die ich noch zu leben gedenke?"

Sie lachte. „Nicht, wenn wir weiterhin so leben wollen wie bisher." Sie wandte sich an ihren Schwiegervater. „Wenn du mich fragst: Wir machen selbstverständlich weiter. Wir müssen nur in Zukunft etwas vorsichtiger sein. Und als Erstes müssen wir diese neugierige Frau aus dem Weg schaffen. Am besten noch heute Nacht."

„Einverstanden. Ich übernehme das", bot sich Schwester Elisabeth an.

„Gut", stimmte der Chefarzt zu. „Die Entsorgung erfolgt auf dem üblichen Wege."

Er stand auf. Die Besprechung war zu Ende.

28

Hanna wachte schlagartig auf. Nicht wie sonst langsam und allmählich, sozusagen in sanften Schritten nach und nach, sondern unvermittelt, von einer Sekunde auf die andere. Ihr Herz klopfte wie nach einem Alptraum, und alles, die gesamte Erinnerung, war auf einen Schlag wieder da: der Doktor, die Schwester, die Spritze in ihrer Hand ...

Wo war sie?

Ruckartig setzte sie sich auf und sah sich um. Ein kleiner rechteckiger Raum ohne Fenster. Nur eine verdeckte Notbeleuchtung gab etwas Licht. Ein Tisch, ein Stuhl, in einer Ecke ein Waschbecken und eine Toilettenschüssel. Wie in einer Gefängniszelle, ging es Hanna durch den Kopf.

Sie schwang die Beine von der Pritsche, auf der sie lag, und betrachtete die dünne Matratze, das kleine Kopfkissen und die Decke, mit der man sie zugedeckt hatte. Sie sah an sich herunter: Sie trug immer noch den Schlafanzug und den Bademantel; die Hausschuhe hatte man unter das Bett gestellt. Der Doktor und seine Helfer hatten sie hierhertransportiert und wie eine Verbrecherin eingesperrt. Sie war eine Gefangene. Wahrscheinlich war dies einer der verschlossenen Räume im Untergeschoss der Klinik. Dort, wo auch der chinesische Mann gefangen gehalten wurde.

Die Situation war grotesk. Hanna fühlte, wie ein hysterisches Lachen in ihr aufstieg. Sie saß hier, in dieser Gefängniszelle, im Bademantel und wusste nicht, wie lange schon. Die Mörder hatten sie kurzerhand außer Gefecht gesetzt. Das Lachen blieb ihr im Halse stecken. Sie hatte einen scheußlichen Geschmack im Mund von dem Betäubungsmittel, das man ihr gespritzt hatte, und wusste nicht, was sie tun sollte. Langsam stieg Panik in ihr auf. Was hatten die Verbrecher mit ihr vor? Sie hatte die Akten gesehen, den Operationssaal mit den zwei Tischen, die Recherchen des Reporters über den Organhandel. Sie wusste, was hier ablief. Die Täter mussten also damit rechnen, dass sie zur Polizei ging und alles erzählte. Wie würden sie das verhindern? Sie konnten sie ja schließlich nicht ewig hier einsperren. Oh mein Gott, dachte Hanna, sie werden mich umbringen! Ganz bestimmt werden sie mich umbringen! Sie können mich als Mitwisserin gar nicht am Leben lassen. Bei diesen Gedanken fing Hannas Puls an zu rasen, ihr Herz schlug bis zum Hals. Sie stand auf und ging zur Tür. Entsetzt bemerkte sie, dass die Tür kein Schloss und keine Klinke hatte. Sicher ließ sie sich elektronisch nur von außen öffnen. Sie befühlte das Türblatt: kalter Stahl. Unten an der Tür befand sich eine Art Klappe ohne Griff.

Hanna betrachtete die Zelle genauer: kahle, glatte Wände, der Fußboden aus Fliesen, kein Fenster. Verdeckte Leuchten unter der Decke; wahrscheinlich hatte man dort auch eine gut funktionierende Lüftung angebracht, den die Luft in dem kleinen Raum war gut. Das Bett: eine einfache metallene Pritsche. Tisch und Stuhl ebenfalls aus Stahlrohr und Kunststoff. Nichts, was sie irgendwie als Ausbruchswerkzeug benutzen konnte. Von draußen drang kein Laut in den Raum; also hatte es sicher keinen Sinn, um Hilfe zu rufen, man würde sie nicht hören. Sonst hätte man sie bestimmt gefesselt und geknebelt.

Zitternd setzte sich Hanna auf die Bettkante. Plötzlich war ihr kalt. Sie zog den Bademantel fester um sich. In was für eine schreckliche Situation hatte sie sich da gebracht! Diesmal hatte sie die Gefahr wirklich falsch eingeschätzt. Hatte Thomas sie nicht immer wieder gewarnt, sie solle die Verbrecher, denen sie auf den Fersen war, nicht unterschätzen? Aber schließlich hatte sie ja nicht ahnen können, dass dieser Stagge für die Familie Wellinghaus arbeitete. Bei dem Mann hatte ihre Menschkenntnis sie total im Stich gelassen. Wie nett und hilfsbereit er gewesen war, dieser Heuchler! Hanna runzelte die Stirn. Aber natürlich, er hatte im Auftrag von Wellinghaus herausbekommen müssen, wo die belastenden Unterlagen, die Eric gesichert hatte, geblieben waren. Und nachdem die Einbrecher in der Wilkens-Wohnung nichts gefunden hatten, hatte man vermutet, dass Liliane, Tim oder sie, Hanna, etwas davon wussten. Oder dass sie sich, da sie ein Verbrechen vermuteten, auf die Suche machen würden nach den Beweisen dafür. Sie selbst war mit ihrer Verbindung zur ermittelnden Polizei dabei natürlich besonders interessant gewesen. Und sie hatte die Verbrecher prompt auf die richtige Spur geführt! Wie naiv sie gewesen war!

Jetzt saß sie hier und musste befürchten, dass man auch sie kaltblütig umbrachte. Wie diesen armen Chinesen, dessen Organ sie brauchten für den reichen Amerikaner. Mein Gott, dachte Hanna, wo bekamen sie die Spender her? Wurden die bedauernswerten Opfer gekidnappt? Der Gefangene, den die Chinesen hierhergeschleppt hatten, war noch ganz jung gewesen. Natürlich, sein Herz musste ja gesund sein! Welch ein Zynismus! Wahrscheinlich steckte eine ganze Organisation dahinter, mit Verbindungen in den asiatischen Raum. Unvorstellbar!

Wie viele Dollar der Kranke wohl bezahlte dafür? Wenn es um das eigene Leben ging, war wahrscheinlich kein Preis zu hoch. Und natürlich konnten nur die Reichen es sich leisten, die entsprechenden Summen zu bezahlen. Wie so oft, entschied das Geld über Leben und Tod. Wieviel kostete ein Menschenleben heutzutage? Hanna schüttelte innerlich den Kopf. Wozu Menschen fähig waren, versetzte sie immer wieder in Fassungslosigkeit. Eric Wilkens war diesen Machenschaften irgendwie auf die Spur gekommen. Deswegen hatte er sterben müssen!

Hanna fing an, in der engen Zelle hin und herzugehen. Mit aller Kraft versuchte sie, die aufsteigende Panik zu unterdrücken. Es musste doch irgendeine Möglichkeit geben, dem Schicksal Erics zu entgehen!

Ihr Handy fiel ihr ein. Caroline! Sie hatte mit ihr vereinbart, sie regelmäßig anzurufen. Sicher hatte Caroline auf ihren Anruf gewartet in der Nacht, und als er ausblieb und sie, Hanna, auch nicht auf Carolines Anrufe reagierte, hatte sie sicher Thomas alarmiert. Ja, Thomas und seine Leute würden sie hier herausholen. Bei dem Gedanken atmete Hanna auf.

Wie lange war sie wohl ohne Bewusstsein gewesen? Ihre Armbanduhr hatte sie vor dem Schlafengehen abgelegt. Ein, zwei Stunden? Oder länger? Sicher würde bald die Polizei auftauchen und sie befreien. Diese Vorstellung gab ihr neue Hoffnung.

Sie bemerkte auf einmal, dass sie großen Durst hatte. Sie ging zum Waschbecken und drehte den Hahn auf. Kaltes Wasser strömte aus dem Hahn. Da es kein Gefäß gab, aus dem sie trinken konnte, schöpfte sie Wasser mit der hohlen Hand und trank es.

Plötzlich hörte sie ein Geräusch. Starr vor Schreck hielt sie den Atem an und lauschte. Sie gewahrte ein metallisches Scharren oder Schleifen vom Eingang her und voller Entsetzen sah sie, wie am unteren Ende der Tür sich langsam eine Art Kasten nach vorne schob. Vorsichtig näherte Hanna sich der Tür. Tatsächlich, eine Schublade! In der Schublade befand sich ein Plastikteller mit zwei belegten Broten, daneben eine Halbliterflasche mit Mineralwasser und ein kleiner Becher Joghurt. Dazu ein Plastiklöffel. Allmählich beruhigte sich ihr Puls wieder. Man versorgte sie also mit Nahrung. Was bedeutete das? War dies das Frühstück oder schon das Mittagessen? Auf jeden Fall bedeutete es, dass sie schon wesentlich länger als ein, zwei Stunden in dieser Zelle saß. Also müsste die Polizei doch schon da sein. Hieß das, dass Caroline Thomas gar nicht alarmiert hatte? Sie schob den Gedanken schnell von sich.

Geistesabwesend nahm Hanna das Essen aus der Lade, die sich automatisch wieder schloss, und stellte es auf den Tisch. Sie verspürte nicht den geringsten Appetit. Unschlüssig stand sie da und starrte auf die Lebensmittel. War das schon ihre Henkersmahlzeit, fragte sie sich in einem Anfall von Galgenhumor. Ihr Versuch, über sich selbst zu lächeln, misslang.

Hanna legte sich auf die Pritsche. Die Angst, die langsam in ihr hochkroch, versuchte sie zu ignorieren. Es gelang ihr nicht.

29

In der Polizeiinspektion 23 in Hamburg herrschte reger Betrieb. Etliche uniformierte Beamte saßen an den Schreibtischen und sprachen mit Menschen, die ein Anliegen hatten oder in ein Delikt verwickelt waren.

In seinem Büro rückte Hinrich Olberding einen Stuhl für Thomas neben seinen Schreibtischsessel und wies auf das Diensttelefon, das neben dem Computer und einem Berg von Papieren auf der Schreibtischfläche stand. Eine gerahmte Fotografie zeigte zwei lachende Teenager mit einer dunkelhaarigen, ebenfalls lachenden Frau; offenbar Olberdings Familie, dachte Thomas.

„Bedienen Sie sich, Kollege! Ich organisier uns erst mal einen Kaffee. Milch? Zucker?"

„Nur Milch", antwortete Thomas. „Danke!"

Er setzte sich und schlug das Telefonbuch auf, das er nach einigem Stöbern unter all den Akten und Formularen fand. Schnell suchte er die Nummer der Hamburger Taxizentrale heraus. Als sich eine unpersönliche Frauenstimme meldete sich, sagte er: „Hier Hauptkommissar Thomas Morgenroth von der Polizeiinspektion 23, Kriminalpolizei. Ich bräuchte eine dringende Auskunft. Es geht um eine Taxifahrt heute Morgen, gegen 7.00 Uhr von der Schönheitsklinik Dr. Wellinghaus aus. Können sie mir da weiterhelfen? Vielleicht erinnert sich der Fahrer an das Ziel der Fahrt. Es ist sehr wichtig."

„Einen Augenblick bitte. Ich schau mal nach."

Thomas hörte, wie die Angestellte die Tasten eines Computers betätigte.

„Nein, tut mir leid. Wir hatten heute Morgen keine Fahrt zur Wellinghaus-Klinik."

„Was? Das kann nicht sein. Schauen sie nochmal nach bitte. Es muss gegen 7.00 Uhr gewesen sein."

Wieder das Klicken der Computertasten.

„Nein. Ich habe alles überprüft. Keiner unserer Wagen ist zur Wellinghaus-Klinik gerufen worden. Ganz sicher."

„Aha. Danke!" Ratlos legte Thomas den Hörer auf. Hinrich Olberding kam mit zwei Bechern Kaffee und reichte einen davon seinem Kollegen.

„Vorsicht, heiß!", warnte er.

„Die Zentrale hat keinen Wagen zur Klinik geschickt, hat man mir gerade gesagt", teilte Thomas Olberding mit. Der schaute ihn überrascht an. Thomas fuhr fort: „Kann es sein, dass ein anderes, vielleicht weiter entferntes Taxiunternehmen, gerufen worden ist?"

„Hm", meinte Olberding, „unwahrscheinlich. Aber versuchen Sie es doch mal in den benachbarten Stadtteilen."

Nachdem Thomas beim Taxi Alstertal, Taxiruf Blankenese, Funk-Taxi Harburg und einem halben Dutzend weiterer Taxiunternehmen angerufen und den gleichen negativen Bescheid erhalten hatte, war klar: Um 7.00 Uhr am Morgen war kein Mietwagen zur Klinik des Dr. Wellinghaus gerufen worden.

Die Kommissare sahen sich an. Das konnte nur eins bedeuten: Die Rezeptionistin hatte gelogen. Die Frage war: Warum?

„Wir müssen nochmal dahin", sagte Thomas und griff sich seine Jacke.

„Einen Moment, Kollege. Ich würde gerne diesen Bernd Stagge fragen, was er bei der Wellinghaus-Klinik zu suchen hatte. Teilen wir uns auf?"

„Gute Idee", stimmte Thomas zu. „Übernehmen Sie Stagge? Wenn Sie ihn zur Befragung hierher einbestellen, stoße ich anschließend dazu, okay? Die Adresse kann Ihnen mein Kollege in Cloppenburg geben. Er wird Ihnen auch sagen, welche Informationen wir inzwischen über Stagge gesammelt haben. Hochinteressant. Die entsprechenden Berichte finden Sie hier in der Akte." Er schob den Ordner mit den Unterlagen zu seinem Kollegen hinüber.

„Alles klar", antwortete Olberding.

Thomas hob die Hand zum Abschied und verließ eilig das Revier.

Auf dem Weg zum Auto klingelte sein Handy: Caroline. Hanna sei immer noch nicht da, ihr Telefon immer noch ausgestellt. Sie komme um vor Angst, dass Hanna etwas passiert sei. Thomas, der die Sorge seiner Verwandten durchaus teilte, versuchte mühsam, die alte Frau zu beruhigen, so gut er konnte.

Als er kurze Zeit später sein Auto wieder vor dem herrschaftlichen Gebäude der Schönheitsklinik parkte, hatte sich seine Nervosität noch gesteigert. Welche Erklärung konnte es dafür geben, dass die Empfangsdame gelogen hatte? Hatte sie Hanna etwa gar nicht wegfahren sehen? Konnte es sein, dass seine Mutter sich immer noch in dem Gebäude aufhielt? Oder war Hanna aus irgendeinem Grund unbemerkt aus dem Haus verschwunden?

An der Rezeption saß jetzt eine andere junge Dame, ebenso zeigte Thomas seinen Ausweis vor und fragte nach der Angestellten Ina. Den Nachnamen wusste er nicht.

gestylt wie die, welche Thomas bisher gesehen hatte. Wieder zeigte Thomas seinen Ausweis vor und fragte nach der Angestellten Ina. Den Nachnamen wusste er nicht.

„Die Kollegin Ina hat im Moment keinen Dienst", beschied ihm die junge Dame kühl.

„Dann melden Sie mich bitte bei Doktor Wellinghaus senior an", verlangte der Kommissar ungeduldig.

„Der Doktor befindet sich zurzeit im OP, bei einer Operation. Worum handelt es sich denn?"

Thomas ignorierte ihre Frage.

„Wen von den Herrschaften kann ich denn jetzt sprechen? Es ist dringend." Er machte aus seiner zunehmenden Ungeduld keinen Hehl, was die Rezeptionistin jedoch nicht beeindruckte.

„Moment, ich schaue mal nach", sagte sie und tippte etwas in ihren Computer. „Doktor Sonja Wellinghaus ist im Moment frei. Wollen Sie mit ihr sprechen?"

„Ja, bitte!" Thomas trommelte nervös mit den Fingern auf den Tresen. Die Empfangsdame ließ sich nicht aus der Ruhe bringen.

„Einen Moment bitte, ich melde Sie an." Sie nahm den Telefonhörer auf. „Frau Doktor, hier ist wieder die Polizei. Ein Kommissar Morgenroth möchte Sie sprechen. Es geht um Ina." Nachdem sie eine kurze Zeit in den Hörer gelauscht hatte, sagte sie „danke" und legte auf.

„Die Frau Doktor erwartet Sie in ihrem Büro, 2. Stock, 2. Tür rechts." Sie wies zum Fahrstuhl, aber Thomas war schon auf dem Weg zur Treppe, die er hinauflief, indem er drei Stufen auf einmal nahm.

Eine weibliche Stimme antwortete auf sein Klopfen mit einem ruhigen „Ja, bitte" und Thomas trat ein.

Abrupt blieb er stehen. Die Schönheit der jungen Frau, die ihm mit einem freundlichen Lächeln entgegenkam, verschlug ihm einen Moment den Atem. Der offene weiße Kittel konnte ihre atemberaubende Figur nicht verbergen, das goldblond glänzende Haar war zu einem schlichten Knoten am Hinterkopf zusammengefasst und ließ das ebenmäßige ovale Gesicht mit den leuchtend blauen großen Augen frei. Ein dezentes Make-up und ein hellroter Lippenstift auf den perfekt geschwungenen Lippen unterstrichen die Makellosigkeit der zarten Haut.

Wow, dachte der Kommissar. Das perfekte Aushängeschild für eine Schönheitsklinik!

„Doktor Sonja Wellinghaus", stellte die Ärztin sich vor. Sie reichte Thomas die Hand und drückte die seine kurz, aber fest. „Was kann ich denn für Sie tun, Herr Morgenroth?"

Ihre Stimme war weich und angenehm und steigerte die Attraktivität ihrer Erscheinung noch.

Thomas räusperte sich. „Ich untersuche den Verbleib einer Patientin von Ihnen, Frau Caroline Paulsen. Sie wird seit heute Morgen vermisst."

„Ja, ich habe davon gehört. Das tut mir leid. Aber ich fürchte, ich kann Ihnen nichts weiter dazu sagen, Herr Kommissar." Sonja Wellinghaus wies mit ihrer schmalen Hand auf einen der Besuchersessel, nahm selbst auf einem weiteren Platz und gab Thomas Gelegenheit, ihre wohlgeformten schlanken Beine zu bewundern, indem sie sie elegant übereinanderschlug. „Und was führt Sie jetzt noch einmal zu uns?"

Thomas setzte sich ebenfalls. „Es geht um die Aussage Ihrer Rezeptionistin Ina. Sie hat ausgesagt, sie habe Frau Paulsen ein Taxi gerufen und gesehen, wie sie in dem Auto wegfuhr. Das kann nicht stimmen, denn die Auskunft der Hamburger Taxiunternehmen besagt, es sei heute Morgen kein Taxi hier zur Klinik geschickt worden,"

„Aha", sagte die Ärztin. „Das ist in der Tat merkwürdig."

Sie runzelte die glatte Stirn. Dann stand sie entschlossen auf. „Ich werde das umgehend klären. Wenn Sie bitte einen Moment hier warten wollen? Ich werde unsere Angestellte sofort herholen. Meiner Vermutung nach müsste sie um diese Zeit im Aufenthaltsraum der Angestellten sein."

Sie ging zur Tür. Unwillkürlich schaute Thomas ihr nach. Was für eine Figur, dachte er.

Während er wartete, blickte er sich in dem geschmackvoll, aber schlicht ausgestatteten Büro um, das um einiges kleiner war als das des Chefarztes. Die Diplome an den Wänden bezeugten die speziellen Fähigkeiten der Ärztin in Bezug auf die plastische Chirurgie. Thomas war beeindruckt.

Es waren kaum fünf Minuten vergangen, als die Tür sich öffnete und Sonja Wellinghaus zusammen mit der Rezeptionistin hereinkam.

„Hier sind wir, Herr Kommissar. Stellen Sie bitte Ihre Fragen." Die Medizinerin nahm hinter ihrem Schreibtisch Platz und die Angestellte setzte sich auf die Kante des Sessels neben Thomas.

„Also, Frau ... Wie ist denn Ihr voller Name, bitte?", eröffnete Thomas das Gespräch.

„Ich heiße Ina Schumann", antwortete die junge Frau. Sie kam Thomas eingeschüchtert vor.

„Sie haben heute Mittag, als ich mit meinem Kollegen hier war, ausgesagt, Sie hätten Frau Paulsen ein Taxi gerufen und sie einsteigen sehen. Das kann aber nicht zutreffen. Warum haben Sie gelogen?"

Ina Schuhmann senkte den Kopf und ihr Gesicht rötete sich.

„Also ... ja, das stimmt. Ich meine, ja, das habe ich nur so gesagt. In Wirklichkeit weiß ich nicht, ob Frau Paulsen sich ein Taxi genommen hat. Sie wirkte sehr aufgebracht und unzufrieden, als sie auscheckte. Deshalb habe ich sie stehen lassen und bin für ein paar Minuten weggegangen. Auf die Toilette.“

„Wieso war Frau Paulsen denn aufgebracht?“

„Sie war mit dem Service unzufrieden. Sagte, sie sei Besseres gewöhnt. Das Essen sei schlecht und das Personal unverschämt. Ich wollte mir das nicht länger anhören. Als ich zurückkam, war sie weg.“ Ina schickte einen hilfesuchenden Blick zu ihrer Chefin, die ihr beruhigend zunickte.

„Aber warum haben Sie denn uns gegenüber das mit dem Taxi gesagt?“, hakte Thomas nach.

Wieder ein hilfloser Blick zu Sonja Wellinghaus.

„Ich weiß nicht ... Ich dachte .... Ich habe einfach angenommen, sie würde sich ein Taxi nehmen. Tut mir leid!“ Ina Schumann war den Tränen nahe.

Die Frau fing an, Thomas leid zu tun. Sicher hatte sie eine gehörige Standpauke seitens ihrer Chefs zu erwarten.

Die Ärztin trat zu Ina und tätschelte ihren Arm.

„Schon gut. Jetzt ist diese Sache ja wohl geklärt, oder, Herr Kommissar?“

Das Lächeln, das sie Thomas schenkte, ließ eine Reihe makelloser Zähne sehen, die wie Perlen schimmerten.

Der Kommissar stand auf. „In Ordnung. Haben Sie vielen Dank für Ihre Zeit, Frau Doktor. Sie waren sehr zuvorkommend.“

Er nickte den beiden Frauen zu und verließ das Büro.

Diese neue Aussage warf mehr Fragen auf, als sie beantwortet hatte. Das Verhalten, das die Angestellte geschildert hatte, sah seiner Mutter so gar nicht ähnlich. Außerdem: Wo konnte Hanna zu Fuß hingegangen sein? Warum meldete sie sich nicht? Die Sache wurde immer mysteriöser. Thomas Besorgnis war um einige Grade gestiegen, als er zurück zur Polizeiinspektion 23 fuhr.

30

Bernd Stagge regte sich auf.

„Wie kommen Sie dazu, mich so kurzfristig hierher auf die Polizeistation zu zitieren? Ich habe schließlich Besseres zu tun!"

Hauptkommissar Hinrich Olberding schloss die Tür des Vernehmungsraumes hinter sich und zeigte auf den Stuhl.

„Bitte nehmen Sie Platz, Herr Stagge. Entschuldigen Sie die Zumutung, aber die Sachlage erfordert es. Dies ist kein Verhör, sondern nur eine Befragung. Wir hoffen, Sie können uns weiterhelfen."

Der Journalist beruhigte sich. „Worum geht es denn überhaupt?", fragte er.

„Nun ... Im weitesten Sinne hat es mit dem Einbruchdiebstahl in der Wohnung Ihres Kollegen Wilkens zu tun und mit dem Mord an ihm. In diesem Zusammenhang haben wir einige Fragen an Sie."

„An mich? Wieso das denn? Ich bedaure Erics Tod sehr, aber ich habe keine Erklärung, weder für den Einbruch noch für den

Unfall. Ich weiß wirklich nicht, wie ich Ihnen helfen könnte, Herr Kommissar."

„Wir werden sehen. Sagen Sie mir, Herr Stagge, was haben Sie mit der Familie Wellinghaus zu tun?"

Olberding registrierte, wie sich die Körperhaltung des Reporters veränderte. Er setzte sich auf, seine Haltung wurde angespannt, das Gesicht nahm einen wachsamen Ausdruck an.

„Wellinghaus? Wieso? Nichts! Wie kommen Sie denn darauf?"

„Sie haben den Namen also noch nie gehört?", fragte Olberding.

Er sah, dass der Reporter zu einer spontanen Antwort ansetzte, dann aber zögerte und sich genau überlegte, was er sagen wollte.

„Ach ja, natürlich. In der Klatschpresse kann man manchmal von der Familie Wellinghaus lesen. Sie meinen doch sicher die Wellinghaus-Schönheitsklinik? Jeder zweite hier in Hamburg hat schon mal davon gehört. Sie doch sicher auch, Herr Kommissar, oder?"

„Okay", meinte Olberding. „Das erklärt aber nicht, was Sie heute Mittag in der Klinik zu tun hatten, Herr Stagge. Sie sind dort gesehen worden, wie Sie gerade das Gebäude betraten. Also? Ich nehme nicht an, dass Sie sich einer Schönheitsoperation unterziehen wollen, oder?"

Stagge zwinkerte nervös. Olberding konnte direkt sehen, wie es hinter seiner Stirn arbeitete. Schließlich schien er zu einer Entscheidung zu gelangen.

„Also gut. Ich habe es bisher niemanden gesagt, aber wenn Sie es wissen müssen: Ich recherchiere für eine Reportage über Schönheitsoperationen. Es geht Richtung Schönheitswahn, Gesundheitsschäden und so weiter. Und wieviel Geld damit verdient wird. Eine sozialkritische Reportage soll es werden, wissen Sie."

Olberding lehnte sich zurück. Irgendwie klang die Erklärung durchaus glaubhaft. Dennoch war der Kommissar überzeugt, dass Stagge log.

Es klopfte und Thomas Morgenroth trat ein. Stagge blickte ratlos von einem zum anderen. „Wollen Sie mir nicht endlich verraten, war hier los ist?"

Thomas nahm sich einen Stuhl und setzte sich neben seinen Kollegen.

„Sie sind gerade richtig gekommen, Herr Morgenroth", sagte Olberding. „Herr Stagge hier hat mir soeben verraten, dass er eine Reportage über die Problematik der Schönheitsindustrie schreiben will. Deshalb war er in der Wellinghaus-Klinik, sagt er. Um zu recherchieren."

„Aha. So ist das also." Thomas fixierte den Reporter einige Sekunden lang. Stagge fing an, unter seinem Blick unruhig hin und her zu rutschen.

„Ist es richtig, dass Sie freiberuflich arbeiten, Herr Stagge?", fragte Thomas. Mit einem Nicken hatte Olberding ihm die Gesprächsführung überlassen und sich zurückgelehnt.

Der Journalist nickte. „Ja. Und? Was soll das jetzt?"

„Für welche Zeitungen und Zeitschriften arbeiten Sie denn hauptsächlich?"

„Für wen ich arbeite? Für verschiedene Zeitungen, kommt darauf an. Im Moment für das Hamburger Mittagsblatt. Wieso?"

„Unseres Wissens nach haben Sie im letzten Quartal nur eine kurze Reportage abgeliefert. Ist das richtig?"

Stagge wechselte seine Sitzhaltung.

„Na ja, manchmal ergeben sich halt keine interessanten Projekte. Kommt immer mal wieder vor."

„Aha. Und in solchen Phasen haben Sie also kein Einkommen, ist das richtig?"

„Natürlich nicht. Wieso? Und was geht Sie das überhaupt an?" Thomas ignorierte die Frage.

„Nun, Sie fahren einen Mercedes SLC. Nicht gerade das billigste Gefährt. Und Sie wohnen in einer schicken Wohnung im Alstertal. Gute Gegend. Und auch recht teuer. Da tut sich die Frage auf: Wie können Sie sich das leisten, wenn Sie kaum Geld verdienen?"

Der Reporter wurde zusehend nervöser. „Dazu brauche ich Ihnen keine Auskunft zu geben. Das geht Sie gar nichts an."

Thomas blieb ruhig. „Das stimmt. Allerdings könnte eine Nachfrage durch das Finanzamt wesentlich peinlicher für Sie werden als unsere Fragen, meinen Sie nicht? Also?"

Der Reporter biss sich auf die Lippen. Dann schien ihm eine Eingebung zu kommen. Er richtete sich auf und sagte mit einem triumphierenden Lächeln: „Also gut. Ich habe gewonnen. Beim Roulette. Habe endlich mal Glück gehabt. Deshalb habe ich in den letzten Monaten kaum gearbeitet. Fast hunderttausend Euro. Und wie Sie sicher wissen, brauche ich den Gewinn nicht zu versteuern. Also: Was wollen Sie eigentlich von mir?"

Die Kommissare sahen sich an. Damit war die Befragung beendet. Olberding brachte ein Lächeln fertig. „Das wär's dann schon Herr Stagge. Sie können gehen. Danke für Ihre Kooperation."

Als der Reporter gegangen war, seufzte Thomas tief auf. Sie waren in einer Sackgasse gelandet. Stagge hatte für alles eine passende Erklärung. Er rieb sich das Gesicht. Die Sorge um seine Mutter setzte ihm mehr um mehr zu. Olberding drückte ihm die Schulter.

„Wir kommen einfach nicht weiter. Die Rezeptionistin hatte eine plausible Erklärung für ihre Falschaussage wegen des Taxis. Und Stagge serviert uns eine Ausrede nach der anderen. Ich habe keinen blassen Schimmer, was da gespielt wird. Und welche Rolle meine Mutter dabei spielt. Ich spüre nur, dass sie in Gefahr ist. In großer Gefahr."

„Nur ruhig, Kollege. Lassen Sie uns einmal in Ruhe überlegen, was wir haben. Schließlich sind wir Profis. Es muss doch verdammt noch mal einen Weg geben, Klarheit in diese Sache zu bringen.

„Gute Idee. Wie wär's mit noch einem Kaffee? Und dann gehen wir alles noch einmal von vorne bis hinten durch. Irgendwo muss der entscheidende Hinweis sein, den wir bis jetzt übersehen haben."

31

„Tante Caroline? Wie geht es dir? … Ja, wir geben jetzt eine offizielle Vermisstenmeldung an alle Polizeistationen aus … Ja, ich weiß. Mach dich nicht verrückt. Meine Mutter konnte immer gut auf sich selber aufpassen … Ja. Sag Frau Holtmann, sie soll heute Nacht bei dir bleiben … Wir rufen dich sofort an, wenn es etwas Neues gibt … Ja, natürlich … du kannst mich jederzeit erreichen … es wird ihr schon nichts passiert sein … Ja. Ich muss jetzt auflegen. Bis dann."

Die Zuversicht, die Thomas der alten Frau zu vermitteln suchte, hatte nichts mit der brennenden Sorge zu tun, die er selbst empfand. Es war inzwischen Abend geworden und immer noch gab es kein Lebenszeichen von seiner Mutter.

Hinrich Olberding, der Thomas in seinem Hamburger Büro gegenübersaß - inzwischen hatten man sich auf das kollegiale Du geeinigt - hatte mit ihm zusammen jeden einzelnen Aspekt der rätselhaften Ereignisse durchgesprochen und das Ergebnis, zu dem sie gekommen waren, ließ die Hoffnung, Hanna könnte vielleicht nur einen harmlosen Stadtbummel machen und ihr Handy ausgeschaltet haben, immer kleiner werden.

Systematisch hatten die beiden Kommissare die Sachlage analysiert. Da war erstens der als Unfall getarnte Mord an dem Journalisten Eric Wilkens. Da kein privates Motiv zu sehen war, lag es nahe, dass der Reporter im Zuge seiner investigativen Arbeit einer Sache auf die Spur gekommen war, die es nötig machte, ihn zum Schweigen zu bringen. Da war zweitens der Einbruch in der Wilkens-Wohnung, bei dem allem Anschein nach der Schließfachschlüssel und weitere Unterlagen gesucht worden waren. Die Inhalte des USB-Sticks wiesen, drittens, darauf hin, dass Wilkens irgendwelche Machenschaften in Bezug auf Organtransplantationen aufgedeckt hatte. Dabei handelte es sich wahrscheinlich um kriminellen Organhandel. Wenn man dabei die Tatsache mit einbezog, dass Tim, Eric Wilkens Sohn, wegen seines Herzfehlers dringend ein neues Herz brauchte, lag es nahe, anzunehmen, dass der Journalist illegale Herztransplantationen vermutet und in dieser Richtung recherchiert hatte. Damit kam, viertens, die Arztfamilie Wellinghaus ins Spiel. Auf den Unterlagen, die Hanna entrissen wurden, hatte sie den Namen des Chefarztes der Wellinghaus-Schönheitsklinik entdeckt. Was also hatte die Klinik mit den Herztransplantationen zu tun?

Kein Wunder, dachte Thomas, dass meine unverbesserliche Mutter in ihrem Drang, der Sache auf den Grund zu gehen, auf den irrwitzigen Gedanken verfallen ist, sich in die Höhle des Löwen zu wagen. Bei der Sache mit dem kleinen Mädchen, das nicht redete, war es genauso gewesen. Und nun war sie verschwunden und sie hatten keine Ahnung, wo sie sein könnte.

Thomas streckte seinen Rücken und reckte sich. Seit Stunden saßen sein Kollege und er nun hier und kamen zu keinem greifbaren Ergebnis.

„Lass uns bitte noch einmal die offenen Fragen durchgehen Hinrich. Vielleicht fällt uns noch etwas ein."

Hinrich Olberding sah auf seine Armbanduhr und seufzte. „Eigentlich sollte ich schon längst zu Hause sein. Aber Annette, das ist meine Frau, kennt das ja: Polizisten sind immer im Dienst."

Er grinste Thomas schief an und rückte seine Brille zurecht. „Also: Was haben wir über die Familie Wellinghaus? Die Klinik floriert seit 2011 außergewöhnlich gut, obwohl sie davor kurz vor der Pleite stand. Frage: Woher kam der plötzliche Geldsegen, der die Familie zu einer der wohlhabendsten in Hamburg machte? Die Antwort könnte lauten: Durch illegale Herztransplantationen, also ein Geschäft mit totkranken Menschen, die bereit sind, horrende Summen für ein neues Leben zu bezahlen. Weitere Frage: Welche Rolle spielen die Chinesen dabei, die deine Mutter gesehen haben will? Mögliche Antwort: Sie sind diejenigen, die gezwungen werden oder dabei mithelfen, die benötigten Herzen zu liefern. Eine furchtbare Vorstellung, aber man weiß ja, dass tatsächlich Morde begangen werden, um an die benötigten gesunden Organe zu kommen. Weitere Frage: Welche Rolle spielt Bernd Stagg dabei, der offensichtlich in dem Geschäft mit drinsteckt, worauf sein Lebensstil hinweist."

Thomas richtete sich auf. „Stagge! Irgendwie habe ich das Gefühl, dass er der Schlüssel zu dem Ganzen ist." Er beugte sich vor und sah seinen Kollegen eindringlich an.

„Sieh mal", fuhr er fort. „Stagge war auf der Verlobungsfeier, bei der Wilkens ermordet wurde, anwesend. Er war es, der die Nachricht bekam, bei der es angeblich um einen akuten Recherchefall ging, der unter vier Augen besprochen werden musste. Weswegen Wilkens auf die Straße ging. Woher wissen wir, dass das die Wahrheit ist?"

Aufgeregt sah er seinen Kollegen an, der versuchte, seinem Gedankengang zu folgen. „Was, wenn das alles nur fingiert war? Wenn er in Wahrheit mit dem Killer unter einer Decke steckt? Und von ihm per SMS das Signal bekommen hat, dass er wie verabredet draußen mit seinem Auto wartet?"

Hinrich Olberding fing an, die Erregung seines Kollegen zu teilen. „Wo war Stagge, als der Unfall geschah? Was steht im Protokoll?"

Hastig fing Thomas an zu blättern. „Hier steht es. Stagge hat zu meiner Mutter gesagt, er sei auf der Toilette gewesen. Das bedeutet, er hat dafür gesorgt, dass Wilkens allein am Straßenrand stand. Womöglich war er es auch, der Wilkens vom Waschraum aus auf seinem Handy angerufen hat, damit er abgelenkt war und nicht auf den Straßenverkehr achtete."

„Und also das heranrasende Auto zu spät bemerkte!", ergänzte Hinrich Olberding.

Einen Moment schwiegen beide und überdachten das Gesagte.

„Stagge hat also seinen Freund gezielt in eine tödliche Falle gelockt", resümierte der Hamburger. „Aber warum? Wo ist das Motiv?"

„Na, ganz klar: Geld! Er wird von Wellinghaus bezahlt! Das erklärt auch seinen aufwendigen Lebensstil, den er seit einigen Wochen pflegt. Das Auto und die Wohnung."

„Immer vorausgesetzt, dass unsere Theorien über die Familie Wellinghaus zutreffen", gab Olberding zu bedenken.

„Ja. Leider haben wir bei unseren Besuchen in der Klinik nichts Verdächtiges feststellen können. Offiziell deutet alles darauf hin, dass meine Mutter die Klinik heute Morgen verlassen hat", gab Thomas zu. „Allerdings haben wir beide das Gefühl, dass man uns angelogen hat dort."

„Und außerdem kann das sowieso nicht stimmen, denn sonst hätte deine Mutter sich bei Caroline Paulsen doch gemeldet. Sie muss also noch dort sein, Thomas. Meine Befürchtung ist, dass sie entdeckt wurde und man sie gefangen hält. Wahrscheinlich hat Stagge damit zu tun. Er scheint ja in der Klinik aus und ein zu gehen. Vielleicht hat er deine Mutter gesehen und sie ist aufgeflogen."

„Aber die SMS, die sie an Caroline geschrieben hat? Und die Aussage der Rezeptionistin?"

„Die SMS kann von jemand anderem geschrieben worden sein. Wir hatten doch beide das Gefühl, dass uns dort niemand die Wahrheit gesagt hat. Wenn es so ist, wie wir vermuten, stecken die alle unter einer Decke, zumindest die Ärzte und einige Angestellte. Sonst wären solche schweren Operationen doch gar nicht durchführbar, oder?"

„Wenn ich überlege: Die Aussage dieser Ina kam mir schon sehr merkwürdig vor. Und die Ärztin, die Frau des Juniors, hatte genügend Zeit, sie zu instruieren, damit sie ihre erste Aussage, die mit dem Taxi, glaubwürdig revidierte."

„Hm. Das passt", stimmte Hinrich Olberding zu.

Besorgt sah Thomas seinen Kollegen an. „Du meinst also wirklich, meine Mutter ist noch dort? Das würde bedeuten, sie weiß wahrscheinlich über alles Bescheid. Dann schwebt sie in höchster Lebensgefahr, denn diese Mörder können sie mit dem Wissen doch unmöglich wieder laufen lassen!"

Er sprang auf. „Wenn sie sie nicht schon ...! Wir müssen auf der Stelle die Klinik durchsuchen lassen, Hinrich! Bevor es zu spät ist."

Hinrich hob die Hand. „Mit den vagen Vermutungen, die wir bis jetzt gegen Wellinghaus in der Hand haben, bekommst du nie und nimmer einen Durchsuchungsbeschluss, Thomas, das weiß du."

Thomas tigerte in dem Büro hin und her und rang die Hände. „Aber wir müssen etwas tun!"

Hinrich griff zum Telefon.

„Wir werden nochmal mit Bernd Stagge reden. Ich bestelle ihn gleich her. Die Überprüfung seiner Handydaten wird uns Aufschluss darüber geben, mit wem er wann telefoniert hat an dem besagten Abend."

Da ging die Tür auf und ein uniformierter Polizist trat ein. Hinter ihm, in Pantoffeln, Schafanzug und Bademantel:

Hanna Morgenroth!

32

Jeremy Stevensen wischte sich zum wiederholten Male mit einem großen Taschentuch den Schweiß von der Stirn. Der korpulente Mann wirkte erschöpft und mitgenommen, stellte Florian Wellinghaus fest. Der lange Flug von Portland im Nordwesten der USA via Toronto über den Atlantik nach Hamburg hatte ihm mehr zugesetzt, als seiner angegriffenen Gesundheit zuträglich war. Zwei Herzinfarkte, der zweite lebensbedrohlich, hatten dafür gesorgt, dass das ohnehin schon geschädigte Organ nur noch eingeschränkt arbeitete.

„Sie haben abgenommen, Mr. Stevensen", stellte Florian Wellinghaus mit einem Blick auf den Patientenbogen, der vor ihm lag, fest. „Das ist gut. Das erleichtert die Operation erheblich."

Die Unterhaltung wurde auf Englisch geführt, denn Mr. Stevensen sprach kein Wort Deutsch.

Wieder wischte sich der Herzpatient mit dem Tuch über die Stirn. „Ist mir auch ganz schön schwergefallen. Aber was tut man nicht alles fürs Überleben, nicht wahr?" Er versuchte zu grinsen, aber es gelang nicht so recht. Die teigige Haut seines aufgedunsenen Gesichtes zeigte eine ungesunde Blässe.

Der Arzt betrachtete die neuesten Laborergebnisse des Patienten, die er vor sich liegen hatte. „Ich würde aber trotzdem dafür plädieren, dass wir die Operation um einen Tag verschieben. Sie machen einen etwas erschöpften Eindruck, was kein Wunder ist nach der strapaziösen Reise. Sie müssen sich zuerst etwas erholen. Man wird Sie hier im Haus bestens betreuen. Und dann können wir die Operation übermorgen unter besseren Umständen durchführen, Mr. Stevensen."

Der Amerikaner nickte. „Okay. Ganz wie Sie meinen. Ich habe jetzt so lange gewartet, da kommt es auf einen Tag auch nicht mehr an, nicht wahr?"

Wieder zwang er sich zu einem Lächeln. Seine Miene spiegelte die Anstrengung wider, die ihm jede kleine Bewegung bereitete, als er sich jetzt in dem Sessel aufsetzte.

Florian Wellinghaus betrachtete sein Gegenüber mitleidig. Der maßgeschneiderte Sommeranzug, das seidene Hemd und die englischen Markenschuhe umhüllten einen Körper, der gezeichnet war von dem Leben, das sein Besitzer geführt hatte: zu viel fettes Essen, zu viel Alkohol und Zigaretten und keinerlei Bewegung. Zu hoher Blutdruck, schlechte Leberwerte und eine angegriffene Lunge zeugten von dem ungesunden Lebenswandel. war klar, dass die Chance für den Patienten, die Herztransplantation länger als ein paar Monate zu überleben, äußerst gering war. Aber für den Vertrag genügte es, wenn er die ersten zwei Wochen überlebte; nach Ablauf dieser Frist wurde die 2. Rate fällig.

„Wie geht es Ihrer Familie, Mr. Stevensen? Alles in Ordnung zu Hause?" Florians Frage entsprang keinem wirklichen Interesse an den Angehörigen des Mannes. Er hatte sich im Laufe der Jahre angewöhnt, sich nicht zu sehr für das Leben seiner Patienten zu interessieren. Man durfte sich nicht emotionalmenschlich engagieren in diesem Geschäft. Weder für diejenigen, denen man das Leben rettete, und erst recht nicht für diejenigen, denen man es nahm.

„Es geht ihnen gut. Meine Frau ist natürlich sehr besorgt um mich, das ist ja normal. Meine Enkeltöchter haben mir eine selbstgebastelte Karte mitgegeben, da steht „Good luck, Grandpa" drauf. Wollen Sie sie sehen?" Er griff in seine Jackentasche, zog eine Karte hervor und hielt sie dem Arzt hin, der sie zögernd nahm und betrachtete. Sie zeigte ein großes Herz, darin die ganze Familie als kindlich gezeichnete Figuren: Oma und Opa, Mama und Papa und zwei kleine Mädchen. Das Bild einer liebevollen Familie. Florian musste schlucken. Schnell gab er die Karte ihrem Besitzer zurück. Er presste die Lippen zusammen. Hätte Mister Stevensen nicht eine große Maschinenfabrik mit Hunderten von Arbeitern, die ihm Millionen einbrachte, würde er ohne viel Aufsehen an seiner Herzkrankheit sterben. Für eine reguläre Transplantation wäre er wegen seines schlechten Allgemeinzustandes und seines Alters nicht in Frage gekommen. Sein Geld rettete ihm das Leben, fürs Erste jedenfalls.

Florians Mundwinkel zogen sich nach unten und gaben seinem Gesicht einen verbitterten Ausdruck.

„Sehr schön", sagte er, als er bemerkte, dass Mr. Stevensen immer noch auf seine Reaktion auf die Karte wartete.

Er stand auf. „Also, damit hätten wir wohl alles geklärt, Mr. Stevensen. Ich rufe eine Schwester, die Sie in Ihr Zimmer begleitet. Dort ruhen Sie sich erst einmal richtig aus, damit Sie den Jetlag überwinden. Lassen Sie sich ein bisschen verwöhnen. Übermorgen beginnt Ihr neues Leben."

Nachdem der Amerikaner gegangen war, ließ Florian sich in seinen Sessel fallen und bedeckte sein Gesicht mit beiden Händen. Er konnte das nicht mehr! Er wollte auch nicht mehr. Aber es war unmöglich, einfach auszusteigen; sein Vater würde das nie und nimmer zulassen.

Er musste an den jungen Chinesen denken, dessen Namen er sich nicht merken konnte. Der nur eine Nummer war: Gefangener Nummer 209 stand in der Akte neben dem Namen, den Florian nicht einmal aussprechen konnte. Zweiundzwanzig Jahre alt, wegen zweifachen Mordes zum Tode verurteilt. Das Einverständnis zur Organspende lag unterschrieben vor.

Jahrelang hatte Florian sich mit Vorwänden beruhigt, wenn ihm sein Gewissen zu schaffen machte: Dass sie ohnehin sterben mussten, die zum Tode verurteilten Straftäter, die als Spender fungierten, dass sie ja freiwillig eingewilligt hatten, nach ihrem Tod mit ihrer Organspende ihre Taten zu sühnen, wie es entsprechend der chinesischen Lesart offiziell hieß. Aber Eric Wilkens hatte ihn darüber aufgeklärt, dass es seit 2016 in China ein Gesetz gab, das diese Art der Organspenden untersagte. Und dass auch vorher von Freiwilligkeit keine Rede gewesen sein konnte, denn die zum Tode Verurteilten hatten nicht die Wahl zu unterschreiben oder nicht zu unterschreiben. Sie wurden dazu genötigt.

Es war und blieb Mord. Kaltblütiger, kalkulierter Mord! Alle verdienten daran: Der korrupte Gefängnisdirektor in Peking, seine Handlanger, die die Delinquenten nach Deutschland brachten, und vor allem die Familie Wellinghaus. Anfangs hatte Karin, seine Mutter, argumentiert, dass sie immerhin Menschenleben retteten durch die Transplantationen. Aber auch das war scheinheilig, hatten doch die Menschen, die sie operierten, in Wahrheit kaum eine Chance zu überleben. Denn nicht umsonst wurden sie nicht auf die Warteliste von Transplant International gesetzt, oder wenn, dann weit unten, weil die Erfolgsaussichten so gering waren.

Florian stützte seinen Kopf auf seine Hände und seufzte tief. Er konnte und wollte nicht mehr mitmachen. Als er Wilkens und Stagge die brisanten Krankenakten übergeben hatte, in der Hoffnung, sie würden das Ganze auffliegen lassen, war er bitter enttäuscht worden. Stagge hatte sich von seinem Vater kaufen lassen und Wilkens hatte versucht, sie zu erpressen. Er wollte seinen Vater zwingen, seinem todkranken Sohn ein neues Herz zu transplantieren. Den Preis dafür, in der Regel eine Million Euro, konnte der Journalist nicht aufbringen. Natürlich hatte sich sein Vater nicht darauf eingelassen. Das hatte Wilkens das Leben gekostet. Und daran war er, Florian, schuld!

Der Arzt senkte seinen Kopf noch tiefer. Er hätte damit rechnen müssen, dass die Reporter so handeln würden, der eine aus Geldgier, der andere aus Liebe zu seinem Sohn. Dabei hatte er selbst in Kauf genommen, ins Gefängnis zu gehen, nur damit es endlich aufhörte. Hätte er doch nur direkt mit der Polizei Kontakt aufgenommen! Aber dazu war er zu feige gewesen. Er hatte nicht als Verräter vor seiner Familie dastehen wollen. Elender Feigling, der er war!

Und jetzt die Sache zwischen seinem Vater und seiner Frau! Jeder wusste davon, sicher lachte man heimlich über ihn, den betrogenen Ehemann! Aber statt die beiden zur Rede zu stellen, schwieg er. Nahm die Demütigung hin wie die vielen anderen vorher. Fand einfach nicht die Kraft, sich gegen seinen Vater aufzulehnen, und der zynischen Kälte seiner Frau hatte er nichts entgegenzusetzen.

Er musste an seine Mutter denken. Wenn er durchführte, was er jetzt vorhatte, würde sie als Mittäterin zur Rechenschaft gezogen werden. Immerhin hatte sie in den ersten Jahren als OP-Schwester aktiv mitgemacht. Und von dem Reichtum, der aus diesem lukrativen Geschäft erwachsen war, hatte auch sie profitiert. Sie tat ihm leid, aber er wusste, es gab keine andere Lösung. Vielleicht würde Karin sogar davon profitieren, wenn endlich alles ein gerechtes Ende fand.

Und er selbst? Ja, auch er war schuldig geworden. Er würde die Konsequenzen tragen.

Der junge Mediziner richtete sich auf. Diesen neuen Mord würde er nicht zulassen. Die arme Frau, die jetzt unten in der zweiten Zelle gefangen gehalten wurde, durfte nicht auch noch der mörderischen Gier seines Vaters zum Opfer fallen.

Er erhob sich. Sein Entschluss stand fest. Umsichtig stellte er eine Mappe zusammen, in der er Krankenakten, Operationsprotokolle und Vertragskopien unterbrachte.

33

Hanna schreckte auf. Wie lange hatte sie geschlafen? Das mussten die Nachwirkungen des Narkosemittels sein. Mühsam setzte sie sich auf. Die dünne Matratze tat ihrem Körper nicht gut, auch die Arthroseschmerzen im rechten Knie machten sich bemerkbar. Sie hatte Durst. Auf dem Tisch stand noch immer die Wasserflasche. Sie stand auf, ging die wenigen Schritte zum Tisch, drehte den Verschluss der Flasche auf und trank in großen Schlucken. Das Wasser war lauwarm, also musste sie wohl mehrere Stunden geschlafen haben. War es Tag oder war es Nacht? Beim Anblick der in Cellophan eingewickelten Brote spürte sie, dass sie Hunger hatte. Sie wickelte die mit Wurst und Käse und einer Tomatenscheibe belegten Brote aus und fing an zu essen. Wenn ich schon sterben muss, dann wenigstens nicht mit leerem Magen, dachte sie in einem Anflug von Galgenhumor. Sie fühlte sich besser, nachdem sie alles gegessen hatte. Bewegung, dachte sie, ich brauche Bewegung. Ihre täglichen Walkstunden fehlten ihr. Sie fing an, in der kleinen Zelle hin und her zu gehen. Fünf Schritte hin, fünf Schritte zurück, hin und zurück, hin und zurück. Das Gehen tat ihr gut. Nach einiger Zeit jedoch wurde es allzu eintönig und sie setzte sich wieder auf die Pritsche. Wie halten Strafgefangene es bloß aus, Tag für Tag in einer solchen Zelle eingesperrt zu sein, fragte sie sich.

Sie streckte sich aus und starrte an die Decke. Schon fingen die Gedanken in ihrem Kopf wieder an zu kreisen. Hatte Caroline inzwischen Alarm geschlagen, weil sie, Hanna, sich nicht mehr meldete? Sicher war Thomas schon auf der Suche nach ihr. Oder hatten etwa die Wellinghauses es verstanden, ihre Spur hierher zu verwischen? Hanna spürte, wie die Angst wieder von ihr Besitz zu ergreifen drohte. Nein, sie wollte nicht daran denken, was schlimmstenfalls mit ihr geschehen konnte. Thomas würde sie finden, da war sie ganz sicher.

Plötzlich ein Geräusch! Der Schreck fuhr Hanna mit aller Macht in die Glieder. Sie konnte direkt spüren, wie das Adrenalin durch ihre Adern schoss. Die Tür! Das Geräusch kam von der Tür! Kerzengerade setzte Hanna sich auf dem Bett auf und starrte in Richtung Eingang! Wieder das Geräusch! Jetzt war es soweit! Jemand kam, um sie umzubringen! Mit einem Satz sprang Hanna aus dem Bett. So einfach würde sie es ihnen nicht machen! Kampflos würde sie sich nicht ergeben, da kannten sie Hanna Morgenroth schlecht! Sie ergriff den Stuhl, hob ihn hoch über ihren Kopf und stellte sich neben die Tür. Wer auch immer jetzt herein kam, sie würde ihm mit aller Kraft den Stuhl über den Kopf schlagen und versuchen, durch die geöffnete Tür zu entkommen.

Nahezu lautlos öffnete sich die Tür. Florian Wellinghaus trat in den Raum. Offenbar hatte er mit einer Attacke gerechnet, denn bevor Hanna zuschlagen konnte, hatte er sich geduckt, sich zu ihr herumgedreht, den Stuhl abgefangen und mit einem Ruck aus ihren Händen gerissen. Dabei war ihm eine große Mappe aus der Hand gefallen.

„Haben Sie keine Angst, Frau Morgenroth", hörte Hanna den Arzt sagen, „ich tue Ihnen nichts." Er setzte den Stuhl ab, hob die Mappe auf und packte Hanna am Arm.

Hanna war unfähig, einen Ton von sich zugeben.

„Kommen Sie, Frau Morgenroth. Sie müssen hier weg. Schnell!"

Der Arzt verstärkte den Griff um Hannas Arm und zog daran. Langsam kam Bewegung in Hanna. „Was haben Sie mit mir vor?", fragte sie. Ihre Stimme wollte ihr kaum gehorchen.

„Ich bringe Sie hier raus. Kommen Sie! Schnell!"

Gehorsam ließ Hanna sich mitziehen. Wellinghaus junior öffnete die Tür und spähte hinaus. „Kommen Sie", forderte er Hanna abermals auf. Langsam fing Hanna an zu verstehen. Der junge Wellinghaus wollte sie befreien! Noch konnte sie es kaum glauben. „Aber wieso ...?" hob sie an.

„Psst, leise!", zischte er ihr zu. „Jetzt ist keine Zeit für Erklärungen. Später werden Sie alles verstehen. Wir müssen uns beeilen."

Er nahm sie an der Hand und zog sie eilig über den Flur in Richtung Treppenhaus. Hanna sah, dass sie richtig vermutet hatte: Ihre Zelle lag im Untergeschoss der Villa, neben den Wirtschaftsräumen. Es war dunkel im Gebäude, also musste es wohl Abend oder Nacht sein. Sie hatte anscheinend einen ganzen Tag in der Zelle zugebracht.

Im Treppenhaus vergewisserte der Mediziner sich wieder, dass niemand sie beobachtete, dann lief er mit Hanna an der Hand eilig die Treppe hinauf zum Hintereingang des Gebäudes. „Wenn Sie durch den Garten am Parkplatz entlanglaufen, kommen Sie an das Tor. Sie müssen hinüberklettern. Schaffen Sie das?"

Hanna nickte.

„Gut! Danach kommen Sie auf die Straße. Halten Sie irgendein Auto an und informieren Sie die Polizei. Hier", er drückte Hanna die dicke Mappe in die Hand, die er die ganze Zeit bei sich getragen hatte. „Da ist alles drin, was die Polizei an Beweisen braucht."

Hanna hatte kaum Zeit zu verstehen, was gerade geschah.

„Warum tun Sie das?", fragte sie.

Der junge Wellinghaus lächelte sie traurig an. „Es muss ein Ende haben", sagte er. Und dann: „Laufen Sie los!"

Hanna rannte, so schnell es ihre Pantoffeln erlaubten, über das spärlich erleuchtete Anwesen zu dem schmiedeeisernen Tor, durch das sie das Auto mit den Chinesen hatte kommen sehen. Das Wärterhäuschen war anscheinend nicht besetzt; wahrscheinlich hatte der Junior dafür gesorgt. Es kostete sie einige Mühe, über das Tor zu klettern, zumal die Dokumentenmappe sie behinderte. Sie musste sie unter ihren Bademantel in den Bund ihrer Pyjamahose stecken und den Bindegürtel des Mantels doppelt knoten, um die Hände zum Klettern frei zu haben. Als sie auf der Straße angekommen war, stellte sie sich mitten auf die Fahrbahn und winkte mit beiden Armen. Ein weißer Golf kam kurz vor ihr mit quietschenden Bremsen zum Stehen. Hanna rannte zur Fahrertür. Die Fahrerin, eine Frau mittleren Alters, sah ihr erschrocken entgegen.

„Was um alles in der Welt ...?"

Hanna unterbrach sie. „Bitte, ich brauche Ihre Hilfe. Können Sie mich bitte zum nächsten Polizeirevier bringen? Bitte!"

„Was ist denn los? Sind Sie überfallen worden?"

„Ich habe jetzt keine Zeit, Ihre Fragen zu beantworten. Sie sehen ja, ich bin nicht einmal angezogen. Darf ich einsteigen?"

Immer noch skeptisch musterte die Fahrerin Hannas Aufzug. Dann nickte sie.

„Danke", rief Hanna, lief um das Auto herum zur Beifahrerseite und stieg ein. Aufatmend ließ sie sich in das Polster sinken.

„Zur Polizei also?", vergewisserte sich die Fahrerin.

„Ja, bitte. Und haben sie tausend Dank für Ihre Hilfsbereitschaft."

In der Polizeistation, zu der die hilfsbereite Verkehrsteilnehmerin sie brachte, sahen ihr etliche erstaunte Gesichter entgegen, als sie in ihrem unangemessenen Aufzug eintrat. Sie nannte ihren Namen und erklärte in kurzen Worten, dass sie ein Verbrechen anzeigen möchte. „Am besten wird es sein, wenn Sie Hauptkommissar Olberding vom 23. Revier anrufen und ihm sagen, Frau Morgenroth möchte ihn sprechen. Sagen Sie, es gehe um den Mordfall Wilkens."

Wenig später stand sie ihrem Sohn gegenüber.

34

Einen Moment lang stand Thomas vor Überraschung wie erstarrt da. Dann rief er: „Mama!", stürzte auf Hanna zu und riss sie in seine Arme. „Mein Gott, Mama! Wo warst du denn! Du hast uns einen Heidenschrecken eingejagt!" Immer wieder drückte er seine Mutter an sich, außer sich vor Erleichterung und Freude.

„Ist ja gut, mein Junge, ich lebe ja noch", versuchte Hanna ihren Sohn zu beruhigen. Sie tätschelte mit der einen Hand seinen Rücken, während sie mit der anderen die dicke Akte krampfhaft festhielt.

Hinrich Olberding meldete sich zu Wort. Lächelnd kam er auf Mutter und Sohn zu. „Wenn ich das richtig verstehe, dann sind Sie also die so schmerzlich vermisste Hanna Morgenroth? Ich hätte Sie fast nicht wiedererkannt mit der neuen Frisur!"

Hanna löste sich aus den Armen ihres Sohnes und reichte dem Hamburger Kommissar die Hand. „Ja, natürlich. Guten Abend, Herr Kommissar." Sie sah sich nach einer Sitzgelegenheit um. „Haben Sie vielleicht einen Stuhl für mich? Ich würde mich gern setzen. Nach alledem fühle ich mich doch ein bisschen schwach."

Olberding schob ihr eilig einen Sessel hin und Hanna ließ sich darauf fallen.

„Mama, wo warst du denn? Und wie siehst du überhaupt aus? Warum bist du nicht angezogen? Und diese Haare ...!" Thomas hatte Mühe, sich zu fangen. Neben der unendlichen Erleichterung, seine Mutter gesund und munter wiedersehen, machte sich langsam Ärger in seinem Innern breit. Wie hatte sie ihre Familie nur so in Angst und Schrecken versetzen können! Sie hätte sich doch denken können, dass er vor Sorge umkommen würde! Und Caroline erst. Caroline! Er musste unbedingt seine Verwandte verständigen.

„Ich muss sofort Tante Caroline anrufen. Sie ist schon halbtot vor Sorge." Er tippte die entsprechende Nummer in sein Handy.

„Ja, Caroline, die Arme. Sicher war sie es, die euch alarmiert hat?"

Thomas nickte. Während er telefonierte und man die erleichterten Seufzer Carolines quasi durch das Telefon hören konnte, legte Hanna die Aktenmappe auf den Schreibtisch des Kommissars.

„Ich habe hier etwas für Sie. Das ist alles, was Sie brauchen, um diese Verbrecherbande auffliegen zu lassen," erklärte Hanna. „Und ich glaube, dass Eile geboten ist. In der Wellinghaus-Klinik wird ein junger Chinese gefangen gehalten. Kann gut sein, dass er schon sehr bald ermordet wird. Wegen seines Herzens, wissen Sie."

Olberding warf einen Blick in die Unterlagen und verstand sofort, welch brisantes Material er vor sich hatte. Er verlor keine Zeit. Er alarmierte das Sondereinsatzkommando der Hamburger Landespolizei und setzte damit eine umfangreiche Reihe von Polizeiaktivitäten in Gang. Parallel dazu informierte er den zuständigen Staatsanwalt, der wiederum Hamburgs Generalstaatsanwalt in Kenntnis setzte. Nebenbei instruierte er einen Mitarbeiter, die Vermisstenanzeige Hanna betreffend aufzuheben.

Inzwischen hatte Thomas sein Telefonat beendet. Er zog sich einen Stuhl heran und setzte sich neben seine Mutter. „Wie geht es dir denn, Mama? Du siehst blass aus. Was ist denn nur passiert?"

Hanna lächelte ihn müde an. „Das ist eine lange Geschichte. Ich werde euch alles erzählen. Aber zuerst möchte ich mir gerne etwas Ordentliches anziehen. Könntest du Caroline vielleicht nochmal anrufen und sie bitten, mir ein paar von meinen Sachen zu bringen? Und dann brauche ich erst einmal eine Tasse Kaffee."

„Aber natürlich, Mama. Der Kaffee, den die hier haben, ist gar nicht so schlecht." Als er mit dem Kaffee zurückkam, betrachtete er Hanna kopfschüttelnd.

„Was hast du nur mit deinen Haaren gemacht, Mama. Du siehst ganz verändert aus."

Hanna hatte vollkommen vergessen, dass sie immer noch die rostrote Perücke trug. „Ach, die Haare. Die sind nicht echt." Sie nahm die Perücke ab und strich sich ihre weißen Haare zurecht.

„Na, Gott sei Dank, jetzt siehst du wieder aus wie meine Mutter", meinte Thomas. Er strich Hanna liebevoll über den Arm.

„Ich rufe Tante Caroline an wegen der Kleidung. Oder ist es dir lieber, wir fahren jetzt gleich zu ihr?"

„Ja, das wäre mir viel lieber, Thomas. Wenn du hier weg kannst ...?"

Thomas wechselte einen Blick mit seinem Kollegen, der die Unterlagen, die Hanna mitbrachte, studierte. „Ihr kommt jetzt wohl allein zurecht, Hinrich? Ich kümmere mich jetzt erst einmal um meine Mutter, okay?"

Olberding hob nur die Hand und nickte. „Junge, Junge", meinte er, „das hier ist aber heißes Zeug. Das wird einen ganz schönen Skandal geben."

Thomas nahm seine Mutter am Arm und führte sie hinaus. Hanna merkte auf einmal, wie schrecklich erschöpft sie war.

35

Florian Wellinghaus saß in seinem Sprechzimmer am Schreibtisch und starrte auf das Blatt Papier, das er vor ihm lag.

Mehr als die Anrede hatte er noch nicht geschrieben. ‚An meine Familie'.

Familie ..., überlegte er. Was bedeutete das Wort für ihn? Er musste an das Bild denken, das die Enkelkinder des Amerikaners für ihren Großvater gezeichnet hatten. Offenbar hatte der todkranke Mann eine Familie, die ihn liebte und die wünschte, er möge gesund werden. Die Vorstellung berührte etwas in Florians Inneren, das ihm die Tränen in die Augen trieb. Mit einer unwilligen Geste wischte er sich über die Augen. Also nicht nur feige, sondern auch noch sentimental. Was für eine jämmerliche Mischung!

Er nahm einen großen Schluck von dem Whisky, den er sich eingeschenkt hatte. Schottischer Single Malt Glenfiddich. Sein Vater ließ sich regelmäßig ein Dutzend Flaschen davon durch seinen Händler schicken. Die Flüssigkeit in dem breiten Glas schimmerte golden, die Eiswürfel klirrten leise, als er das Glas schwenkte. Sogar mein Alkoholgeschmack wird von meinem Vater bestimmt, dachte Florian. Sein Gesicht verzog sich zu einem verächtlichen Lächeln.

Er versuchte sich zu konzentrieren.

Was schrieb man seinen Angehörigen, wenn man vorhatte, sich für immer zu verabschieden? Dass er unglücklich gewesen war, die ganzen endlosen Jahre über? Dass er sich gedemütigt und missachtet gefühlt hatte von den Menschen, die diejenigen hätten sein sollen, die ihn liebten und schätzten? Sollte er beschreiben, wie einsam er sich gefühlt hatte, mitten unter ihnen? Dass es ihm das Herz gebrochen hatte, von seinem Lebenstraum, der Musik, Abschied nehmen zu müssen? Ebenso wie es ihn zugesetzt hatte, seiner Mutter bei ihrem Selbstzerstörungsprozess zusehen zu müssen, ohne sie daran hindern zu können?

Wieder nahm Florian einen Schluck Whisky. Um seine Mutter tat es ihm leid. Wie würde Karin mit dem, was jetzt kam, fertig werden? Die Arme ...

Er holte aufseufzend Atem. Nun, das durfte ihn jetzt nicht mehr kümmern. Also, was sollte er schreiben?

‚Liebe Familie ...‘, begann er.

Nein, es sollte keine weinerliche Anklage werden. Auch keine Beschimpfung oder eine Reihe von Vorwürfen. All das würde an seinem Vater oder an Sonja ja doch abperlen wie Wassertropfen am Fensterglas. Sie würden nur über ihn lachen, die beiden. Und ihn noch mehr verachten als bisher.

Er horchte auf. In der Ferne hörte er eine Polizeisirene. Bald würden sie hier sein. Sie würden das Gebäude durchsuchen, würden den armen Gefangenen finden, die Akten beschlagnahmen und alle Angestellten festnehmen. Die Vorstellung, wie sein Vater und Sonja in Handschellen abgeführt würden, entlockte ihm ein triumphierendes Lächeln.

Es wurde Zeit. Er trank den Whisky aus, nahm seinen Autoschlüssel und wandte sich zum Gehen.

Noch einmal fiel sein Blick auf das fast leere Blatt. Er nahm einen Stift und schrieb in Großbuchstaben drei Worte auf das Papier: ICH GEHE JETZT.

Dann verließ er den Raum und zog die Tür leise hinter sich zu.

36

Die Polizeisirenen, die immer näherkamen, machten Elisabeth Bauer nervös. Wahrscheinlich nur ein Autounfall irgendwo, versuchte sie sich zu beruhigen. Aber seit sie die alte Schnüfflerin entdeckt hatte, hatte sie ein ungutes Gefühl. Sie verstand nicht, warum ihr Chef die Frau noch am Leben ließ. Es war doch vollkommen ausgeschlossen, sie wieder frei zu lassen, schließlich wusste sie alles. Mit jeder Stunde, die sie hier im Haus war, stieg das Risiko, dass jemand, der sie vermisste, sie hier suchte. Nicht genug, dass die Polizei schon in der Klinik aufgekreuzt war. Elisabeth konnte nur hoffen, dass der Chef hatte glaubhaft machen können, dass die Alte das Haus verlassen hatte. Trotzdem verstand sie nicht, warum er ihr nicht erlaubte, die Frau sofort zu beseitigen. Na ja, vielleicht hatte er Skrupel, weil sie eine Frau und dazu noch Deutsche war. Wie bei dem unverschämten Reporter; das Problem hatte er auch nicht selbst, sondern durch Stagge und die Chinesen erledigen lassen.

Die Krankenschwester konnte solche Empfindlichkeiten nicht verstehen. Schließlich brauchte man nur eine entsprechende Spritze zu setzen und schon war in Minutenschnelle alles vorbei. Keine große Sache. Hatte sie schließlich schon ein Dutzend Mal gemacht. Die Entsorgung in dem Brennofen unten im Keller dagegen war viel unangenehmer, denn dazu musste man die Gliedmaßen vom Rumpf abtrennen, weil nicht alles zugleich in den Ofen passte. Nun, das war nun mal ihre Aufgabe. Dafür wurde sie schließlich bezahlt. Und das nicht schlecht.

Elisabeth dachte an das Bankkonto, auf dem ihr Erspartes ruhte. Nicht mehr lange, und sie würde sich ihren Traum erfüllen können. Den Traum, den sie hegte, seit sie als Kind mit ihren Eltern einen unvergessenen Urlaub in der Karibik verlebt hatte. Auf der Insel St. Martin hatten sie in einer kleinen Pension gewohnt, ganz nahe am Strand. Noch heute, als Dreiundfünfzigjährige sah sie das türkisfarbene Wasser vor sich, den

Strand mit dem feinkörnigen Sand, in den sie ihre Zehen gegraben hatte, die üppigen grünen Wälder auf dem Rücken der Insel. Wie glücklich sie gewesen war damals! Sie hatte Muscheln und Seesterne am Strand gesucht, hatte sich eine kleine Sandburg gebaut und den Wall damit geschmückt. In dieser Burg hatte sie gelegen, sich von der Sonne wärmen lassen und in den makellosen Himmel geschaut. Wenn Elisabeth daran dachte, erschien es ihr wie das Paradies auf Erden. Kurz danach hatten ihre Eltern sich scheiden lassen und ihre glückliche Kinderzeit war zu Ende gewesen.

Die Krankenschwester schüttelte den Gedanken an das ab, was danach gekommen war. Sie wollte nicht an die Enttäuschungen, die Kränkungen und Misserfolge denken, die sie erlebt hatte. Erst als Dr. Wellinghaus ihr diese Stellung bot, hatte ihr Leben wieder einen Sinn bekommen. Und sie hatte daran gearbeitet, ihren Kindheitstraum Wahrheit werden zu lassen. Sie hatte sich kundig gemacht über die Möglichkeit, Eigentum zu erwerben auf den Karibikinseln und hatte festgestellt, dass ein kleines Grundstück mit einem noch kleineren Haus darauf durchaus erschwinglich war. Seitdem sparte sie darauf. Sie wollte dort den Rest ihres Lebens verbringen; ihr Erspartes würde zusammen mit ihrer Rente zum Leben ausreichen bei den geringen Lebenshaltungskosten auf der Insel.

Nur selten dachte Elisabeth über die Art ihrer Tätigkeit nach. Die Arbeit, die sie für den Chef zu erledigen hatte, belastete sie nicht. Schließlich machte sie nichts anderes als die staatlichen Henker in China. Na gut, das mit dieser Frau jetzt war etwas anderes, aber was musste die Alte ihre neugierige Nase auch in Sachen stecken, die sie nichts angingen. Nur gut, dass sie sie in der vorigen Nacht ständig überwacht hatte, sonst wäre ihr Tun vielleicht unentdeckt geblieben und sie hätte alles auffliegen lassen. Schnüffelte diese alte Schachtel doch tatsächlich mitten in der Nacht im Büro des Chefs herum!

Sie horchte auf. Was war denn da nur wieder passiert? Die Polizeisirenen wurden immer lauter. Sicher ein Unfall ganz in der Nähe. Sie lauschte angestrengt: Im Haus war alles ruhig. Die wenigen Schönheitspatientinnen befanden sich schon in ihren Zimmern, das Personal hatte Feierabend oder versah seinen gewohnten Dienst. Sollte sie vielleicht noch einmal nach den Gefangenen sehen? Nur um sicher zu gehen, dass alles in Ordnung war.

Schwester Elisabeth verließ ihr Zimmer im zweiten Stock. Als einzige der Angestellten bewohnte sie dauerhaft eines der Gästezimmer - sie sparte dadurch das Geld für eine eigene Wohnung - ging die Treppe zum Untergeschoss hinab und öffnete die Tür, die zu den Zellen führte. In dem Vorraum, der als Aufenthaltsraum für das Personal diente, aktivierte sie den Monitor, der das Bild der Überwachungskameras zeigte, die in den Zellen versteckt angebracht waren. Der Gefangene in Zelle 1 lag eingerollt auf seiner Pritsche und schlief. Sie schaltete auf Zelle 2.

Was sie sah, ließ ihr das Blut in den Adern gefrieren. Die Zelle war leer! Die Decke auf dem Bett war achtlos beiseite geworfen worden, auf dem Tisch standen noch die Wasserflasche und das Plastikgeschirr. Die Frau war nicht mehr da!

Als Elisabeth hörte, wie die Polizeisirenen plötzlich verstummten und vor dem Fenster das Blaulicht aufblitzte, wusste sie, dass sie ihren Traum von dem Häuschen in der Karibik begraben musste. Sie senkte den Kopf.

Es war alles aus.

37

Der Sommer zeigte sich von seiner schönsten Seite, jetzt, Ende Juni, acht Wochen nach den Ereignissen, die Hanna Morgenroth fast das Leben gekostet hätten. Hanna half ihrer Schwiegertochter dabei, die Terrasse und den Garten für einen Grillabend vorzubereiten. Eigentlich gab es keinen konkreten Anlass dafür, nur dass die Sommerferien begonnen hatten und dass Thomas und Inga am nächsten Tag eine Urlaubsfahrt antreten würden, entgegen der ursprünglichen Pläne ohne die Kinder, die sie in der Obhut ihrer Großmutter zurücklassen wollten.

Es waren Menschen eingeladen worden, die der Familie Morgenroth besonders verbunden waren: Thomas' Kollegen Jan Hendrik Klüver und Susanne Holtmann sowie der Computer-Nerd Jens Hartmann, ebenso Hannas Kränzchenschwestern Edith Helmers und Liesbeth Nording und natürlich, aus aktuellem Anlass, Caroline Paulsen. Diesmal waren auch Liliane mit ihren beiden Kindern Svenja und Niklas dabei, außerdem Tim Wilkens, der sich den Thediecks eng angeschlossen hatte in den letzten Wochen. Als besonderen Gast hatte Thomas seinen Hamburger Kollegen Hinrich Olberding mitsamt seiner Frau Annette eingeladen.

Während Hanna und Inga den Gartentisch mit dem Grillgut, etlichen Salaten, Baguette Brot und anderen schmackhaften Speisen deckten, die Zwillinge die Pappteller, Plastikbestecke und die Servietten bereitlegten, sorgte Thomas dafür, dass das kleine Bierfass vorbereitet und die sonstigen Getränke kaltgestellt wurden. Nach und nach trafen die Gäste ein, verteilten sich zwanglos auf die vorhandenen Sitzgelegenheiten und genossen den lauen Sommerabend.

Niklas, Jan Hendrik und Thomas übernahmen die Grillarbeit und alsbald zog ein appetitanregender Bratenduft durch den Garten. Hanna hatte ihren Pappteller mit einem Bratwürstchen sowie Kartoffel- und Krautsalat aufgefüllt und sich zu Edith, Liesbeth und Caroline an das Ende des langen Partytisches gesetzt.

„Mein Gott, Hanna, was musst du für Angst ausgestanden haben!", meinte Liesbeth. „Wenn ich nur daran denke, wird mir schon ganz flau im Magen."

Jetzt jedenfalls litt sie nicht unter einem unguten Magengefühl, denn der prall gefüllte Teller vor ihr wies darauf hin, dass es ihr an Appetit nicht mangelte. Sorgfältig darauf achtend, dass kein Tropfen der köstlichen Currysauce auf ihre geblümte Sommerbluse tropfte, schob sie sich ein ordentliches Stück von der Bratwurst in den Mund.

„Da hast du Recht, Lizzy", pflichtete Edith ihrer Freundin bei. „In einer kleinen Zelle eingesperrt zu sein und nicht zu wissen, ob man sie jemals wieder lebend verlassen wird: Das ist gewiss nicht leicht zu ertragen." Die Oberstudienrätin, heute in einem hellgrauen Pulli mit passender Leinenhose sommerlich-luftig gekleidet, widmete sich ihrem Salat mit mäßigem Interesse. Sie litt unter Appetitmangel, wovon ihre hagere Gestalt beredtes Zeugnis gab.

Hanna schmunzelte. Nicht, dass ihr Hamburger Abenteuer nicht schon ausführlich, während ihrer allwöchentlichen Kränzchen behandelt worden wäre. Aber da es ständig etwas Neues hinsichtlich des Prozessverlaufs zu bereden gab, hatte das Thema an Brisanz nichts verloren.

„Ich bin ja fast umgekommen vor Sorge", bestätigte nun Caroline die Dramatik des Geschehens. „Ich wusste ja nicht, wo Hanna abgeblieben war! Die ganze Zeit machte ich mir die schlimmsten Vorwürfe, dass ich bei dieser Wahnsinnsaktion mitgemacht hatte." Eine ganze Weile beschäftigte die ehemalige Chefsekretärin sich jetzt schon mit dem Kotelett, dass Thomas ihr aufgedrängt hatte, ohne dass es nennenswert kleiner wurde. Der Appetit der mageren Frau war auch nicht der beste.

„Aber Gott sei Dank ist ja alles gut ausgegangen", sagte Hanna, bemüht zu verhindern, dass das Thema noch einmal bis in alle Einzelheiten aufgerollt wurde. „Thomas hat mir schon mächtig die Leviten gelesen. Ich musste ihm hoch und heilig versprechen, mich nicht noch einmal in eine solche Gefahr zu begeben."

„Na ja, bis zum nächsten Mal, wie wir dich kennen. Du kannst es ja doch nicht lassen, das Detektivspielen!", prophezeite Liesbeth.

Edith war in Gedanken noch bei den Ereignissen in Hamburg. „Tragisch, diese Sache mit dem jungen Wellinghaus. War es denn nun Selbstmord? Weiß man das?", fragte sie in die Runde.

„In den Zeitungen steht es mal so, mal so", antwortete Caroline, die in Schenefeld am nächsten am Geschehen wohnte und die tägliche Presse genauestens verfolgte. „Es könnte natürlich auch ein Unfall gewesen sein, schließlich hat man 1,5 Promille Alkohol in seinem Blut gefunden. Aber es waren überhaupt keine Bremsspuren zu finden. Und es war kaum Verkehr an dem Abend. Weshalb sollte er da von der geraden Straße abgekommen und direkt gegen den Brückenpfeiler geraten sein?"

Hanna hatte ihren Teller leergegessen und stand auf, um sich den weiteren Gästen zu widmen. Sie begab sich zu Inga, die zusammen mit Liliane und ihrer Tochter Svenja an einem

Stehtisch stand und gerade eine Scheibe gegrillte Zucchini in den Mund steckte.

„Hallo, ihr drei Hübschen, schmeckt's euch?" Alle drei nickten. Liliane lächelte ihre Tante an. „Danke nochmal, Tante Hanna, für die Einladung. Wir sind wirklich gern gekommen", sagte sie.

Hanna tätschelte die Hand ihrer Nichte. „Wie geht's dir denn inzwischen, meine Liebe?"

„Ganz gut. Ich bin dir sehr dankbar, dass du geholfen hast, Erics Mörder zu finden. Es hätte mir keine Ruhe gelassen, wenn der Täter immer noch frei herumlaufen würde."

Hanna nickte. „Wie wird Tim denn fertig mit dem, was er jetzt über seinen Vater erfahren hat? Ich meine das mit der Erpressung."

Beide warfen einen Blick zu Erics Sohn hinüber, der mit einem Bier in der Hand bei Jens Hartmann stand und in ein lebhaftes Gespräch mit dem jungen Kommissar vertieft war. Offenbar hatten sich zwei Computerfans gefunden.

„Ich glaube, recht gut. Immerhin hat er ja auch erfahren, wie sehr sich sein Vater um ihn gesorgt hat. Eric muss seinen Sohn sehr geliebt haben. Leider hat er dann den falschen Weg gewählt, ihm zu helfen."

Hanna musste an den Bescheid von Eurotransplant denken, den Tim erhalten und von dem Liliane ihr erzählt hatte. Er war auf der Warteliste für eine Herztransplantation ein gutes Stück nach oben gerückt. Alles hing davon ab, ob sich ein passender Spender finden würde. Einstweilen hatten die Ärzte ihm Mut gemacht. Er könne ein weitgehend normales Leben führen, wenn es den ärztlichen Anweisungen gewissenhaft Folge leistete, hatte man ihm gesagt. Mein Gott, dachte Hanna, wie schwer muss es doch für den Jungen sein, solch ein Leben auf Abruf zu führen! Bewundernswert, wie tapfer Tim damit umging.

Entschlossen schüttelte sie den Gedanken an Tims Krankheit ab. Heute wollte sie nicht daran denken.

„Welche Pläne hat Tim denn nun weiter? Er hat doch gerade ein glänzendes Abitur gemacht, nicht wahr?"

Über Lilianes Gesicht flog ein stolzes Lächeln. „Ja, das hat er, trotz all der Umstände. Er will freie Kunst studieren an der staatlichen Hochschule für bildende Künste in Braunschweig. Zurzeit arbeitet er an seiner Präsentationsmappe, mit der er sich bewerben will." Ihr Lächeln vertiefte sich, als sie ihre Tochter ansah. „Svenja ist schon ganz traurig, dass er bald weggeht."

Ihre Tochter, im knappen pinken Top und Minirock, die ihre schön gebräunten Arme und Beine sehen ließen, lächelte verlegen. „Nächstes Jahr gehe ich auch nach Braunschweig zum Studieren", sagte sie mit halbvollem Mund.

Hanna betrachtete schmunzelnd Svenjas niedliches Puppengesicht. Sollte sich die Kleine etwa in den hübschen Jungen verliebt haben? Ach, diese Jugend!, dachte sie.

Inga, die sich bisher ihrem gegrillten Gemüse gewidmet hatte, war in ihrem schlichten ärmellosen weißen Leinenkleid und den blonden Haaren, die sie, was sie selten tat, heute offen trug, besonders hübsch anzusehen, fand Hanna. Jetzt nahm sie Hanna am Arm, zog sie etwas beiseite und flüsterte ihr ins Ohr: „Hanna, Thomas und ich möchten gleich etwas bekanntgeben, wenn du erlaubst. Würdest du so nett sein, es anzukündigen? Es ist etwas Schönes."

Hanna nickte. „Natürlich! Gib mir ein Zeichen, wenn es soweit ist, okay?" Sie verkniff sich ein Schmunzeln. Als ob sie nicht schon längst Bescheid wüsste!

Am Grill standen die Männer, jeder mit einem Bier in der Hand, und sahen Thomas zu, der die Koteletts, Würstchen und Schaschlikspieße in regelmäßigen Abständen wendete. Hanna gesellte sich zu ihnen.

„Herr Olberding, wie schön, dass Sie und Ihre Frau kommen konnten. Was gibt es Neues in Sachen Wellinghaus?"

Der hagere Polizist rückte seine Brille zurecht. „Die Vorbereitung des Prozesses in noch im vollen Gange. Die Verhaftung der Familie Wellinghaus hat natürlich ein gewaltiges Rauschen im Boulevard-Blätterwald verursacht. So etwas hat es ja nicht einmal in einer Großstadt wie Hamburg bisher gegeben. Die Arbeit der Staatsanwaltschaft wird wohl noch eine Weile dauern. Sie muss erst einmal feststellen, ob und inwieweit jeder Einzelne der Angestellten in die kriminellen Machenschaften verwickelt war. Zudem muss sie jeden einzelnen Fall der illegalen Herztransplantationen - soweit ich weiß, sind es wohl an die zwanzig, die in den letzten Jahren durchgeführt worden sind-, überprüfen."

„Das Ausmaß dieser schrecklichen Verbrechen ist wirklich unglaublich. Dass das solange unbemerkt passieren konnte, hier bei uns, in diesem zivilisierten Land", entrüstete sich Hanna.

„Das ist ja unser deutsches Organisationstalent. Das Ganze war bis ins Kleinste durchgeplant; jeder Einzelne hatte seine spezifische Aufgabe, ein Rädchen fasste ins andere. Die Zusammenarbeit mit den chinesischen Komplizen war bestens getarnt und gut strukturiert. Die Unterlagen, die Florian Wellinghaus uns durch dich hat zukommen lassen, geben darüber lückenlos Aufschluss." Hinrich Olberding nahm einen großen Schluck aus seinem Bierglas.

„Was ist eigentlich mit den Empfängern der Organe? Wie geht die Justiz mit denen um?", fragte Hanna.

„Die Überlebenden der Transplantationen - es sind nur wenige - werden zur Rechenschaft gezogen werden müssen. Immerhin waren sie an einer kriminellen Aktion beteiligt. Wie gesagt, es ist eine Mammutaufgabe, die die Staatsanwälte zu bewältigen haben."

„Das kann ich mir denken. Weiß man schon etwas Genaueres von dem Mörder von Eric, diesem chinesischen Mann, der das Auto gefahren hat?"

Olberding zog die Stirn kraus. „Es ist unheimlich schwierig, diese asiatischen Komplizen des Gefängnisdirektors in Peking in die Hände zu bekommen. Einer von ihnen war es auch, der Sie am Hamburger Hauptbahnhof in der Schließfachhalle überfallen hat. Die Zusammenarbeit mit den chinesischen Behörden gestaltet sich nicht gerade einfach. Es ist fraglich, oft Wilkens Mörder überhaupt angeklagt, geschweige denn an Deutschland ausgeliefert wird."

Wieder trank der Hamburger Kommissar einen Schluck Bier und leerte sein Glas. Thomas nahm es ihm aus der Hand und füllte es an dem kleinen Bierfass wieder auf.

„Das lässt sich denken", meinte Hanna. „Können Sie denn schon absehen, ob und wann ich als Zeugin geladen werde? Ich nehme an, das Gericht wird wissen wollen, was ich zu dem Ganzen zu sagen habe."

„Oh ja, Ihre Aussage bildet ja den Kern der Anklageschrift. Sie werden sicher mit ein, zwei Tagen im Gericht rechnen müssen. Es kann aber noch ein paar Wochen dauern bis dahin.

Noch arbeitet die Staatsanwaltschaft an der Zusammenstellung der Beweise."

Hanna biss sich auf die Lippen. Ihr graute vor der bevorstehenden Gerichtsverhandlung. Es würde nicht leicht sein, den Angeklagten zu begegnen. Besonders wenn sie an Bernd Stagge dachte, diesen korrupten, hinterhältigen Mann mit seinem heuchlerischen Lächeln! Wenn Hanna sich daran erinnerte, in welch perfide Falle Stagge seinen Kollegen Eric Wilkens gelockt hatte, seinen Kollegen, der ihn als Freund betrachtet und ihn als einzigen Außenstehenden zu der Familienfeier eingeladen hatte, wurde sie jedes Mal richtig wütend. Von Thomas wusste sie, dass Stagge Eric an dem Abend im Lokal vorgemacht hatte, Wellinghaus habe eingewilligt, Tim zu operieren im Austausch mit den Dokumenten, die Florian Wellinghaus ihm zugespielt hatte, und er solle seinen Anruf erwarten. Deshalb war Eric auf die Straße gegangen, wo Hanna ihn hatte telefonieren sehen. Angerufen hatte aber Stagge ihn vom Waschraum aus, und dies nur, damit er nicht auf das Auto achtete. Alles in Hanna sträubte sich dagegen zu glauben, dass Menschen zu solchen Gemeinheiten fähig sein sollten. Es bereitete ihr eine gewisse Genugtuung zu wissen, dass Bernd Stagge wegen Beihilfe zum Mord angeklagt werden und seiner gerechten Strafe nicht entgehen würde!

Thomas mischte sich in das Gespräch ein. „Was ist denn nun mit dem jungen Chinesen geschehen, der in der Klinik gefangen gehalten wurde? Wurde er in das Gefängnis in Peking zurückgebracht? Dort hat er ja auch nur seine Hinrichtung zu erwarten."

Hinrich Olberding zuckte die Schultern. „Ja, er wurde zurückgebracht. Was weiter mit ihm geschieht, liegt leider nicht in unserem Entscheidungsbereich. Wer weiß, wie die Chinesen mit diesem Fall umgehen. Immerhin hat der korrupte Gefängnisdirektor, er heißt übrigens Chang Liu, als Staatsdiener den kommunistischen Staat mit seiner Geldgier beschämt und vorgeführt. Wir wissen noch nicht, wie das ausgeht."

Niklas hatte sich inzwischen mit einem Teller voll Koteletts an den Tisch zu seiner Schwester gestellt. Jan Hendrik Klüver hatte während des Gesprächs nur dagestanden und beobachtet, wie das brutzelnde Fleisch eine appetitliche Bräune annahm. Wie es schien, nahm diese Tätigkeit seine ganze Aufmerksamkeit in Anspruch. Vielleicht hatte der Kriminalbeamte auch einfach keine Lust, sich auch in seiner Freizeit noch mit Verbrechen zu befassen.

Hanna wechselte deshalb das Thema und wandte sich dem jungen Kommissar zu. „Jan Hendrik, wie ich höre, gibt es bald eine Hochzeit?"

Sie deutete mit dem Kinn in Richtung Tisch, wo Susanne Holtmann sich gerade mit dem leergegessenen Pappteller in der Hand erhob und zu ihnen kam, um sich einen Nachschlag zu holen. Auch sie trug wie Inga ihre Haare heute offen, deren honigblonde Farbe perfekt zu ihrem luftigen Chiffon-Sommerkleid passte. Hanna fand, dass die junge Polizistin bezaubernd aussah.

„Was?", rief Thomas überrascht aus, als er Hannas Bemerkung hörte. „Dann steht uns ja wohl bald ein Polterabend ins Haus, was, Kollege?"

Jan Hendrik grinste breit. „Ja, Susanne hat mich gefragt und ich hab' Ja gesagt", zitierte er den bekannten Spruch. Dabei legte er seinen Arm um Susanne, die inzwischen bei der Gruppe angelangt war. „Wozu hast du Ja gesagt?", fragte sie. „Na, zu unserer Heirat und dem Dutzend Kinder, die du bekommen wirst", antwortete Jan Hendrik lachend.

„Na, dann herzlichen Glückwunsch, ihr beiden", meinte Thomas. Er hob sein Glas. „Auf das glückliche Brautpaar!"

„Wann soll denn die Hochzeit steigen?", fragte Hanna.

„Wir hatten an den Herbst gedacht. Genauer haben wir noch nichts geplant", antwortete Jan Hendrik.

„Bei dieser Sache wirst du sowieso nicht groß gefragt, mein Junge", meinte sein Chef. „Susanne wird schon wissen, was sie will. Ein guter Rat, Jan Hendrik: Lass sie machen und sag zu allem Ja und Amen. Dann läuft das schon." Alle lachten.

Hanna schlenderte zu den älteren Frauen hinüber, zu denen sich Annette Olberding gesellt hatte. Gerade erzählten die Hamburgerinnen, worin der Vorteil des Lebens in der Großstadt bestand. „Hamburg ist nun mal das Tor zu Welt", schwärmte Caroline gerade. „Selbst wenn man etwas außerhalb wohnt wie ich, ist man jederzeit per Straßenbahn oder U-Bahn mitten im Zentrum des Geschehens."

„Das stimmt", pflichtete Annette Olberding ihr bei. „Und für unsere Kinder - Hinrich und ich haben zwei Teenager, 15 und 17 Jahre alt - gibt es so viele interessante Möglichkeiten. Da hat die Großstadt doch mehr zu bieten als ein kleines Dorf."

Liesbeth und Edith fühlten sich herausgefordert. „Das stimmt wohl, zugegeben. Aber dafür haben wir hier auf dem Lande auch keine verbrecherischen Schönheitschirchurgen", konterte die ehemalige Bäckersfrau Liesbeth.

„Da haben Sie auch wieder Recht, Frau Nording. Dafür haben Sie die herrliche Landschaft direkt vor der Haustür. Und ein solch schöner Garten wie dieser hier ist in Hamburg unerschwinglich."

„So hat eben alles seine Vor- und Nachteile", beendete Edith diplomatisch die Debatte.

Hanna bemerkte, dass Inga ihren Blick suchte. Inzwischen waren alle Gäste mit Gegrilltem versorgt worden und hatten ihren ersten Hunger gestillt. Hannas Schwiegertochter signalisierte ihr, dass sie den Augenblick für geeignet hielt, ihre Überraschung bekanntzugeben.

Hanna stand auf und trat zu Thomas und Inga, die sich nebeneinander aufgestellt hatten. Thomas winkte die beiden Kinder heran und Jannik und Isabell stellten sich brav vor ihren Eltern auf. Als die Gespräche verstummten und alle Augen auf die Familie Morgenroth gerichtet waren, sagte Hanna mit erhobener Stimme: „Liebe Gäste, Thomas und Inga möchten euch etwas mitteilen. Etwas Schönes, wie mir verraten wurde. Also, dann wollen wir uns mal überraschen lassen. Bitte, meine Lieben!" Mit einer entsprechenden Geste gab sie das Wort an das Paar ab und trat einen Schritt zurück.

„Ja, also", hob Thomas an. Er legte seinen Arm um Ingas Taille und zog sie an sich. Seine Frau lächelte ihn an. „Um es kurz zu machen: Inga und ich erwarten wieder ein Kind. Um Weihnachten herum wird es soweit sein."

In dem einsetzenden Durcheinander aus Applaus, Glückwünschen und Bravorufen fiel es nicht auf, dass Hanna sich still lächelnd zurückzog. Sie hatte es schon lange geahnt, hatte aber nicht gewusst, ob das Paar sich für oder gegen ein weiteres Kind entscheiden würde. Schließlich war es offensichtlich ungeplant, denn die Zwillinge waren bereits acht Jahre alt.

Nun also ein drittes Kind im Hause Morgenroth.

Schön, dachte Hanna, wirklich schön!

Danksagung

Ich bedanke mich bei meinem Lektor Jan Janssen Bakker für die vielen wertvollen Tipps und Hinweise sowie die gründliche Korrektur des Textes.

Wenn Ihnen dieser Roman gefallen hat, lesen Sie auch:

Die Mutter des Kommissars und das französische Mädchen
Kriminalroman, 2016, Isensee Verlag Oldenburg, ISBN 9783730813188
In ihrem ersten Fall wird Hanna Morgenroth mit einem Familiengeheimnis um das ermordete französische Au Pair- Mädchen Yvette konfrontiert, dessen Aufklärung sie bis nach Frankreich und in die Schweiz führt.

Die Mutter des Kommissars und das schweigende Kind
Kriminalroman, 229 Seiten, 2017, BoD Norderstedt, ISBN 9783744854764
Hanna Morgenroth findet eines Herbstabends ein kleines Mädchen, das allein seit Stunden an einer Haltestelle sitzt, an der kein Bus mehr hält. Sie nimmt es in ihre Obhut. Währenddessen hat ihr Sohn einen mysteriösen Mordfall aufzuklären, in den das Kind verwickelt ist

Von der Autorin außerdem erschienen:

Zeit der Kornblumen
Roman, 220 Seiten, 2015, BoD Norderstedt, ISBN 9783734799556
Der Roman erzählt die Geschichte einer außergewöhnlichen Frau vom Lande, die den Mut hat, noch im fortgeschrittenen Alter ihrem Leben eine radikale Wende zu geben.

Der Tod ist nicht fair – das Leben auch nicht
Kurzkrimis und andere Erzählungen, 226 Seiten, 2016, BoD Norderstedt, ISBN 9783739204840

In achtzehn spannenden, oft dramatischen oder skurrilen Geschichten schildert die Autorin schicksalhafte Ereignisse mitten aus dem Leben der Menschen.

Diese verdammte Sehnsucht

Roman, 251 Seiten, 2019, BoD Norderstedt, ISBN 9783748190615
Der Roman handelt von der Liebe in den Zeiten des Internets. In einem Genremix aus Krimi und Liebesroman erzählt er eine Geschichte von Vertrauen und Betrug, Leidenschaft und Enttäuschung und von der Möglichkeit, neue, ungewohnte Wege zu gehen.

Ich bin nicht Eva
Psychothriller, 295 Seiten, Verlag tredition GmbH Hamburg, ISBN 9783749797622 (Paperback)
Auf zwei Zeitebenen entwickelt sich die dramatische Lebensgeschichte einer Frau, die durch eine traumatisierende Jugend aus der Bahn geworfen wird.

Nähere Informationen bietet die Homepage der Autorin:
https://www.autorin-margarete-bertschik.de